L'ÎLE AUX SIRÈNES

Lisa Carey

L'ÎLE
AUX SIRÈNES

Libre Expression

Données de catalogage avant publication (Canada)
Carey, Lisa
L'île aux sirènes
Traduction de : The mermaids singing.
ISBN 2-89111-843-X
I. Pageard, Catherine. II. Titre.
PS3553.A66876M4714 1999   813'.54   C99-940639-6

Titre original
THE MERMAIDS SINGING

Traduction
CATHERINE PAGEARD

Maquette de la couverture
FRANCE LAFOND

Éditions Libre Expression
2016, rue Saint-Hubert
Montréal (Québec) H2L 3Z5

Dépôt légal :
2e trimestre 1999

ISBN 2-89111-843-X

*A ma grand-mère Helena Margaret Carey
(née Cullen) 1909-1993*

Quand tu seras bien vieille et grise, dodelinant
Aux portes du sommeil près du feu : prends ce livre
Et lis sans te hâter, et rêve à la douceur
Qu'eurent tes yeux jadis, dans leurs ombres lourdes.

Combien aimaient alors ta grâce joyeuse,
Qu'ils aimaient ta beauté, de feint ou vrai amour !
Mais un seul homme aima en toi l'âme viatrice
Et aima les chagrins du visage qui change.

Penche-toi donc sur la grille embrasée
Et dis-toi, un peu triste, à voix basse : «Amour,
Tu as donc fui, tu as erré sans fin sur la montagne,
Tu t'es caché dans l'innombrable étoile. »

William Butler YEATS
(Traduction Yves Bonnefoy, Hermann, 1989
pour la traduction française, *Poésie* / Gallimard,
1993, pour la présente édition.)

Remerciements

Tout d'abord, je voudrais remercier mes parents, Thomas et Ann Carey, pour leur générosité, leur patience, leur humour et le soutien qu'ils m'ont prodigué tout au long de l'écriture de ce roman. Je tiens également à remercier mon frère Tommy, cet autre artiste, qui a su déjouer leur frustration.

Toute ma reconnaissance va également aux personnes citées ci-après et qui, d'une façon ou d'une autre, en m'offrant le thé, un toit, en me lisant les lignes de la main, en me prodiguant des critiques constructives, en m'accordant des prêts personnels, en me communiquant leur foi, m'ont ouvert les portes de l'île dont je suis tombée amoureuse :

Bernard et Mary Loughlin du Centre Tyrone Guthrie de Annaghmakerrig, Irlande ; le château de Hawthornden, centre international d'accueil pour les écrivains ; le personnel et les professeurs de l'université de Vermont ; les habitants de l'île ; Dana Brigham et *Gang* de Brookline Booksmith ; Alan Paciorek, Sandra Miller, Gary Miller, Matt Swig, Justin Barkley, Noreen Ryan, Terry Byrne, Bridgid Walsh ; Sarah O'Keefe et sa famille ; les filles Drisko et Jim ; le

11

Dr Judith Robinson ; Donald et Norah Alper ; mon agent, Elizabeth Ziemska ; mon éditeur, Jennifer Hershey, et mon mentor, Douglas Glover.

Et enfin, parce que c'est notre coin préféré, mon (ma) meilleur(e) ami(e) Sascha.

1

Grace

Désormais, Grace ne trouve la force de sortir que la nuit. Elle se lève sans bruit afin de ne pas déranger son compagnon, enfile un pull-over par-dessus son pyjama et met les chaussures de sport que Stephen lui a achetées pour l'hôpital après son refus de porter les chaussons bleus réglementaires en caoutchouc mousse. Bien qu'elle n'ait jamais pratiqué la course à pied, elle aime sentir le poids de ces chaussures, la souplesse de leurs semelles incurvées qui la poussent à avancer comme un bateau porté par les vagues. Elle cache la laideur de son crâne chauve sous une écharpe.

Elle traverse la villa à la hâte, sans un regard pour l'ameublement miteux – vestige de la vie d'un autre. Stephen a loué cette maison pour qu'elle soit près de la mer. Parfois elle l'appelle le « mouroir » car elle veut donner d'elle l'image d'une moribonde brusque et sarcastique.

Elle se dirige aussitôt vers l'océan, imprimant ses pas dans le sable mouillé, escaladant avec précaution les rochers hérissés de bernacles, toujours un peu surprise de la faiblesse de ses jambes. Debout sur les rochers, elle rêve de plonger dans l'eau froide et de

13

chasser la douleur en nageant, mais elle ne peut que s'asseoir, observer le miroitement de la lune jouant sur les vagues, sentir l'humidité saturée de sel imprégner ses vêtements et pénétrer sa peau, respirer cet air épais que ses poumons malades reconnaissent.

En plein jour, la mer ne lui parle pas. Quand Stephen la persuade d'aller marcher, la chaleur du soleil sur sa peau cireuse l'incommode. La plage semble dangereuse puisque Stephen lui soutient le bras, la guidant parmi les coquillages épars et les rochers, prenant bien garde que la mer écumante n'atteigne ses chevilles fragiles. Durant ces promenades, elle se sent prise au piège, telle une créature marine arrachée à son élément. Elle est tentée de le repousser avec une passion égale à celle qu'elle éprouvait quand elle cherchait à se fondre dans son corps d'homme, du temps où elle ne se contentait pas des mains de son amant sur sa peau. Elle résiste au désir de le rabrouer, comprenant que c'est le cancer en elle qui provoque cette répulsion.

Ce n'est pas la première fois qu'elle se sent prisonnière...

Les nuits où elle s'évade, l'océan lui appartient à nouveau ; les vagues affluent et refluent au rythme des battements de son cœur. Elle contemple la mer argentée et imagine une autre grève, de l'autre côté de l'Atlantique, un rivage irlandais, reflet du paysage qui s'étend sous ses yeux. Là-bas, le vent dans les criques devenait chœur gémissant : celui des sirènes de l'île, qui espéraient émouvoir un homme et l'entraîner dans les flots. Quand Grace se baignait au creux des falaises, la plainte des sirènes courait le long de ses veines ; alors, elle rêvait de prendre le large. Bien qu'elle ait abandonné son pays, il se rappelle à elle : il surgit des profondeurs de sa mémoire, il engloutit sa vie présente. Elle constate, étonnée, que les convictions les plus ancrées – et les biens maté-riels – peuvent perdre toute signification à l'heure de la mort. Elle se détache de ce qui l'intéressait et les sou-venirs qu'elle a balayés s'accrochent à elle, comme les algues dans les anfractuosités des rochers, à ses pieds.

Plusieurs visages se superposent dans son esprit à la façon d'un collage. Elle songe à sa mère dont les rides précoces semblaient gravées dans le roc et qui, les lèvres farouchement serrées, s'évertuait à ne rien trahir. Grace se déchaînait pour voir ce détestable visage de pierre exprimer enfin quelque sentiment, fût-ce de la colère. Aujourd'hui, elle regrette sa mère et se languit d'elle comme une enfant abandonnée. Mais elle s'est enfuie loin de ce froid visage, et il est trop tard maintenant, croit-elle, pour demander à le revoir.

Un autre visage la hante, celui de son mari irlandais. Elle s'est efforcée de l'effacer de sa mémoire, vaine-ment car elle se le rappelle trait pour trait : il luit dans la nuit comme un spectre obstiné dès qu'elle ferme les yeux. Elle ne sait pourquoi elle l'a quitté, comment elle a pu oublier ce qui les séparait. Il était bon, elle en est certaine. Etait-ce insuffisant ? A présent, elle accorde beaucoup plus d'importance à la bonté.

Quand elle sent qu'elle va s'assoupir, toujours trop tôt à son gré, elle regagne la villa et s'y glisse silencieu-sement. Elle ouvre une porte de chambre et jette un coup d'œil à sa fille – une adolescente qui dort dans la pose d'un petit enfant, bras et jambes écartés, bouche entrouverte, le drap entortillé comme une liane autour de ses poignets. Elle tient de son père ces boucles brunes et brillantes, étalées sur l'oreiller. Autrefois, Grace aurait écarté avec douceur les che-veux de sa fille et arrangé ses draps. Mais ce soir elle reste là, immobile, de crainte de l'éveiller. Autrefois elles faisaient en sorte d'être toujours ensemble, aujourd'hui toutes deux s'évitent avec le même soin.

Elle traverse le séjour plongé dans la pénombre. Elle s'assied face à la table, dans un coin de la pièce, et allume la lampe de bureau. Il y a une machine à écrire ainsi qu'une rame de papier blanc posée à côté. Elle glisse une feuille sous le rouleau et rédige un bref message, tressaillant au crépitement des touches qui claquent comme des coups de feu dans la nuit.

Grainne,
Si tu passes devant le supermarché aujourd'hui, achète des céréales et des allumettes, s'il te plaît, et si tu as des vêtements à laver – c'est certain, mon petit, à moins que tu ne persistes à porter ces jeans dégoûtants –, donne-les à Stephen qui doit aller à la blanchisserie.

Baisers, Maman.

Elle fixe le petit mot sur le réfrigérateur avec un aimant en forme de homard. Elle comprend mal pourquoi elle continue de composer ces billets insolites, pourquoi elle est incapable d'exprimer ce qu'elle ressent réellement. Elle aimerait demander à sa fille comment elle se porte, comment elle s'occupe pendant la journée et la moitié de la nuit quand elle s'absente. Mais Grace a perdu la capacité de poser des questions. Auparavant, elle s'enorgueillissait de parler à sa fille avec sincérité et sans mâcher ses mots. Mais récemment, il lui a fallu reconnaître qu'elle lui avait menti du début à la fin. Jamais elle n'a parlé à Grainne de ceux qu'elle avait laissés derrière elle : le père de Grainne, sa grand-mère, sa famille. Grace pensait qu'elle était tout ce dont sa fille avait besoin. Maintenant, elle se sent coupable, elle pense qu'elle n'a pas été à la hauteur, elle s'en veut. L'une meurt, l'autre vit, c'est pourquoi mère et fille se haïssent. Ne parvenant plus à communiquer, elles s'adressent des petits

16

mots accrochés sur le réfrigérateur – comme autant de hiéroglyphes que ni l'une ni l'autre ne sait déchiffrer.

Avec ses dernières forces – elle se sent si épuisée – elle dresse le couvert d'une personne sur la table de la salle de séjour : une assiette, une coupelle pour la salade, une serviette, deux couteaux, deux fourchettes et une cuillère à dessert, entre l'assiette et le verre à eau qui brille à la lueur de la lune filtrant par la fenêtre. Elle a fait trop de bruit, aussi Stephen ouvret-il la porte de la chambre et l'appelle. Il doit croire qu'elle prépare la table du petit déjeuner pour lui, ou pour Grainne, mais il se trompe. Enfant, elle ajoutait toujours sur la table un couvert supplémentaire, suivant une tradition qu'elle avait découverte dans un livre sur un château des temps anciens que sa mère conservait dans sa commode. Dans ce château d'Irlande, on prévoyait toujours un couvert de plus pour Granuaile, la reine gaélique, même quand sa venue n'était pas annoncée. Pirate et guerrière, elle était réputée se présenter à l'improviste aux portes du château avec son équipage de marins affamés. Elle s'attendait à être accueillie à bras ouverts. Longtemps après sa mort, le personnel du château continua de dresser son couvert afin de ne pas offenser l'esprit de la terrible femme.

Cela fait bien des années que Grace n'a pas dressé le couvert de Granuaile. Lorsqu'elle était enfant, elle observait ce rite dans l'espoir de prendre la mer avec la reine après le dîner, mais en grandissant, elle a compris qu'elle ne devrait son salut qu'à elle-même. Cette nuit, elle renoue avec cette habitude magique – l'instinct, longtemps en sommeil, s'est réveillé en elle avec une facilité qui la déconcerte. Elle ne croit plus, pourtant, à la reine des pirates, ni à un quelconque salut. Elle sait seulement semer derrière elle au cœur de la nuit ces petits mots inutiles.

Elle suit la voix de Stephen et s'en retourne vers la chaleur du lit et l'échappatoire commode du sommeil. Le corps solide de Stephen se presse contre le sien tandis qu'elle dérive, et elle écoute les vagues qui s'écrasent, éternelles, sur la plage. D'instant en instant, elles se taisent, puis l'appellent. Leurs courants emportent son corps vers la pleine mer et son esprit vers le passé.

2
Cliona

Sur le billet de la compagnie Aer Lingus, l'employé a orthographié mon prénom *Cliodhna*, faute que je suis tentée de corriger avant l'embarquement à l'aéroport de Shannon, mais j'y renonce par crainte de m'attirer des ennuis auprès des autorités. J'ignore tout des règlements, cela fait si longtemps que je n'ai pas quitté l'Irlande. Je ne veux pas m'attirer plus d'ennuis que je n'en ai déjà. Si je prends cet avion, c'est pour me rendre aux obsèques de ma propre fille, Grace, rien à voir avec mon premier voyage vers l'Amérique, à bord d'un bateau, j'étais jeune alors et la vie m'attendait sur l'autre rive, non la mort...

Je m'appelle Cliona. Baptisée Cliodhna, j'abandonnai les deux consonnes sourdes de mon nom à mon entrée à l'école primaire, aussi ma mère m'accusa-t-elle d'enfreindre le quatrième commandement – *Honore ton père et ta mère* –, aggravant encore ma terreur du feu de l'enfer, qui n'était rien cependant au regard de ma peur du ridicule. D'ailleurs, on trouve les deux orthographes dans ces petits répertoires de noms irlandais qui font fureur aujourd'hui dans tous les kiosques, car c'est la mode de donner

19

aux enfants un prénom gaélique au lieu d'un prénom anglais. De mon temps, et sur l'île où j'ai grandi, mon prénom détonnait : toutes mes amies s'appelaient Mary, Margaret ou Joyce. Quand ma fille est née aux Etats-Unis, je l'ai appelée Grace dans l'espoir que ce prénom sans originalité lui permettrait de mieux s'intégrer. Naturellement, elle m'a méprisée plus tard pour l'avoir affligée d'un prénom banal qui la ravalait au rang du commun, à ce qu'elle prétendait. Je suppose que ce n'était pas tant le nom en soi qui la gênait que les intentions qu'elle me prêtait. Elle a appelé sa fille *Grainne* en souvenir de la reine des pirates du Connaught. Sa fille le lui reprochait-elle ? Le cycle se perpétuait-il comme il advient fréquemment dans les familles ? Voilà ce que je me suis souvent demandé...

On peut lire l'histoire de la première Cliodhna dans ces ouvrages sur les prénoms : contre le gré de ses parents, la jeune fille s'était enfuie avec son bien-aimé sur un coracle. Il la laissa seule au fond de la barque tandis qu'il allait chasser à terre ; alors une vague énorme engloutit l'embarcation, noyant la malheureuse. Depuis lors, on la considère comme la fée de la mer, une protectrice en somme, qui a pour vocation d'épargner aux autres une pareille tragédie. Durant son adolescence, au paroxysme de sa haine pour moi, Grace soutenait que ce nom de Cliodhna me convenait parfaitement. Elle ne voyait en moi qu'une pitoyable femme soumise et dénuée d'imagination. Jamais elle ne m'a comprise. Mais je suis tout aussi coupable qu'une autre...

Je me souviens d'elle, enfant, quand elle dînait sur la table de bois ciré dans la cuisine des Willoughby chez lesquels je travaillais à Boston. Elle refusait de manger tant que je n'étais pas assise à table, avec elle. Elle ajoutait toujours un couvert auprès du sien, pourtant je n'avais le temps de dîner que beaucoup plus tard, dans la soirée.

— Ne reste pas debout, maman ! s'exclamait-elle. Je déteste ça !

J'avais trop à faire pour m'asseoir mais je me pliais à son caprice. Je lui cédais en tout. C'était une sacrée petite bonne femme ! Une enfant maussade et renfrognée mais une beauté, avec sa lourde chevelure rousse et ses yeux du vert de l'océan. Elle promettait d'être éblouissante, plus que je ne l'ai jamais été...

Un jour, Mme Willoughby entre dans la cuisine. Aussitôt je me lève et lui demande si tout va bien.

— Asseyez-vous, Cliona, je vous en prie, me répond-elle avec un geste gracieux de la main. (Elle m'appelait *Cleeoona*, et je n'avais jamais pris la peine de corriger sa prononciation.) Je ne veux pas vous déranger.

Je me rassieds en face de Grace, qui a interrompu son repas à peine me suis-je levée ; alors elle reprend sa fourchette.

— Quand vous aurez un moment, Cliona, apportez-moi un dessous-de-plat, s'il vous plaît. Je suis d'avis qu'il en manque un sur la table.

Ma fille me fusille du regard tandis que je me lève pour prendre dans le placard un dessous-de-plat, que j'emporte aussitôt dans la salle à manger. Mme Willoughby retire la saucière de sa soucoupe et la pose sur le dessous-de-plat. J'ai appris à ne pas me poser de questions sur les usages des Américains à table. Quand je rejoins ma fille dans la cuisine, je la prie de poursuivre son repas, mais, les sourcils froncés, elle regarde son assiette, les pommes de terre en robe de chambre et la viande noyée dans la sauce.

— Pourquoi la laisses-tu te traiter ainsi ?

— Comment donc ?

Même à huit ans, la voix de ma fille avait assurément plus de force que la mienne.

— Comme ça ! s'emporte-t-elle en pointant sa fourchette vers la porte à double battant. Comme elle le fait toujours ! Comme si elle valait mieux que toi !

— Cela suffit maintenant. Finis ton dîner. Tu ne penses qu'à toi ! Tu vas apprendre le respect et plus vite que ça !

Elle me lance un regard plein d'animosité et de mépris.

Je ne voulais pas me montrer aussi dure. Mais enfin ma fille ne se prenait pas pour n'importe qui. Elle se croyait supérieure à tout son entourage. Les Willoughby n'étaient pas parfaits, soit, mais ils m'avaient donné du travail et, à ma fille, un foyer. Je leur en étais profondément reconnaissante. Je ne m'attendais pas à être choyée, seulement, il était rare qu'un être humain trouve grâce aux yeux de ma fille, moi y comprise.

A présent ma fille n'est plus. C'est un certain Stephen qui m'a téléphoné la nouvelle. Son petit-ami du moment, j'imagine, mais cela ne me regarde pas.

— Un accident ? Une mort subite sans doute ? lui ai-je demandé, en entendant l'écho de ma propre voix dans l'écouteur car la communication au-delà des mers était mauvaise.

L'homme s'est tu un court instant.

— Non, m'explique-t-il. Elle était malade depuis un certain temps.

— Je comprends.

C'était dans l'ordre des choses. Ma fille me volait sa mort comme elle m'avait volé sa vie. Cela ne me surprenait pas.

Evidemment, après tout ce qu'il s'était passé, je n'étais pas obligée de prendre cet avion pour Boston. J'aurais pu remercier ce monsieur de m'avoir avertie et reprendre la vie que je menais depuis des années, sans

Grace. Mais il me fallait tenir compte de l'enfant, Grainne, et de sa jeunesse. Ce Stephen m'avait assuré que plusieurs amis de Grace étaient disposés à la recueillir, ce qui, je le savais, n'était pas la bonne solution. Ma petite-fille confiée à la garde d'une famille américaine ! Bien sûr, une image m'avait spontanément traversé l'esprit, celle d'une petite fille brune qui s'endormait blottie contre moi, confiante car elle avait la certitude que je ne m'en irais pas, chère petite Grainne dont le souvenir me déchirait encore le cœur après tant d'années...

Mon choix était fait ! J'ai pris le bac d'Eamon comme chaque semaine quand je vais faire mes courses sur le continent. En voyant s'éloigner Inis Muruch, j'ai compris qu'un étranger pouvait la juger laide au premier abord avec son quai rouillé, sa végétation rase, son paysage rocheux qui, à distance, semblait écrasé par les lignes à haute tension. Sous cet angle, un étranger n'apercevait pas les impressionnantes falaises noir et vert de l'extrémité ouest, ni l'étendue de sable blanc de la Plage aux Sirènes, où les phoques vont s'assoupir aux dernières lueurs du couchant. Un visiteur non averti risquait de trouver écœurante l'odeur de mon île, ces effluves de poisson frais et de tourbe brûlée stagnant dans l'air humide. Et puis, la prononciation compliquée des autochtones devait l'irriter. C'était ainsi que ma fille voyait elle-même les choses. Ce que je n'ai jamais compris, moi qui ai toujours eu la nostalgie de l'odeur particulière et du parler mélodieux de mon pays pendant toutes ces années passées aux Etats-Unis.

Ce billet pour Boston, je rêvais depuis des années de l'acheter, espérant renouer avec ma fille. L'avion survole l'Atlantique et je me dis que s'il est trop tard pour changer le cours des choses, il demeure toujours une chance d'en entreprendre d'autres. Grainne n'a que moi et si tant est qu'on puisse parler de liens familiaux entre ma fille et moi, Grainne est tout ce qui me rattache encore à elle...

3

Grainne

Au funérarium, je veillais la dépouille de ma mère exposée dans un cercueil ouvert – ses mains crispées dans un semblant de prière, avec un rang de perles passé entre ses doigts comme un lacet de chaussure, et une lourde perruque rousse pareille à de la fourrure étalée entre sa tête et l'oreiller argenté – quand soudain une femme que je croyais disparue s'approcha de moi...

J'étais assise seule au premier rang et j'observais Stephen, le compagnon de ma mère. Il s'était agenouillé auprès du cercueil et caressait la manche de ma mère, puis il effleura son oreille en un geste tendre qui me révulsa lorsque j'imaginai la sensation qu'il devait éprouver à ce contact. A la tête du cercueil avait été déposée une couronne de roses blanches et jaunes portant l'inscription *A ma mère* en cursives pourpres sur un ruban de satin. Stephen l'avait commandée, ainsi qu'un coussin d'œillets roses en forme de cœur ; on eût dit une énorme boîte de bonbons de la Saint-Valentin, avec sa dédicace *A ma bien-aimée*. Toute la matinée, j'avais eu l'impression que dans cette atmosphère oppressante de cérémonie funèbre ces deux

25

rubans étaient là comme des points de repère. *C'est ta mère. Tu es sa fille. Ta mère est morte.*

La femme d'un certain âge s'encadra dans la porte, à droite des gerbes mortuaires. Elle n'était pas forte à proprement parler mais solidement bâtie ; ses cheveux épais et décolorés étaient coiffés en un chignon lâche. Un réseau de rides parcourait son visage ; les sillons les plus profonds descendaient de la bouche au menton, semblables aux contours des lèvres d'une marionnette de bois. Elle faisait cependant partie de ces vieilles gens dont on peut dire à coup sûr qu'ils avaient été beaux autrefois. Elle jeta un rapide coup d'œil au cercueil, puis m'examina. Pendant un court instant elle hésita, si bien que je pensai qu'elle avait dû se tromper de salle et de veillée mortuaire. Mais au lieu de faire demi-tour, elle se dirigea vers moi, sa bouche de marionnette déjà ouverte, prête à parler.

— Grainne ? interrogea-t-elle.

Je fus surprise, non qu'elle eût connu mon nom mais qu'elle l'eût prononcé correctement. C'est le nom d'une reine gaélique du seizième siècle, qui se prononce *Graw-nya*, en roulant le *r*, ce que personne ne sait à moins que je ne le précise ; de toute façon, la plupart des gens l'oublient.

J'étais trop troublée pour répondre à cette femme mais elle interpréta mon silence comme un acquiescement et s'assit à mon côté.

— Je m'appelle Cliona O'Halloran, dit-elle. (Elle prononça son nom d'une manière étrange, avec un claquement de langue au début et j'aurais été incapable de l'épeler correctement tant les syllabes couraient vite dans sa voix.) Je suis... ta parente, venue d'Irlande.

Son accent m'était familier ; il me rappelait la manière dont ma mère prononçait mon nom, si différente de la prononciation de mes professeurs ou de mes nouvelles amies. Dans la bouche de ma mère mon nom semblait aussi mélodieux qu'un poème et obéissait à une cadence inimitable. Les mots que cette femme m'adressait avaient la même sonorité que lorsque ma mère m'appelait *Grainne*.

— Qui êtes-vous ? demandai-je.

Je n'avais pas de parents aux Etats-Unis, encore moins en Irlande. Ma mère et moi étions seules au monde. Elle m'avait toujours affirmé qu'elle ne venait de nulle part et que moi, je venais d'elle.

— Je suis ta grand-mère, répondit-elle avec un regard pour le cercueil. (Elle avait dû remarquer la perruque rousse et Stephen penché sur la morte.) Ta mère est... (Elle s'interrompit et baissa les yeux sur la lanière noire de son sac qu'elle tordait entre ses mains.) Grace était ma fille...

Ses mains brunies par le soleil étaient celles d'une femme âgée : on voyait ses os délicats sous la peau flétrie. Ses doigts quoique calleux étaient longs et ses gestes encore gracieux ; elle portait un simple anneau d'or. Je ne pus m'empêcher de penser aux doigts fuselés de ma mère, tenant une cigarette comme un prolongement d'elle-même, approchant avec élégance la main de sa bouche, puis la retirant dans un constant mouvement de va-et-vient, et à ces mêmes doigts, cireux maintenant, maintenus ensemble par les perles blanches et les chaînons d'argent de ce que Stephen m'avait dit être un chapelet, objet que je voyais pour la première fois...

— Tu as perdu ta langue ? demanda la femme avec un soupir.

Qu'espérait-elle ? Les mots *grand-mère, parents,* m'étaient étrangers. Je détestai soudain cette femme qui osait troubler le silence de cette salle où j'étais assise depuis cent ans, me sembla-t-il.

— Je suppose que Grace ne t'a rien dit, reprit-elle.

Je sentis un sanglot monter dans ma gorge et l'effort que je fis pour le contenir me donna mal à la tête. Les visages de Stephen et de ma mère devinrent flous et se mirent à trembloter comme s'ils étaient sous l'eau.

— Ma mère m'a tout dit, annonçai-je d'une voix brisée. (Stephen parut sortir de sa transe et me considéra avec tant de compassion que je me redressai aussitôt pour repousser son regard.) Ma mère m'a tout raconté, répétai-je, à l'adresse de Stephen cette fois, qui hocha la tête.

Je lui avais assuré la même chose le mois dernier, du vivant de ma mère. Et je savais pertinemment, alors, que je mentais.

Je voulus sortir et me dirigeai vers la porte qui s'ouvrait derrière la rangée de chaises. La femme se leva. Stephen et elle s'avancèrent tous deux de quelques pas comme s'ils voulaient me barrer la route.

— Grainne, dit la femme de sa voix chantante.

— Grainne, répéta Stephen sur un ton uniforme, bien qu'il se soit toujours efforcé de prononcer mon nom mieux que les autres petits amis de ma mère. Pourquoi ne pas retourner à l'appartement et avoir une conversation tout en déjeunant ? Il faut que tu prennes quelque nourriture avant que nous revenions ·pour le service funèbre, ce soir, ajouta-t-il en évaluant ma contrariété.

Je haussai les épaules et le laissai me prendre le bras. Il avait fait tellement d'efforts et depuis si longtemps, pour organiser les petites choses du quotidien dans l'espoir de me faire accroire que tout était normal ! Il me poussa dehors, du bout de ses doigts gentiment posés dans le creux de mes reins. J'imaginai la vieille femme observant la main de Stephen, aussi consciente que moi de sa position équivoque.

Quand nous arrivâmes à la voiture, Stephen plaça la valise de l'arrivante dans le coffre et lui ouvrit la portière avant. Je m'installai à l'arrière. Lorsqu'il démarra, je jetai un coup d'œil à leurs deux têtes, songeant au nombre de fois où j'avais contemplé Stephen et ma mère sous cet angle, lorsque sa chevelure formait encore une masse soyeuse de boucles rousses et plus tard lorsque le nœud de son écharpe de mousseline cachait sa nuque chauve. Je fixai le chignon décoloré de la nouvelle venue et me dis rageusement : C'est moi qui devrais désormais occuper le siège avant.

La femme se retourna et constata que je l'examinais. Elle eut un sourire bizarre et approcha la main de ses cheveux. Je devinai qu'elle pensait à ma coiffure et je tirai sur les courtes mèches qui pendaient au-dessus de mon cou.

— *Grainne Mhaol*, dit-elle, était le surnom de la reine des pirates. On raconte qu'enfant, elle demanda à embarquer sur le vaisseau de son père qui devait faire voile vers l'Espagne. Quand sa mère lui répondit que les jeunes dames n'avaient pas leur place sur un navire, Grainne coupa ses cheveux aussi courts que ceux d'un garçon. Depuis on l'appelle Grainne Mhaol, c'est-à-dire *Grainne la tondue*.

Je passai ma main dans ce qui me restait de cheveux. Ce matin, juste avant que nous quittions la maison, Stephen avait essayé d'égaliser le gâchis que j'avais fait en les coupant moi-même. Comme il n'arrivait pas à me coiffer, je m'étais mis un peu de son gel sur la tête et, d'un coup de peigne, j'avais plaqué mes cheveux en arrière. Je me savais ridicule et n'avais pas besoin qu'on le souligne.

— Où voulez-vous en venir ? attaquai-je avec brusquerie.

— Grainne ! intervint Stephen en lançant un coup d'œil dans le rétroviseur.

La femme se retourna et le calma d'un geste de la main comme s'il valait mieux ne pas prendre de front la pauvre petite orpheline que j'étais. Je croisai les bras et me rencognai, regardant les bords anonymes de l'autoroute. Je me demandais si cette femme envisageait de s'installer chez nous, si elle se sentait coupable et se croyait obligée de remplacer ma mère. Si elle s'imaginait que j'allais lui faciliter les choses, c'est qu'elle ne connaissait pas ma mère et me connaissait encore moins !

— Mange quelque chose, Grainne, s'il te plaît, dit Stephen. Tu dois avoir faim à cette heure.

Il s'était arrêté devant le *Legal Sea Food* sur le chemin de la maison pour acheter de la soupe aux praires, de la salade et de petits pains chauds. Il devait s'être rappelé que l'an dernier, c'était mon repas préféré. Mais dans mon bol, l'épaisse soupe ressemblait à du lait caillé agrémenté de morceaux de pommes de terre et de praires. Des sortes d'amibes orangées et graisseuses flottaient à la surface.

— Je n'ai pas faim, dis-je.

Sous l'insistance de son regard, je choisis une feuille de laitue dans la salade assaisonnée, l'enfournai en me forçant et je salivai longuement afin d'en atténuer la saveur.

Mme O'Halloran s'était obstinée à mettre la table dans la cuisine et à nous servir. Elle mangeait maintenant avec des gestes si mesurés et précieux que je n'attendais qu'un incident : qu'elle renverse de la soupe sur son tailleur, par exemple. Penché sur son bol, Stephen nous décochait à l'une et à l'autre des regards embarrassés.

Quand ils eurent fini de manger et que ma soupe froide eut pris l'apparence de la crème anglaise, Mme O'Halloran fit la vaisselle et nous prépara du thé. Il lui fallut chercher longtemps dans les placards avant de trouver la vieille théière en grès de ma mère ; elle l'ébouillanta avec l'eau de la bouilloire puis elle y plaça les sachets de thé ; elle disposa sur la table des tasses, des soucoupes et des petites cuillères ainsi qu'un carton de lait et un bol qu'elle avait rempli de sucre. Stephen et moi suivions chacun de ses gestes en silence. Elle semblait accomplir une sorte de rite religieux comme ce prêtre que j'avais vu un dimanche matin à la télévision, et qui disposait devant lui des espèces de fines gaufrettes blanches, de l'eau et du vin... Quand ma mère se préparait du thé, elle versait de l'eau frémissante dans sa chope marquée «Maman», y plongeait un sachet et sans attendre qu'il infuse versait du lait écrémé. Elle avalait son thé par petites gorgées, debout à côté du réfrigérateur, une cigarette à la main, l'étiquette octogonale du sachet pendant encore sur le bord de la chope comme une indication de prix.

Mme O'Halloran s'assit à la table pour servir le thé, nous nous passâmes le sucre et le lait sans mot dire ; Stephen et moi remuions notre cuillère avec précaution, comme s'il s'agissait d'une arme dangereuse. Le thé me brûla la gorge et l'estomac. Pendant ce temps, Stephen posait des questions idiotes à Mme O'Halloran au sujet de son voyage – combien d'heures avait-il duré ? Avait-elle attendu longtemps à Logan et blablabla... Je commençais à me douter que Stephen était pour quelque chose dans sa venue – il savait que cette irlandaise s'était déplacée spécialement pour moi. Il lui demanda si elle était fatiguée et lui indiqua qu'elle coucherait dans la chambre de maman. Jusque-là, j'étais restée muette, mais lorsque la femme se leva pour prendre possession des lieux comme en pays conquis, ce fut plus que je ne pouvais en supporter.

— Vous partez demain ? demandai-je.

L'enterrement avait lieu le lendemain et peut-être n'était-elle venue que pour l'ultime adieu. Avant de me répondre, elle consulta Stephen du regard.

— Non, pas demain, dit-elle. Je compte rester un peu, pour mettre de l'ordre dans les affaires de ta mère et...

Elle s'interrompit et se mit à débarrasser tasses et soucoupes.

— Et quoi ?

J'en avais assez de cette histoire de prise en charge ! Pour qui diable se prenait-elle ?

— Nous parlerons de nos projets plus tard. Pour l'instant, tu devrais aller te reposer.

— Non, dis-je, ignorant l'expression de Stephen qui signifiait « Sois polie ». De quoi d'autre pensez-vous devoir vous occuper ?

— Je suis désolée, Grainne, dit-elle. (Ainsi commençaient tous les petits discours que l'on ne cessait de m'infliger depuis deux jours : *Je suis désolée, Grainne, que ta mère soit morte.*) A l'évidence, Grace ne t'a pas dit grand-chose sur tes origines. Ta seule famille se trouve en Irlande. Il va falloir faire en sorte que tu puisses m'y accompagner. Quand tu seras prête...

— Ma mère n'avait pas de famille. Elle n'avait que moi.

— Je suis ta grand-mère, comme tu sais.

— Ma grand-mère est morte quand j'avais trois ans.

Elle sembla peinée et j'éprouvai un malin plaisir à l'idée de l'avoir blessée.

— C'est ce que ta mère s'imaginait en effet, dit-elle, l'air soudain exténuée.

— Pourquoi avez-vous fait croire à votre mort pendant douze ans ? Et pourquoi réapparaissez-vous seulement maintenant ?

A nouveau, Mme O'Halloran chercha Stephen du regard. J'en avais par-dessus la tête de leurs sales airs de conspirateurs !

— Non, Grainne, c'est ta mère qui a dissimulé mon existence. Elle me préférait morte.

Elle fit cette remarque sur un ton d'indifférence, comme si elle ne me suggérait pas que ma mère m'avait menti tout au long de notre vie ou presque. Je me retournai vers Stephen. Il restait assis, le front dans une main.

— Depuis quand es-tu au courant ? demandai-je.

Il laissa retomber sa main et me dévisagea avec une visible lassitude. Moi exceptée, chacun semblait fatigué – fatigué *à cause* de moi sans doute.

— Depuis peu, avoua-t-il.

Allez vous faire voir tous les deux, pensai-je, mais je ne pouvais proférer une chose pareille à voix haute. Je les abandonnai dans la cuisine, me précipitai dans ma chambre et fis claquer la porte. J'entendis comme l'écho de la voix chantante de ma mère. *Pourquoi ne claques-tu pas la porte encore plus fort ? Peut-être parviendras-tu à me convaincre du bien-fondé de ta colère...*

Cette nuit-là, à notre retour du service du soir et de la veillée mortuaire, Mme O'Halloran une fois couchée, je sortis de ma chambre en chemise de nuit et pénétrai dans la salle de séjour obscure. Stephen était allongé sur le canapé sous une couverture, les pieds dépassant de l'accoudoir à l'une des extrémités. Il avait défait ses longs cheveux bruns et ôté sa chemise. L'un de ses bras était replié sur ses yeux mais je compris à sa respiration retenue qu'il ne dormait pas. Quand je m'approchai de lui, il souleva son avant-bras pour me jeter un coup d'œil et s'assit, afin de me faire de la place sur le canapé. Il portait un de ces shorts en coton du Conservatoire de la Nouvelle-Angleterre qui lui valaient toujours les taquineries de ma mère. « Qu'est-ce qu'une bande de musiciens comme vous peut bien faire d'une tenue de gymnastique ? » Je m'installai sur les coussins qui conservaient la chaleur de Stephen. Avec un sourire attristé, il soupira. Son haleine sentait l'alcool et j'aperçus sur la table la bouteille de whisky que ma mère se réservait quand elle avait la grippe. Je distinguais à peine ses traits mais j'avais si souvent contemplé son visage que je n'avais aucun mal à les reconstituer de mémoire.

— Impossible de dormir, constata-t-il en se passant la main dans les cheveux, une observation qui nous concernait tous les deux.

Après le service funèbre, alors que nous attendions, debout, les condoléances des assistants, je m'étais concentrée sur la main de Stephen, le regardant saisir d'autres mains, celles des amis de ma mère et de la kyrielle de ses anciens flirts. Il me semblait que ses lentes poignées répétées – le mouvement décomposé de ses doigts qui serraient, retenaient et relâchaient d'autres doigts – me communiquaient la force de l'imiter. C'était la première fois que je participais à une veillée mortuaire et je m'étonnais des dernières volontés de ma mère, de ce chapelet et de ces images pieuses portant des prières. Mais Stephen m'apprit qu'elle avait organisé d'avance le déroulement de ses funérailles. Peut-être m'avait-elle même imaginée me prêtant à la cérémonie des condoléances. Peut-être avait-elle prévu que j'écouterais Stephen pour savoir qu'en serrant la main du prêtre, je devrais l'appeler *Mon père*.

Au lieu de se joindre à nous, Mme O'Halloran était restée assise auprès du cercueil, les yeux fixés sur le corps de ma mère. Sans doute ne désirait-elle pas devoir expliquer sa présence...

— Je veux te parler, dis-je à Stephen car je sentais que si je restais plus longtemps assise auprès de lui dans la pénombre, le silence s'appesantirait de façon insupportable et que je finirais par regagner ma chambre sans un mot.

— Je t'écoute, répondit-il.

— Pourquoi ne m'as-tu pas prévenue ? demandai-je à voix basse, consciente que Mme O'Halloran se trouvait dans l'autre chambre. Pourquoi maman m'a-t-elle caché tout cela ?

— Je l'ignore, Grainne.

— Je n'aime pas cette femme.

— Donne-lui un peu de temps.

— Je ne veux rien lui donner. Si elle est réellement ma grand-mère, ce doit être une femme épouvantable car il est évident que maman ne pouvait pas la voir : elle préférait la tenir pour morte.

Je m'arrêtai sur ce petit mot de *morte* si anodin et pourtant définitif qui désormais revenait si souvent dans la conversation.

— Cela ne signifie pas qu'elle le soit. Entre sa fille et elle, il y a eu des dissensions. Une rivalité, de la rancune, le heurt de deux personnalités incompatibles. Tu ne peux pas le concevoir car ta maman a toujours été ta meilleure amie.

Stephen rougit. *Jusqu'à ce qu'elle soit sur le point de mourir*, pensions-nous tous les deux.

— Elle ne peut pas m'obliger à partir, m'emmener dans un autre pays. Ce n'est probablement même pas légal.

— Tu n'es pas tenue de partir tout de suite. Prends le temps de t'entretenir avec elle avant de crier à l'enlèvement.

Je ne lui répondis pas car j'enrageais intérieurement et lui en voulais très fort. Mais quand je le regardai, avec son air épuisé et malheureux, je me sentis étrangement émue et ma haine s'envola. Je malmenai la couture du coussin sur lequel j'étais assise.

— Est-ce que je ne pourrais pas rester avec toi ? murmurai-je.

Cela faisait des mois que j'y pensais et je redoutais d'avoir à prononcer pareille suggestion.

— Oh, Grainne, dit-il apparemment au bord des larmes. (Il se tourna vers moi et posa son bras sur le dossier du canapé.) Je ne suis pas ton père, reprit-il. Et je ne pourrais pas l'être. Je ne suis qu'un musicien de vingt-huit ans. J'ignore comment ta mère me considérait, en tout cas elle ne voyait certainement pas en moi un père de substitution pour toi.

Son mouvement avait fait glisser la couverture, découvrant ses longues jambes dans la pénombre. Sans réfléchir, j'approchai ma cuisse de la sienne.

— Mais je pensais… commençai-je.

— Non, Grainne, dit-il. (J'avais déjà entendu cela auparavant : mon nom prononcé sur un ton de reproche au creux de l'obscurité.) J'étais le compagnon de ta mère. Son ami. Rien de plus.

J'eus l'impression que mon cœur, engourdi depuis plusieurs jours, se déchirait sous l'effet de ces paroles et allait traverser ma poitrine. Je me levai, brûlante, les jambes tremblantes, et me traînai vers ma chambre. *Je ne vais pas du tout te manquer ?* pensai-je. *Tu n'auras pas de peine si je m'en vais ?* « Rien de plus », avait-il dit. Le silence régnait, cruellement.

Dans ma chambre, roulée en boule comme un chat sur mon lit, j'écoutai des heures durant les reniflements étouffés et la respiration haletante de Stephen qui, le visage enfoui dans les coussins du canapé, pleurait sur son propre malheur.

4

Grace

— J'ai l'impression que Grainne attend quelque chose de moi, dit Stephen.

Il masse le dos de Grace, ses paumes progressent sur la peau, puis se retirent, comme les vagues. Il faut qu'il masse doucement car, s'il appuie trop fort, elle a l'impression qu'il lui broie les entrailles. Elle entend la marée qui monte sur la plage et se demande si Grainne est en train de nager.

— Grace, tu m'écoutes ? interroge Stephen.

— Grainne va bien, affirme-t-elle.

Le massage de Stephen se ralentit. Il n'a jamais pu utiliser ses mains et parler en même temps. Il ne coordonne ses mouvements que lorsqu'il joue du piano, il ne lui reste pas assez de concentration pour d'autres tâches.

— Elle est furieuse en permanence, dit-il. Je crois qu'elle a peur de se retrouver seule.

— Elle ne sera pas toute seule, dit Grace en se dégageant.

— Je me demande si elle ne cherche pas un père, dit Stephen en lui tapotant le dos.

— Elle s'est parfaitement débrouillée sans père,

depuis douze ans. Elle t'aime bien, Stephen. Mais je crois que tu la sous-estimes en lui prêtant ce besoin.

Grace comprend au ton de sa réponse qu'il voulait dire : *Peut-être que toi aussi, tu la sous-estimes.*

Quand elle ferme les yeux, elle revoit clairement sa fille à l'âge de trois ans : elle se tient devant une table au bois éraflé dans leur premier appartement à Brighton. Elle joue à la dînette avec le service à thé que Grace lui a acheté dans un grand magasin populaire : assiettes en plastique, soucoupes, tasses, théière ornée d'un motif de roses qui commence à s'écailler à force d'avoir servi. Grainne prépare le thé à la façon de sa grand-mère ; elle ébouillante la théière et place à l'intérieur un peu d'origan censé représenter les feuilles du thé qu'elles buvaient en Irlande. Avec cette odeur d'origan, on se croirait soudain transporté dans une pizzeria. Grainne met un couvert pour chacune de ses poupées, un pour le chat, seulement attiré par le lait dans la minuscule soucoupe ; elle tend à sa mère la vaisselle la plus abîmée. Avec des gestes solennels, elle ajoute toujours un dernier couvert en face de Grace, et laisse la chaise vide.

— Pour qui est-ce, ma chérie ? lui demande Grace un jour. Pour la reine des pirates ?

— Non, répond-elle en versant le liquide verdâtre dans les tasses miniatures. C'est pour papa.

L'odeur de lait chaud et d'origan soulève le cœur de Grace.

— Tu penses toujours que papa va venir, murmure-t-elle.

Grainne pose un gâteau devant le siège vide.

— D'abord, il faut qu'il échappe aux pirates-sirènes qui le retiennent prisonnier. Tu prendras du sucre ? interroge-t-elle avec l'accent de sa grand-mère, en tendant une cuillère au-dessus de la tasse de sa mère...

Un an durant, Grainne continua d'accomplir ce rituel. Grace ne lui posait plus de questions mais parfois devant la détermination de sa fille lorsqu'elle dressait la table pour le thé, la mère frissonnait et tournait les yeux vers la porte d'entrée, s'attendant presque à voir apparaître l'invité absent. Comme Grainne ne parlait de son père que lorsqu'elle jouait à la dînette, Grace se demandait si elle devait ou non aborder le sujet avec elle. Comment expliquer quelque chose que vous ne comprenez pas vous-même à une petite fille de trois ans ? Au bout d'un an, Grainne perdit tout intérêt pour ce jeu – et semble-t-il, pour ce père absent –, aussi Grace se sentit-elle soulagée.

J'aurais dû lui parler à cette époque, pense-t-elle. Stephen a cessé de la masser mais il demeure dans l'expectative. Elle aurait dû expliquer à Grainne – ou au moins essayer – pourquoi elle avait quitté l'Irlande, à quel point on pouvait se sentir prisonnière, même lorsque aucun pirate, aucune sirène ne vous retenait dans ses rets. Mais elle avait tardé à le faire et Grainne avait oublié. Elle n'avait reparlé de son père qu'à l'adolescence, posant de temps à autre des questions du genre : « Quelle est la couleur de ses cheveux ? », un peu à la manière d'un journaliste collectant des informations. Ce n'était plus *papa*, c'était simplement un personnage qui excitait une vague curiosité...

Grace recommence à souffrir. En fait la douleur est là, en permanence – à différents degrés, qui vont du supportable à l'intolérable –, et en ce moment, elle s'exacerbe tellement que la malade va être obligée de prendre les calmants qui obscurcissent sa pensée. Elle entrevoit que le médecin va lui prescrire sous peu davantage de morphine que Stephen se fera un devoir de lui injecter. Les analgésiques agissent moins qu'à l'ordinaire.

Quand son front se couvre de sueur et qu'elle

commence à se débattre sous les draps, comme un poisson hors de l'eau, Stephen sait le moment venu de lui administrer ses médicaments, de l'aider à avaler le verre qu'il laisse à la température de la chambre car le liquide froid donne à Grace l'impression que ses dents se fêlent.

Dès que la douleur s'atténue, elle essaie de se remémorer sa fille lorsqu'elle était enfant et de se reporter à l'époque où son rôle de mère allait de soi ; ses mensonges avaient alors un sens, croyait-elle. Mais c'est d'elle-même dont elle se souvient. Elle se voit petite fille, non pas comme un être autonome mais comme le reflet fragmentaire que lui renvoyait d'elle son entourage. Elle-même avec Michael, un jeune garçon qu'elle considérait comme son frère tout en sachant qu'il n'y avait entre eux aucune parenté par le sang. Michael avait ses deux parents, cependant la mère de Grace était une autre mère pour Michael, d'une manière mystérieuse que personne n'avait pris la peine d'éclaircir ; on se contentait de dire que Cliona était sa *nounou*. Ce qui ne signifiait rien aux yeux de la petite.

A en croire sa mère, le père de Grace était mort bien avant sa naissance et Grace aimait à s'imaginer qu'ils avaient passé au ciel un certain temps ensemble quand elle n'était que l'âme d'un bébé attendant de naître. Quand elle pensait à son père, elle se le représentait sous les traits d'un ange : un homme doté d'une paire d'ailes qui ressemblait à Jésus sans la couronne d'épines, ni le cœur mis à nu. C'est ainsi en tout cas qu'elle le voyait en rêve avant de découvrir que sa mère l'avait trompée.

Ce fut Michael qui lui dit. Chaque soir, il se glissait dans son lit et ils tiraient les draps par-dessus leur tête pour former une tente dont ils éclairaient l'intérieur avec une lampe électrique chapardée à l'office. S'il était assez tard pour que les adultes soient couchés, ils ôtaient leurs pyjamas et laissaient courir leurs doigts sur leurs torses en tout point identiques, gloussant chaque fois que leurs mamelons se contractaient et se ratatinaient comme des raisins de Corinthe. Un soir Michael enleva aussi son slip et, en découvrant son sexe, Grace éclata de rire. Cela le rendit furieux.

— Ton père n'est pas au ciel, lui dit-il. Il brûle en enfer car il n'a jamais épousé ta mère.

Il voulut se rétracter car Grace avait cessé de rire et le regardait, les pupilles dilatées. Mais elle lui décocha un coup de poing sur la bouche qui le fit saigner un peu. Ses pleurs réveillèrent la mère de Grace. Elle gifla sa fille à la fois parce qu'elle ne portait plus son pyjama et parce qu'elle s'était montrée brutale.

Après cette scène, le père de Grace disparut. Jamais plus elle ne l'imagina comme un ange. Et sa mère, qui avait été jusque-là à ses yeux une femme sévère à laquelle elle prêtait peu d'attention, devint ce visage inexpressif auquel Grace n'accorda plus sa confiance et qu'elle allait finir par haïr...

Grace perd le fil de ses souvenirs au moment où Stephen tire sur son dos le drap qu'elle a froissé en se débattant contre la douleur. Elle voudrait qu'il remonte le drap plus haut encore, afin de former une tente, mais elle n'a plus la force de lui expliquer pourquoi. Stephen a toujours besoin d'explications, plus que tous les hommes qu'elle a précédemment aimés.

— Tu as compris mes dispositions pour l'enterrement ? demande-t-elle, craignant qu'il n'ait pas lu ses dernières volontés car il n'aime pas aborder avec elle les mesures à prendre au moment de sa mort imminente.

— Moi aussi, j'ai reçu une éducation catholique, dit-il. Je connais les usages. Ce que je ne comprends pas, c'est pourquoi tu souhaites des obsèques religieuses.

— Ce n'est pas pour moi, répond Grace.

Stephen ferme les yeux comme il le fait souvent ces derniers temps, chaque fois qu'elle dit quelque chose qui semble le blesser.

— Il n'est pas trop tard pour lui parler.

D'abord, Grace croit qu'il fait allusion à sa mère puis elle comprend qu'il s'agit de Grainne.

— Non, dit-elle. Il est trop tôt.

— Que veux-tu dire ?

Au lieu de répondre, elle clôt les paupières. Stephen ne peut comprendre. Il est l'enfant de quelqu'un mais il n'a pas d'enfant. Il ne sait pas que les choses que vous vous étiez juré de ne jamais faire deviennent ce que vous *devez* faire pour des raisons que vous n'aviez jamais prévues. Il ne devine pas que si elle avoue la vérité à Grainne aujourd'hui, elle va mourir aux yeux de sa fille avant même de mourir réellement.

5

Grainne

Stephen a vécu avec nous plus longtemps qu'aucun
des autres petits amis de ma mère. Ce n'était pas la
première fois que j'étais amoureuse de l'un de ses
amants mais il fut le premier dont je rêvai. Des rêves
érotiques d'où j'émergeais au matin effrayée et les
joues en feu. Une fois par exemple, je rêvai qu'il
m'arrachait mon T-shirt, qu'il m'asseyait sur le piano
et que, debout entre mes genoux, il embrassait mon
ventre, mes seins, mon cou. J'évitai de croiser son
regard pendant plusieurs jours, après ce rêve.

Je devais bien cacher mes sentiments car ma mère
ne me taquina jamais au sujet de Stephen. Auparavant, quand je m'intéressais à l'un de ses amoureux,
elle s'amusait à me provoquer. Jamais devant eux, si
bien que ce petit jeu restait inoffensif. Je n'avais pas
honte car elle agissait comme si son amant du moment
était un camarade de lycée et nous, deux jeunes filles
en train d'échanger nos impressions sur son physique agréable. C'est ainsi que ma mère se comportait avec moi – comme ma meilleure amie, comme une
complice.

— Toutes les deux nous raffolons des garçons ! avait-elle l'habitude d'observer.

D'après elle, j'avais hérité de ses charmes mais je me doutais qu'il me serait difficile de l'égaler en séduction. Elle traînait toujours derrière elle un ou deux amoureux. Je me souvenais de la plupart de ses petits amis et nous nous disputions souvent, quand sa mémoire lui faisait défaut : elle n'aimait pas reconnaître qu'elle avait oublié l'un de ses amants.

J'avais appris depuis longtemps à ne pas lui poser de questions sur mon père, simplement parce qu'il semblait n'avoir guère d'importance, à croire qu'à ses yeux il n'avait jamais existé. Notre vie était centrée sur nous deux et les hommes restaient toujours à la périphérie. Mais à leur sujet, elle ne se montrait jamais gênée ni cachottière.

Par exemple, une nuit – j'avais à peine huit ans – je fus réveillée par un bruit provenant de la chambre de ma mère, comme les grognements haletants d'un homme en train de se faire étrangler. Je sautai à bas du lit et, après avoir frappé à sa porte, je l'appelai. Elle sortit en nouant la ceinture de son peignoir et me ramena dans ma chambre. Elle m'expliqua qu'elle faisait l'amour avec Bob, le type qui avait dîné avec nous. Faire l'amour avec un homme, je savais ce que cela signifiait, mais ces bruits insolites ?

— Bob avait beaucoup de plaisir, me répondit-elle. (Il perçait une pointe de gaieté dans sa voix mélodieuse : c'était le ton de celle qui ne me cachait rien.) C'était plutôt drôle, n'est-ce pas ?

Bob nous avait écoutées et quand, debout dans l'entrée, il entendit ces commentaires, il s'offusqua, traita ma mère de folle et quitta l'appartement en claquant la porte.

— J'aimerais bien savoir ce que lui t'aurait répondu, dit-elle en se glissant dans mon lit.

Je me souviens encore de la chaleur brûlante de sa main sur mon bras, de l'odeur de ses cigarettes et de l'huile essentielle de sauge qu'elle utilisait comme un parfum. Mais elle sentait aussi la transpiration et une curieuse odeur de musc que Bob, pensai-je, avait laissée sur elle. De toute façon, il serait parti au petit matin, je le savais.

Dès le début, Stephen s'était révélé différent des autres et ce fut le seul homme qui nous ait jamais appartenu. Les quelques amants de ma mère qui s'étaient installés chez nous apparaissaient et disparaissaient sans nous manquer vraiment. En général ma mère se débrouillait pour conserver leur amitié et de temps à autre, les plus sympathiques revenaient dîner à la maison ou assistaient aux soirées de ma mère. A cette occasion, elle jouait les marieuses, elle aimait repasser ses ex à ses amies célibataires. Jusqu'à l'arrivée de Stephen, je ne me suis jamais fait de soucis quand ma mère perdait l'un de ses amoureux. Au fond, on peut affirmer que lui, elle ne l'a jamais perdu.

Lorsque ma mère apprit qu'elle souffrait d'un cancer du sein, elle pria Stephen de s'en aller. Elle prépara son sac de marin et téléphona aux déménageurs pour qu'ils viennent chercher son piano. Puis elle le mit à la porte. Il s'installa dehors sur les marches de l'immeuble et renvoya les déménageurs quand ils vinrent charger le piano. Toutes les heures, ma mère m'envoyait jeter un coup d'œil par la fenêtre afin de vérifier s'il était toujours là. Quand elle lui ouvrit enfin, il était près de minuit et Stephen avait tellement froid que son visage était marbré de plaques violacées. Elle l'enveloppa en riant dans une couverture.

— Tu essaies de m'impressionner ? lui demanda-t-elle.

— Je suis du genre fidèle, répondit-il en claquant des dents.

Il vivait toujours avec elle quand elle subit sa première intervention et ses séances de chimiothérapie. Elle allait mieux et elle eut plusieurs mois de répit avant qu'une autre grosseur n'apparaisse.

— Tu peux partir quand tu veux, lui répétait-elle.

Elle mourut à petit feu dans la villa que Stephen avait louée pour nous trois au bord de la *Plage des Sirènes Chantantes*. A la fin, elle fut admise à l'hôpital local et ce fut Stephen qui l'accompagna et non moi.

Au lendemain de notre installation, je me réveillai, troublée, à la *Plage des Sirènes Chantantes* et mis quelques secondes à reconnaître la petite chambre où je me trouvais. Les murs étaient tapissés d'un papier peint orné de boutons de roses d'un jaune fané ; le bois de lit et le bureau avaient été repeints plusieurs fois avec une laque vert tilleul, grumeleuse. Rien dans cette pièce ne m'appartenait, à l'exception de mes vêtements déjà rangés dans la penderie. Dans notre appartement, sur le mur qui longeait mon lit, j'avais fixé des photographies découpées dans des magazines et des poèmes écrits au feutre bleu. Je n'avais pas souhaité que cette nouvelle chambre ressemble de près ou de loin à la mienne. Mais ce matin-là, je regrettai soudain de n'avoir pas emporté un quelconque objet qui m'aurait permis de me sentir un peu chez moi.

Je cherchai la salle de bain – qui, je l'avais oublié, se trouvait à l'autre bout de la villa, jouxtant la cuisine – et sans frapper j'en poussai la porte de bois gris. Ma mère était debout devant le lavabo, le haut de sa chemise de nuit roulé autour de sa taille. Elle avait ôté la bande de gaze qui ceignait son buste : il m'apparut enlaidi par un cratère aux bords froncés et ourlés de points de suture. Comme je n'avais pas revu ma mère nue depuis l'opération, je restai pétrifiée, sous le choc. Elle baissa la tête et couvrit l'horrible cicatrice de son avant-bras.

— Grainne, me gronda-t-elle. (Comme je ne bougeais toujours pas, elle referma la porte avec son pied, me repoussant dans la cuisine adjacente.) Je te rejoins dans une minute, mon chou.

Au lieu de l'attendre, je me réfugiai dans ma chambre. Je me plantai devant le miroir au cadre d'osier, au-dessus du bureau de même couleur, et je déboutonnai le haut de ma chemise de nuit, le laissai retomber sur mes hanches. Je passai mes mains sur ma poitrine et regardai mes seins se déformer, rougir et durcir. Je me souvins de la première fois où j'avais observé ce phénomène. J'avais alors onze ans. Je m'étais précipitée, en larmes, vers ma mère. J'avais cru discerner une anomalie sur mes seins qui poussaient et être atteinte du cancer. Ma mère m'avait déclaré en riant que mes seins réagiraient toujours au froid et au plaisir. Plus tard, s'ils durcissaient de la sorte auprès d'un garçon, il me faudrait déterminer si j'étais excitée ou si j'avais froid.

Ma mère n'avait plus qu'un sein...

Je remis ma chemise de nuit et, me fixant dans la glace, je murmurai :

— Je m'appelle Grainne, Grainne !

Puis je le répétai tant et plus – un truc que j'avais appris vers six ans. Si je la répétais suffisamment longtemps, la phrase perdrait toute signification et mon visage se transformerait en un masque diabolique et inconnu, semblable à celui d'une sorcière jaillissant hors d'un miroir...

Je me recouchai. Quand je me réveillai à nouveau les sonorités éclatantes du piano de Stephen faisaient vibrer les lames ternes du parquet de ma chambre. J'enfilai un T-shirt et un bermuda avant d'ouvrir la porte. La maison avait été construite sur des pilotis qui la mettaient hors d'atteinte de la marée haute. L'un des murs de la salle de séjour était constitué de baies vitrées coulissantes donnant directement sur la plage. De l'endroit où je me trouvais, les vagues semblaient se briser juste derrière la tête de Stephen.

— Bonjour, bonjour, fredonna-t-il en pianotant un air idiot sur quelques notes dès qu'il me vit.

Le luxueux piano d'acajou paraissait monstrueux et incongru dans cette pièce minuscule, un instrument coincé à côté d'un canapé brodé d'une carte de navigation. C'était pourtant la seule chose qui, dans la villa, me rappelait la maison.

— Aurons-nous un cours ce matin ? demanda-t-il.

— Je ne pense pas.

Il haussa les épaules et se remit à jouer. Je choisis une nectarine dans la coupe à fruits et sortis sur la plage.

Depuis que Stephen avait emménagé chez nous, il me donnait de temps en temps des cours de piano. J'aimais ces cours surtout parce que j'étais assise près de lui sur une confortable banquette et qu'il me touchait, me montrant comment je devais bouger doigts et poignets. Il faisait doucement glisser le bout de chacun de mes doigts sur les touches d'ivoire, puis les appuyait plus fort. Quand je m'imaginais l'embrassant, je me disais que ses lèvres froides, douces et fermes seraient comme les touches du piano, prêtes à révéler leur puissance cachée. Peu auparavant, j'avais interrompu les cours afin de me préparer à son départ. Ma mère lui avait donné ce qu'elle appelait son *laisser-passer-pour-sortir-de-prison* : il pouvait la quitter sans même lui fournir d'explications. Chaque matin, je m'attendais plus ou moins à ce qu'il soit parti avant le petit déjeuner. Ma mère aurait les larmes aux yeux, toutefois elle ne lui retirerait pas son affection pour autant. Elle remplirait mon bol de céréales en disant : « C'est tellement agréable de recouvrer sa liberté », ou encore « Un de perdu, dix de retrouvés ». Cependant je me rendais compte que si Stephen s'en allait, ma mère ne dirait peut-être pas ce qu'elle disait habituellement ; elle ne se mettrait pas aussitôt en quête d'un remplaçant. Elle ne sortirait peut-être même pas de son lit pour me servir mon bol de céréales.

De toute façon, je n'acceptais plus la torture des cours de piano, ni le risque d'un chagrin lors du départ de Stephen.

Quand j'eus terminé la nectarine et enfoui le noyau dans le sable avec mes orteils, je revins vers l'entrée de la maison et jetai un coup d'œil à travers la baie vitrée. Stephen n'était plus installé devant le piano, il aidait ma mère à s'asseoir sur une chaise, face à la table. Elle portait sa mousseline mauve et sa frange rousse, qu'elle avait fait bouffer pour qu'elle paraisse plus fournie, retombait sur son front. Elle leva son visage vers Stephen et lui sourit faiblement. Il la caressa, les doigts posés sur son cou, le pouce effleurant le lobe de son oreille. Renonçant à rentrer, je revins vers la plage. Je marchai en lisière des vagues mourantes, tête baissée, les yeux fixés sur les goémons, les coquillages échoués et l'écume de la mer, songeant qu'ils me traçaient un chemin qui me conduirait bien quelque part.

Je m'assis sur le muret de ciment qui délimitait la plage publique et j'observai la foule des familles accablées par la chaleur, traînant des glacières, des parasols, des sacs publicitaires en toile. Je jetai aussi un coup d'œil aux adolescents qui se pavanaient en groupes compacts devant le grand bazar de la plage, ainsi qu'à une bande de garçons en train de jouer au volley-ball. Je remarquai parmi eux un jeune homme grand et maigre, aux épaules bronzées, et qui portait une épaisse queue de cheval, comme celle de Stephen. Il jouait bien mais avec désinvolture – il avait planté sa cigarette dans le sable à ses pieds et, entre deux services, il la retirait pour aspirer une bouffée. Il devait avoir deux ans de plus que moi et semblait plein d'assurance – le genre de type qui vous regarde sans doute droit dans les yeux avant de vous embrasser. J'allumai une cigarette et le regardai jouer.

« La chasse à l'homme », aurait dit ma mère si elle avait été là. Elle aimait flirter et se vantait d'être très douée dans ce domaine. Mais ce que j'éprouvais depuis que mon corps était habité d'étranges désirs n'avait rien à voir avec l'envie de séduire.

Tout avait commencé par des rêves. (Non pas des rêveries où je me retrouvais en compagnie d'un garçon – ces rêveries-là ne débutèrent qu'après l'arrivée de Stephen à la maison.) Dans mes rêves antérieurs, j'étais seule, assise sur le banc d'un parc le plus souvent ; je sentais une bulle se former dans mon entre-jambe et prendre vie. Cette sensation avait beau être agréable, j'avais peur, je ne savais pas si cette chose émanait de moi ou au contraire tentait de me péné-trer. Je serrais les cuisses et m'efforçais de conserver un visage impassible, à cause des passants qui prome-naient leur chien devant le banc. Parfois, un homme ou un garçon s'asseyait à côté de moi et cherchait à lier conversation mais je fermais les yeux, souhaitant qu'il abandonne afin de pouvoir aller au bout de ma sensa-tion. A mon réveil, mon bas-ventre et mes cuisses étaient en feu et ma petite culotte était mouillée.

Je savais ce que c'était. J'avais lu un livre sur la sexualité et j'avais eu de nombreuses conversations explicites avec ma mère qui ne mâchait pas ses mots. Espérant retrouver le même plaisir, je me caressais la nuit, nue sous le drap tiré au-dessus de ma tête, formant une tente. Parfois, je parvenais à provoquer une petite explosion, un spasme musculaire si peu semblable à ce que j'éprouvais d'ordinaire dans mon sommeil que tout s'achevait sur des larmes d'énervement et de dégoût ; je me sentais stupide.

L'année dernière, à l'époque où je me mis à rêver de Stephen, je commençai à sortir avec des garçons. Mais le seul moment où je ressentais une émotion particulière c'était avant qu'ils ne me touchent, lorsque j'imaginais d'avance leurs caresses. La passion, décidai-je, n'avait rien à voir avec ces attouchements grossiers, une langue fouillant dans ma bouche ou des doigts glissés dans ma culotte. L'extase, ou ce qui s'en rapprochait le plus à mes yeux, se produisait avant le baiser : quand je pouvais encore imaginer le contact des lèvres du garçon, avant que sa bouche visqueuse ne s'écrase contre la mienne et que sa langue ne furète entre mes dents. J'étais beaucoup plus expérimentée que ma mère ne le supposait et comme j'avais déjà orchestré dans ma tête le *baiser parfait*, je savais que je ne manquerais pas de le reconnaître quand je le vivrais.

Au début, le volleyeur me regardait du coin de l'œil et je craignais qu'il ne pousse pas plus avant son petit jeu. Je plaçai mes jambes sur le mur de façon à lui faire remarquer combien elles étaient longues. Je ne croyais pas être jolie mais ma mère m'avait appris à tirer parti de mes atouts – soi-disant, j'avais hérité de ses jambes élancées et de sa poitrine ; quant à mes cheveux noirs et bouclés, ils me donnaient un petit air exotique qui, je m'en étais rendu compte, attirait les garçons même

51

si au premier regard, comme avec ce garçon sur la plage, j'avais parfois l'impression d'être disgracieuse, d'avoir des jambes comme des allumettes, les seins lourds et les cheveux crêpelés comme la fiancée de Frankenstein.

Maintenant, il me regardait ouvertement et avec insistance afin d'attirer mon attention. Comme il était distrait, il rata une passe. Je ris et il me sourit. J'étais déjà en train d'imaginer comment allait se dérouler le reste de l'été. Nous marcherions au bord des vagues à la nuit tombante, épaule contre épaule, les derniers rayons du soleil cuivrant notre peau. Il s'arrêterait, s'approcherait de moi et me regarderait dans les yeux. Puis il m'embrasserait d'une manière parfaite ; alors mon été, le reste de ma vie même se fondraient dans l'ombre de ce baiser, la pression puissante de ses lèvres m'insufflerait une force nouvelle.

— Mark, se présenta-t-il en s'approchant du mur sur lequel j'étais juchée.

A cause de son fort accent de Boston, on aurait dit *Mac*. Ce n'était pas le prénom idéal. Pas obligatoirement celui de quelqu'un qui va changer votre vie. Mais je lui pardonnai ; après tout, on ne savait jamais !

— Je m'appelle Grace, dis-je à mon tour.

Pourquoi utilisai-je le prénom de ma mère ? Je n'en sais rien. Peut-être n'avais-je pas envie de répéter *Grainne* plusieurs fois avant qu'il comprenne, peut-être craignais-je qu'avec son accent, il n'altère mon prénom gaélique.

— Tu es trop jolie pour rester assise toute seule, Grace, me dit-il en m'adressant un sourire.

C'était donc aussi simple que cela ! Je passai le reste de la journée avec lui, rayonnante à l'idée de ce qui m'attendait. Comme je ne songeais qu'au moment où il se pencherait pour m'embrasser, j'entendais à peine ce qu'il me disait. Je ne cessais d'humecter mes lèvres sèches et je contrôlais ma respiration ; au cas où il se déciderait à poser ses mains sur mes hanches, je rentrais mon ventre. Cette attente m'épuisait et je passais par des instants de doute. Peut-être me faisais-je des illusions en croyant qu'il s'intéressait à moi. Si j'avais mal interprété ses intentions, il me restait à le traiter de haut, à jouer les filles dures et inaccessibles pour l'allumer.

Après le coucher du soleil, nous nous approchâmes d'un feu de joie qui flambait sur une des plages à l'écart, au pied de hautes falaises. Il y avait là une vingtaine de jeunes avec des transistors et des couvertures ; tous semblaient se connaître. Quelques filles de mon âge semblèrent déçues ou furieuses quand elles virent que Mark me tenait par l'épaule. Je me dis qu'elles avaient dû mettre, sous leur chemise en coton gratté, un soutien-gorge de satin dans l'espoir de l'épater.

Nous nous assîmes en tailleur sur une couverture rêche et bûmes de la Budweiser, alignant au fur et à mesure les boîtes vides qui brillaient à la lueur du feu. La bière me laissait un goût amer dans la gorge. Mark s'enhardissait : il m'avait prêté sa veste en jean – humide à cause de l'air marin – et, penché vers moi, il chuchotait à mon oreille. Les flammes jaillissaient dans la nuit, le feu crépitait et claquait comme un drap étendu dehors par grand vent. Derrière nous, les vagues invisibles s'écrasaient sur la plage et, entre deux roulements, j'entendais l'écume grésiller sur le sable comme les braises.

Quand nous fûmes ivres tous deux, nous nous dirigeâmes vers les falaises pour échapper à la clarté des flammes. Il faisait froid dès qu'on s'éloignait du feu et j'essayai de ne pas frissonner quand Mark me tendit la canette de bière. Nous nous assîmes et restâmes silencieux un certain temps. Je bouillais d'impatience et commençais à désespérer. J'avais envie de le secouer en lui criant : «Tu te décides à m'embrasser, oui ou non ?» A la pâle lumière de la lune, il n'avait plus du tout l'air d'un tombeur. Il semblait frigorifié et fronçait les sourcils avec une expression concentrée. Je détournai la tête pendant qu'il avalait le reste de la bière et je prévoyais de me lever à la minute pour rejoindre le feu de joie. Comme je le regardai à nouveau, il s'approcha brusquement de moi et m'embrassa. Il pressa contre les miennes des lèvres molles et gluantes comme des limaces, faisant aller sa tête d'avant en arrière, et je l'imitai, mais à contretemps. J'essayai de me remémorer mes rêveries de l'après-midi mais je ne parvenais à faire abstraction de mon T-shirt remonté autour de mon cou, de mon dos plaqué contre le sable humide, de mes joues et de mon menton couverts de salive. Couché sur moi, Mark pesait de tout son poids sur mes jambes et se frottait à moi avec une telle ardeur que j'entendais crisser la fermeture métallique de son pantalon.

— Oh, gémit-il contre ma joue.

Le garçon plein de charme s'était métamorphosé en un être étrange et qui m'étouffait. Je me débattis mais il gémit plus encore. Comme il semblait apprécier la chose, je continuai à m'agiter afin d'en avoir fini plus tôt.

— Grace, murmura-t-il.

Et pendant un court instant, je me retrouvai seule dans ma chambre, écoutant la voix de Stephen en train de faire l'amour à ma mère.

«Ah ! Ah !» laissa-t-il échapper les yeux clos, le visage crispé comme s'il était douloureusement déçu. J'avais appris auprès d'autres garçons que c'était là l'expression de l'extase.

— Chut ! fis-je, soudain honteuse à l'idée que l'on puisse nous entendre près du feu.

Il cessa de bouger, paralysé au-dessus de moi.

J'entendis glousser non loin de là. Je poussai sur son épaule et il roula loin de moi.

— Désolé, marmonna-t-il quand sa respiration fut redevenue normale.

Je lui refusai de me raccompagner chez moi. Je courus presque tout au long du chemin du retour, dégoûtée et terrifiée, le sable crissant sous les semelles de mes tennis. Quand j'arrivai à la villa, une faible lueur bleutée montait peu à peu au-dessus de l'océan. Personne n'était resté debout à m'attendre. Je pénétrai dans la maison sans bruit, me faufilai dans ma chambre jaune et vert et me débarrassai de mes vêtements enfumés et remplis de sable et de graviers. Tandis que je me glissais sous les couvertures qui sentaient la naphtaline, le soleil se leva et le ciel rougeoya derrière les rideaux blancs de ma fenêtre. Pendant le reste de la matinée, personne ne frappa à ma porte ni ne vint me rejoindre dans mon lit.

6

Grainne

A partir du mois de juillet, je cessai pratiquement de voir ma mère mais je trouvais souvent dans la poubelle de la salle de bain des touffes de cheveux roux semblables à des nids d'oiseaux. Parfois, je m'approchais en catimini de la porte fermée de sa chambre dans l'espoir de l'entendre tousser ou bouger. Un jour, Stephen me surprit et me dit :

— Tu peux entrer, elle est réveillée.

Mais je fis demi-tour. Je ne voulais pas la prendre au dépourvu, sans le chapeau de paille qu'elle portait quand Stephen l'amenait marcher sur la plage. Je m'imaginais qu'aux endroits où elle avait perdu tous ses cheveux, la peau était infectée et fripée comme autour du sein qu'on lui avait enlevé.

— Si elle veut me voir, elle n'a qu'à laisser la porte ouverte, répondis-je.

J'aurais mieux fait de me taire car Stephen le lui répéta. Dès lors, sa porte resta entrebâillée, ce qui m'obligea à marcher sur la pointe des pieds de crainte que la porte ne s'ouvre soudain à la volée.

Ma mère quittait la maison la nuit. Je l'entendais marcher, parfois à pas lourds, et déplacer des objets dans la salle de séjour, ce qu'elle avait l'habitude de faire quand elle était fâchée avec moi et voulait que je sorte de ma chambre pour reconnaître mes torts – par exemple quand je m'étais sottement comportée ou que j'avais oublié de charger la machine à laver la vaisselle. Ce procédé restait sans effet avec moi depuis que j'avais dix ans, en revanche tous ses petits amis tombaient dans le panneau. A la villa, Stephen finissait par se montrer et quand il lui demandait : « Qu'est-ce qui ne va pas, mon petit chou ? », elle retournait se coucher.

Une fois par semaine, Stephen la conduisait en ville pour sa séance de chimiothérapie. Il s'efforçait de me tenir au courant, m'expliquant qu'elle avait vomi après la séance, que les médecins s'interrogeaient sur l'opportunité d'une nouvelle opération. Comme je ne réagissais pas, un jour, il me demanda :

— L'état de ta mère ne t'intéresse-t-il pas ?

— Ma mère me dit tout ce que je dois savoir, répondis-je, bien que ce ne fût plus la vérité.

— Qu'attends-tu ?

Une drôle de question, pensai-je : je n'attendais plus rien.

Pour qu'il ne se sente pas trop malheureux, je le laissai à nouveau me donner des cours de piano. Nous restions assis l'un à côté de l'autre, mes hanches et mes épaules frôlant les siennes. Après les cours, nous allions nager ensemble et je lui permettais de me soulever quand une vague arrivait, ses mains glissées sous mes aisselles, presque à la hauteur de mes seins. Je m'imaginais qu'il cherchait à me séduire. Je le voyais d'avance faire mon éducation comme lorsqu'il m'enseignait le piano. *Comme ça, Grainne,* me dirait-il et ses lèvres s'accorderaient aux miennes dans le fameux baiser parfait.

Je ne retournai pas vers les feux de joie, craignant

que l'on ne se souvienne de moi. Je passais toutes mes soirées dans un petit café en ville, fréquenté surtout par des gens âgés. Je fumais des cigarettes à la chaîne et consommais du café jusqu'à ce que mes mains se mettent à trembler. Je recopiais des poèmes dans mon carnet ; je n'avais emporté aucun livre, aussi essayais-je de me souvenir des poèmes affichés sur le mur de ma chambre.

Ma mère commença à me laisser des petits mots sur le réfrigérateur. Je les découvrais tôt le matin, avant de descendre sur la plage.

Grainne,

Veux-tu acheter au supermarché des œufs et du bicarbonate. (Tu te souviens de Georges et de la recette de ses omelettes si renommées ?) Stephen te donnera de l'argent.

Maman.

Grainne,

Veux-tu faire plaisir à ta mère, trop occupée, et balayer la traînée de sable qui va de la porte d'entrée à celle de ta chambre. Tu as beau porter un nom de reine, ce n'est pas une raison pour que je te traite comme telle. Tes pieds commencent à ressembler à ceux de ton père – chez lui aussi, le gros orteil était plus court que les autres doigts de pied. C'est un signe d'intelligence.

Maman.

P.S. J'ai reconnu mon vernis à ongles rose nacré sur tes ongles de pied. Veux-tu bien me le rendre, petite voleuse !

Elle écrivait ces petits mots sur la vieille Corona posée sur le bureau de la salle de séjour. Ces caractères minuscules au milieu d'une page blanche me donnaient la chair de poule, j'avais l'impression de recevoir des lettres anonymes menaçantes. C'était la première fois qu'elle évoquait mon père avec tant de naturel et sans amertume. Cela m'effrayait pourtant, sans que je sache pourquoi. Je l'imaginais sortant à pas de loup de son lit, en pleine nuit, observant la forme de mes orteils et composant ces petits mots pendant mon sommeil.

Un matin, je retournai la feuille et gribouillai au dos ces vers d'Anne Sexton :

On en est donc arrivé là.
Insomnie à trois heures du matin.

Le message suivant que ma mère m'adressa était plus long, plus bavard, on aurait dit qu'elle m'envoyait une carte postale et me racontait son excursion au bord de la mer. Je me mis à lui laisser des citations chaque matin, écrites sur la feuille vierge qu'elle mettait de côté à mon intention.

Porterai-je une raie derrière la tête ? Oserai-je manger une pêche ?
Je mettrai des pantalons de flanelle blanche et marcherai sur la plage.
J'ai entendu le chant des sirènes, qui se répondent en écho.

J'imaginais que ma mère fixait avec soin ces feuilles sur le papier peint de sa chambre auprès de son lit. Si elle avait connu ce poème, elle aurait pu ajouter : *Je ne pense pas qu'elles chanteront pour moi.*

Le soir, nous nous croisions silencieusement, comme deux fantômes aveugles, lorsqu'elle sortait de la salle de bain et que je m'y rendais. Il m'arrivait de trouver des caillots de sang dans le lavabo, accrochés sur le bord de la bonde comme de minuscules méduses d'un brun rougeâtre. Je faisais couler l'eau jusqu'à ce qu'ils disparaissent dans le siphon.

Au milieu de l'été, les médecins arrêtèrent la chimiothérapie de ma mère – et moi, je cessai de manger.

Stephen cuisinait des repas de gourmet que nous prenions seuls tous les deux car, à cette heure-là, ma mère dormait. Toute la nourriture qu'il me présentait me semblait avariée, coagulée ou j'y voyais comme de la vomissure. De minuscules insectes se mirent à grouiller dans les légumes et des vers se tortillaient dans mes biftecks. Les bouchées que j'essayais d'avaler refusaient de descendre et j'avais d'incessants haut-le-cœur. Stephen bondissait de sa chaise, se précipitait derrière moi comme si j'avais avalé de travers et que je risquais de m'étouffer. J'étais obligée de cracher la nourriture dans ma serviette en papier lorsqu'il ne me regardait pas. Finalement, je cessai d'assister au repas du soir. Il ne me demanda pas pourquoi, se contentant de laisser une assiette de nourriture recouverte d'un film alimentaire, dans laquelle chaque aliment était parfaitement séparé des autres. Quand je rentrais, j'allais jeter le contenu de l'assiette dehors, dans la poubelle, et pour qu'il ne se rende compte de rien, je recouvrais le tout de serviettes en papier froissées.

Je commençai à fondre. Mes seins flottaient dans les bonnets de mon soutien-gorge et mon ventre se creusait. Tous les matins, je me regardais, nue, dans le miroir de ma chambre, fière de ma maigreur et de mes côtes qui saillaient sous la peau. La sensation de vide dans mon estomac m'enivrait, me donnait de l'énergie et envie de nager, ce que je faisais pendant des heures, sans jamais franchir la barre des vagues. Je m'amenuisais et devenais transparente. Stephen me remarquait à peine, ne me laissait plus d'assiette de nourriture, oubliait de me saluer quand je passais, le matin, à côté de lui. J'étais invisible.

Un matin, alors que je venais d'ouvrir les baies coulissantes, je faillis trébucher sur lui car il était assis sur les marches extérieures. Il se berçait, les bras enserrant ses genoux, et ne bougea pas quand je fis claquer la porte à treillis métallique derrière moi. Je descendis à mi-marches et lui jetai un coup d'œil. Il était à deux doigts de pleurer, le visage contracté et plissé. Je voulus continuer à descendre, mais il m'attrapa par ma sandale.

— Je ne veux parler de rien, annonçai-je. Mais si ça peut te faire plaisir, je m'assieds à côté de toi.

Je m'installai si près que nos épaules s'effleuraient. Il resta longtemps silencieux de sorte que je regrettai de lui avoir imposé de se taire. Je m'éclaircis la gorge et me mis à effranger mon jean coupé à la hauteur du genou. Il releva la tête, regarda mes jambes, avança la main et se mit à pianoter sur mon genou comme si je m'étais transformée en piano. Mon ancien désir ressurgit instantanément.

— Merci de rester dans les parages, dis-je au bout d'une minute.

Il retira sa main et s'ébroua. Puis il regarda le bord de l'eau : il y avait ce matin-là des vagues immenses qui se fracassaient sur la plage, plus hautes les unes que les autres.

— Comment pourrais-je partir ? dit-il en repoussant ses cheveux derrière ses oreilles.

— Tu peux t'en aller à tout moment. Tu dois avoir des tas d'autres points de chute...

Je faillis lui parler de la liste que j'avais dressée quelques jours auparavant dans mon carnet : le nom des gens chez lesquels je pourrais aller vivre si la santé de ma mère ne s'améliorait pas. Il y avait en particulier son amie Lucy qui vivait en Californie. Elle n'avait pas d'enfant et avait toujours envié ma mère sur le chapitre de la maternité. J'envisageais aussi de faire appel à un détective privé pour retrouver mon père. Mais Stephen figurait en tête de ma liste. Je pensais que lorsque j'aurais atteint dix-huit ans, il serait peut-être tenté de m'épouser. Il était prématuré de lui confier mon souhait.

Comme il se tournait vers moi pour me regarder, le soleil enflamma les mèches auburn de ses cheveux et je me dis qu'il était beaucoup plus beau que tous les garçons que j'avais jamais embrassés.

— Je préfère quand nous ne disons rien, reprit-il en faisant glisser un index léger sur mon front. Regarde comme tu es jolie, murmura-t-il. Exactement comme... (Il s'interrompit net et fronça les sourcils.) Exactement comme tu dois l'être.

Il caressa du regard ma bouche, mes yeux, puis à nouveau ma bouche. Son visage était si proche du mien que je crus qu'il voulait m'embrasser, qu'il était probablement sur le point de le faire et je faillis fondre en larmes.

La porte grillagée grinça dans notre dos et quand nous nous retournâmes, ma mère était là, vêtue de son kimono violet et de son chapeau de paille tout cabossé. Stephen bondit sur ses pieds en essuyant le fond de son short.

— Tu veux aller te promener, mon chou ? demanda-t-il.

Ce n'était pas lui qu'elle observait mais moi. Si j'avais pu, je me serais précipitée tête la première dans l'océan.

— Salut ma puce, dit-elle d'une voix flegmatique.

Puis elle se mit à tousser.

Elle avait le visage jaunâtre, les yeux cernés et son front montait si haut sous les bords de son chapeau que j'en déduisis qu'elle était maintenant complètement chauve. Ses clavicules pointaient comme les miennes et on aurait dit qu'elles allaient percer l'encolure de son kimono. Le vent souleva le bas de son peignoir violet et je vis de longs poils bruns au-dessus de ses chevilles. Je pensai à l'époque où nous nous rasions mutuellement les jambes ; assises sur le bord de la baignoire, les orteils posés sur l'appui mural, nous nous amusions à écrire nos noms dans la mousse à raser étalée sur nos mollets...

Je me mis debout et dégringolai les marches.

— Il faut que je file à l'épicerie, dis-je.

— Grainne, intervint ma mère d'une voix faible. Attends !

— Nous n'avons plus de lait, répondis-je en reculant.

Jamais je n'aurais dû m'asseoir sur ces marches !

— Peut-être pourrions-nous dîner ce soir ensemble, dit-elle tandis que le soleil dessinait l'ossature de son visage décharné.

— J'ai rendez-vous.

Je l'avais entendue tant de fois prononcer cette phrase ! C'était mon tour maintenant pour la première fois. Et tandis que je m'éloignais au pas de course sur la plage, j'aurais juré entendre son rire musical derrière moi – mais peut-être n'était-ce que le bruit du vent et des vagues...

Une nuit du mois d'août, le temps se refroidit subitement, comme si l'automne était arrivé. Ce soir-là en rentrant, je découvris que Stephen et ma mère avaient quitté la maison. La voiture n'était pas là et ils avaient laissé le porche allumé pour moi. Avant d'aller voir dans la cuisine s'il y avait un petit mot, je pris mon temps. Le téléphone posé près du piano sonnait comme une sirène d'alarme. Comme nous n'avions jamais reçu de coup de fil, je décidai de ne pas répondre et m'installai sur le canapé pour défaire mes sandales. Je retirai méthodiquement le sable de mes orteils et le laissai s'incruster dans la natte ronde au sol. La sonnerie insistait. Je me rendis dans la cuisine et, sans allumer la lumière, sortis le pichet de citronnade du réfrigérateur. J'avais tellement soif qu'au lieu de prendre un verre, je bus à même le bec de la cruche et le liquide poisseux dégoulina le long de mon menton, dans l'échancrure de ma chemise. Je fus prise de vertige et eus la nausée quand la boisson sirupeuse entra en contact avec mon estomac vide.

Je fermai la porte du réfrigérateur et tirai sur le cordon pour allumer le plafonnier. A l'endroit habituel, au milieu de la porte du freezer, se balançait une feuille de papier à lettres à l'en-tête orné d'un dauphin bleu, le logo du journal régional des marins. L'écriture était minuscule et mal formée ; ce n'était pas celle de ma mère. *Nous partons à l'hôpital. Appelle-nous là-bas dès ton retour. – Stephen.* En dessous, était noté un numéro de téléphone. Je retournai vainement la feuille, c'était tout.

Le téléphone se remit à sonner – ou peut-être ne s'était-il jamais interrompu. Au lieu de décrocher, je me rendis dans ma chambre et refermai la porte. J'allais lire les poèmes de mon carnet et attendre. Le téléphone sonna encore une bonne vingtaine de fois, si fort que j'entendis vibrer le piano. En m'allongeant sur mon lit, je sentis un froissement de papier. J'allumai la lampe de chevet, tirai la feuille qui se trouvait sous mes fesses et lus ces quatre vers tracés à l'encre bleue passée :

Va-t'en et laisse-moi si tu le souhaites,
Ne pense plus jamais à moi.
Et si tu crois que je t'ai trahi
Va-t'en et laisse-moi, peu m'importe...

Pendant une seconde, je crus qu'il s'agissait d'une mauvaise plaisanterie. Ce n'était pas un poème mais une stupide chansonnette que ma mère chantait chaque fois qu'elle rompait avec l'un de ses petits amis. Elle la chantait toujours d'une voix haut perchée, en gesticulant, pour me faire rire. En général, cela produisait son petit effet. Mais je ne comprenais pas pourquoi elle avait choisi de me rappeler cette chanson ce soir-là. Trouvait-elle cela amusant ? Se moquait-elle de moi ? Il n'était pourtant pas question que je m'en aille ! Je fis une boule de la feuille et la laissai tomber sur mon lit. Puis je me rendis dans la salle de bain, passant à côté du téléphone qui continuait à sonner plus doucement, comme s'il n'avait plus qu'un filet de voix.

Dans la salle de bain, j'ouvris l'armoire à pharmacie et saisis les ciseaux dont ma mère se servait pour tailler ses pansements. Je les utilisai pour me couper les cheveux au plus près du cuir chevelu. Des touffes entières tombaient sur le dessus du meuble, semblables à de petites bêtes noires. A certains endroits, je coupai des mèches de longueur inégale comme la frange de cheveux cassants qui dépassait du chapeau de ma mère. Quand ce fut terminé, je me rinçai le visage et enveloppai ma poitrine dans une bande de gaze trouvée sous le lavabo.

J'entrai dans la chambre de ma mère et, approchant mon visage du miroir mural, je me mis à répéter *Grainne, Grainne...* jusqu'à travestir complètement ma voix et mon regard. J'ouvris alors la porte de la penderie et en sortis la chemise en coton de Stephen, les jeans de ma mère et ses chaussures de sport dont les semelles étaient recouvertes d'une croûte de sable. Un matin de bonne heure, peu après l'installation de Stephen chez nous, j'avais surpris ma mère qui sirotait son thé dans la cuisine, tout en plongeant le nez dans la chemise qu'elle avait empruntée à Stephen ; elle en humait l'odeur avec délice. Je répétai son geste : les vêtements tirés de l'armoire sentaient l'air marin, la fumée de cigarette, la sauge. Exactement l'odeur de ma mère...

Je retournai dans la salle de séjour et m'assis devant la machine à écrire. Je pris une feuille vierge sur la rame de papier qui m'était destinée et l'introduisis sous le rouleau. J'écrivis deux vers, pliai la feuille et la glissai dans la poche de la chemise.

Comme le téléphone recommençait à sonner, j'ouvris les portes coulissantes, je revins vers l'appareil que je soulevai et posai à terre. J'empoignai son support – un petit guéridon de bois – ainsi que l'une des chaises de la salle de séjour. Je les portai dehors, sur la plage, à bonne distance des vagues, et, les foulant au pied, je les brisai sans trop de difficulté, c'était en effet de vieux meubles, déjà branlants. Lorsqu'ils furent réduits à des morceaux de bonne dimension, j'emplis un sac poubelle avec le petit bois d'allumage rangé sous l'auvent de la maison, enfin j'allai chercher mes carnets dans ma chambre et les feuillets dactylographiés que j'avais trouvés chaque matin sur la porte du réfrigérateur. Je construisis mon bûcher en lui donnant la forme d'un mausolée et quand le brasier se mit à rugir, j'entrepris d'y jeter les feuillets qui se gonflaient puis se racornissaient sous mes yeux.

Derrière le ronflement des flammes, je percevais un autre son, semblable au déferlement syncopé des vagues, comme un rire singulier et solitaire. Soudain je me rappelai l'avoir déjà entendu, en compagnie de ma mère, sur une autre plage, lorsque j'étais petite. *Les sirènes*, avait-elle déclaré. Oui, je devais être très jeune car, dans mon souvenir, j'essayais de répéter ce mot après elle, sans y parvenir tout à fait.

Lorsque Stephen réapparut, j'avais brûlé toutes les chaises, un panier d'osier, les étendoirs de la buanderie et les ustensiles en bois de la cuisine. Le feu ronflait toujours ; au-dessus d'un monceau de braises rougeoyantes, les flammes léchaient l'air nocturne. Tandis que Stephen faisait glisser les portes coulissantes et descendait les marches, je sortis de ma poche la feuille de papier et lus ce que j'avais écrit.

Je meurs prématurément, le temps en a décidé ainsi, Et pourtant, comme la mer, j'ai chanté dans mes chaînes.

Je m'imaginai que c'était là le petit mot que ma mère m'avait laissé, que la main gracieuse qui tenait cette feuille voltigeante appartenait à ma mère et que c'était moi qui allais mourir. Puis je laissai tomber le feuillet dans la fournaise.

— Grainne, appela Stephen d'une voix trouble, comme s'il venait de pleurer.

Le bois craqua, projetant des étincelles qui disparurent, happées par la nuit, comme un feu d'artifice.

Stephen s'approcha de moi, scrutant mon visage à la lueur des flammes.

— Mon Dieu, Grainne, qu'as-tu fait à tes cheveux ! murmura-t-il.

— Chut, dis-je, en écoutant le feu qui grognait et gémissait comme un animal blessé.

Il jeta un coup d'œil rapide au brasier, dans l'espoir sans doute de comprendre ma fascination.

— J'ai essayé de te téléphoner, dit-il.

Sa voix s'éteignit.

Je me tournai vers lui et plaquai mes mains sur sa nuque, attirant sa tête contre moi. Il me prit brutalement par la taille et, le visage caché dans mon cou, se mit à pleurer. Je posai de petits baisers sur le lobe de son oreille, sa joue, ses paupières gonflées. Il cessa de respirer, je sentis la chaleur de sa bouche et quand je posai mes lèvres sur les siennes, il se mit à trembler, et me repoussa.

Cela dura l'espace d'une seconde, je ne sentis que

l'ébauche d'une pression prometteuse sur mes lèvres. Puis ce fut terminé et ses mains se posèrent sur mes épaules, il me repoussa.

— Mon Dieu, Grainne, je t'en prie ! dit-il, le visage bouleversé comme s'il venait de découvrir que nous avions commis un acte abominable.

Je restai donc là, immobile, face au feu, ne sentant plus rien que le contact de ses mains froides sur mes épaules, voulant fuir mais incapable de faire un pas, écoutant le bruit des vagues qui roulaient et s'écrasaient sur le rivage tandis que, dans ma gorge, montait un sanglot...

7

Cliona

Quel étrange spectacle que l'enterrement de ma fille ! Parmi l'assistance, des hommes surtout. Ses ex-petits amis, si je comprends bien. A l'évidence, le succès de ma fille auprès de la gent masculine ne s'est jamais démenti...

Nous avons tout de même droit à une cérémonie religieuse. Je suis à la fois soulagée que Grace n'ait pas rompu avec l'église catholique et surprise car la religion faisait partie des choses contre lesquelles elle s'était révoltée.

Debout devant la tombe, je dédie mon rosaire aux Mystères de l'Affliction. Entre chaque dizaine je récite la courte prière de Fatima : « Oh, Jésus, pardonne-nous nos péchés, sauve-nous des flammes de l'enfer, conduis toutes les âmes au ciel, tout particulièrement celles qui ont besoin de ta miséricorde. » Je récite d'une manière machinale tandis que mes doigts se meuvent sur les grains comme ceux d'une aveugle sur un texte en braille. Je n'éprouve plus rien depuis longtemps lorsque je prie...

Grainne me considère d'un air furieux. Je reconnais là le regard hostile de sa mère. Dieu seul sait ce qu'elle a fait à sa chevelure, on dirait un oiseau déplumé. Mais les cheveux qui lui restent sont noir de jais comme les miens du temps de ma jeunesse. Elle est si maigre qu'elle me rappelle ces photos des victimes de la famine ou ces jeunes filles malades, anorexiques comme on dit de nos jours. Je meurs d'envie de la gaver de pommes de terre, de beurre et de crème.

Elle ne m'a témoigné aucune affection. C'est à croire qu'elle se méfie de moi et qu'elle me prend pour une usurpatrice. Une réaction normale, au fond, puisque Grace lui a caché mon existence et qu'elle a complètement coupé les ponts. De son propre aveu, Grainne n'a gardé aucun souvenir des trois années passées en Irlande non loin de moi. Mais tout cela lui reviendra le moment venu.

Elle n'est pas facile à comprendre, ma petite-fille. Elle n'a pas l'effronterie de sa mère, elle semble même plutôt timorée, mais on sent bien qu'en réalité, elle est solide et qu'elle a du ressort. Il suffit de l'entendre répéter fièrement *Grawnya* lors des condoléances. Elle prononce à la perfection son nom gaélique, en articulant clairement au lieu de le nasiller à l'américaine, comme je m'étais appliquée à le faire à mon arrivée aux Etats-Unis.

Je lui fais un signe de tête mais elle détourne les yeux. Elle semble ne regarder qu'en elle-même et vouloir s'abstraire du monde alentour. Il sera malaisé de trouver le défaut de sa cuirasse. A une certaine époque, sa mère avait ce même regard absent car elle se refermait totalement sur sa petite personne. Stephen m'a dit que Grace était la meilleure amie de sa fille mais l'enfant donne l'impression d'avoir connu la solitude depuis un bon bout de temps.

Le service religieux a pris fin. Je me dirige ainsi que les autres vers les voitures, à pas lents car mes talons enfoncent dans le sol meuble. Grainne et Stephen marchent devant moi. Il la tient par le bras, bien qu'elle paraisse parfaitement calme et capable d'avancer sans aucune aide. Il y a quelque chose de trouble dans la relation de ces deux-là. Rien de scandaleux sans doute même si je devine que Grainne a du sentiment pour lui. Grace aussi s'était entichée d'un homme que je fréquentais, non pas Marcus, bien sûr, mais un Américain que j'ai rencontré avant lui.

Les sentiments de Grainne m'inquiètent moins que la vague complaisance de ce garçon. Il est plus jeune que Grace de quelques années, peut-être ne s'est-il pas libéré de la folie de la jeunesse. Et puis, il faut tenir compte de la douleur, qui peut pousser un homme à des comportements aberrants, à se laisser aller à boire par exemple – et j'ai constaté depuis mon arrivée que Stephen était porté sur le whisky. Voilà pourquoi je crois préférable de mettre un océan entre ces deux êtres.

Faisant preuve de bonnes manières, Stephen m'ouvre la portière de la voiture. Nous quittons le cimetière, les yeux fixés sur la route, sans un regard pour la tombe. Je remarque que Grainne ne se retourne pas non plus. Plus tard, dans la solitude de la chambre de ma malheureuse fille ou chez moi en Irlande, je m'autoriserai à pleurer, je m'abandonnerai à cette peine qui, je le crains, sera plus intense que celle que j'ai éprouvée de son vivant. Pour l'heure, il y a d'autres urgences.

J'apprivoise Grainne grâce aux trois albums de photos que j'avais apportés dans ma valise. Le premier enferme de vieilles photos de famille, le deuxième des instantanés pris dans notre foyer de Nouvelle-Angleterre, à Boston, et dans le dernier, des photos du retour en Irlande. J'y ai collé des photos de Grainne, bébé. Je pose les trois albums sur la table du salon et les feuillette, tandis que Grainne, pieds nus, entre et sors de la pièce tel un ouragan. Je l'intrigue, je m'en aperçois, elle m'observe et, de temps à autre, se glisse derrière le sofa pour jeter un coup d'œil furtif par-dessus mon épaule.

Lorsqu'elle se penche vers la table pour la troisième fois, je lui demande :

— Tu veux les regarder ?

Elle lance un regard circulaire et hausse les épaules. Stephen étant à l'université, personne ne pourra témoigner qu'elle a cédé. Elle s'assied à l'autre bout du canapé et je m'approche d'elle avec l'album des photos de Grace enfant.

— C'est ta mère, quand nous vivions à Boston, dis-je en désignant une photo de Grace à huit ans.

— Pourquoi porte-t-elle une robe de mariée ? demande-t-elle en la contemplant, perplexe.

— C'était le jour de sa première communion. Tu n'as pas fait ta communion ?

— Non.

C'est bien ce que je craignais : Grace ne l'a pas élevée dans la religion catholique. Et si Grainne a été baptisée, c'est à moi seule qu'elle le doit.

— Qui sont les autres enfants ? demande-t-elle en me montrant un blondinet de l'âge de Grace et deux jumelles dans leur landau, blondes elles aussi.

— Ce sont les enfants des Willoughby. Je tra-vaillais dans cette famille et nous avons habité chez eux jusqu'à ce que Grace ait ton âge.

— Vous travailliez comme domestique, lance-t-elle.

Elle se montre à nouveau insolente mais je ne la reprends pas car je ne tiens pas à l'effaroucher.

— Je n'étais pas leur domestique. Ces enfants, je les ai élevés. Ta mère et moi, nous faisions partie de la famille en quelque sorte.

Elle ne semble pas convaincue – les idées de sa mère au sujet de ma condition sociale ont déteint sur elle, à ce que je vois.

— Où avez-vous vécu ensuite ? dit-elle. Vous aviez votre propre maison ?

— Quand Grace a eu quinze ans, nous sommes revenues en Irlande. A Inis Muruch, l'Ile aux Sirènes, à l'ouest de l'Irlande, là où je suis née. C'est à cette époque que j'ai épousé Marcus, mon actuel mari.

— Et le père de ma mère, alors ? demande Grace d'un ton accusateur. Où était-il ?

— J'ai perdu mon mari quand ta mère n'était encore qu'un bébé.

Grainne croise les bras et me jette un regard mauvais qui m'effraie car je crois revoir sa mère.

— Maman m'a appris que vous n'aviez jamais épousé son père. Sa naissance était accidentelle, après une nuit passée avec un homme de rencontre.

Il en coûte de s'attacher à une gamine qu'on a envie de gifler.

— Crois ce que bon te semble. Ta mère avait pour habitude de réécrire le passé selon son goût.

Cette remarque la fait taire. Elle feuillette rapidement le reste de l'album comme si elle cherchait quelque chose. Je lui tends un autre album. Sur la première page : Grainne bébé, ma fille et moi.

— C'est moi ? demande-t-elle et j'acquiesce. Où était-ce ? Nous étions venues vous rendre visite en Irlande ?

— Tu es née en Irlande, Grainne. Et tu y as vécu jusqu'à l'âge de trois ans.

Peut-être aurais-je dû lui apprendre moins abruptement car elle lâche l'album, se lève et s'éloigne.

— Je ne m'en souviens pas, tranche-t-elle.

Elle a peur et me fait de la peine.

— Bien sûr, mon petit. Mais c'est sans importance.

Elle s'élance dans sa chambre et je prévois qu'elle va s'y enfermer à nouveau. Cependant, elle revient avec une photo dans un cadre, qu'elle me tend sans s'asseoir. Il s'agit d'un gros plan de son visage : celui d'une petite fille à la figure ronde et aux bouclettes noires, qui rit de bonheur, les yeux plissés – une expression de joie pure.

— Mais oui ! Je me souviens de cette photo. C'est moi qui l'ai prise avec mon appareil, dans mon jardin, quelques semaines avant votre départ.

Grainne se balance d'un pied sur l'autre. Elle tire sur ses courtes mèches de cheveux puis elle se mordille les ongles. Ses traits reflètent des émotions contradictoires : le désarroi, la tristesse et une juste colère.

— Qui est mon père ? demande-t-elle. Vous le connaissez ?

— Je le connais même très bien.

— Il vit en Irlande ?

— En effet. A Inis Muruch.

— Comment se fait-il qu'il n'ait pas épousé ma mère ?

Cette fois, elle s'emporte.

— Ils étaient mariés, Grainne, avant ta naissance.

— Pourquoi maman ne m'en a-t-elle jamais parlé ?

— Peut-être voulait-elle oublier ? Elle a quitté l'Irlande et sans doute n'avait-elle aucune envie de revenir sur son passé.

— Cette île devait être un sale coin.

— Pas du tout. Inis Muruch est une très belle île.

— Alors pourquoi ?

— Je l'ignore, dis-je en me dérobant.

Je ne peux tout lui révéler d'un seul coup. Dieu m'en garde. Nous nous taisons quelques instants et dans la pièce, on n'entend plus que nos deux respirations haletantes comme dans un effort physique. Puis Grainne me reprend la photo.

74

— Bien, maintenant, je retourne dans ma chambre, me prévient-elle.

Ces paroles anodines et le fait qu'elle se montre enfin polie me donnent à penser que la situation se dénoue peu à peu...

8

Grainne

Je m'étais claquemurée depuis une heure dans la salle de bain pour éviter Mme O'Halloran et Stephen.

— J'ai un père, annonçai-je au reflet de mon visage amaigri dans le miroir.

J'avais un père irlandais, une grand-mère, peut-être même des cousins. Il y a peu j'ignorais même que ma mère était irlandaise. Elle avait soi-disant relevé mon nom gaélique dans un livre qui lui avait plu. Jamais elle ne m'avait dit d'où nous venions, elle se contentait de promettre que nous resterions toujours ensemble.

La question s'était posée à l'école primaire quand l'institutrice nous avait demandé de dessiner notre arbre généalogique et de retracer nos origines.

— Que sommes-nous ? avais-je demandé à ma mère. Des juives ?

Toutes mes compagnes étaient juives et leurs familles provenaient de Russie, Pologne ou Lituanie.

— Tu es ce que tu veux être, me répondit ma mère. L'important ce n'est pas d'où tu viens mais ce que tu deviendras plus tard.

Elle avait prié mon institutrice de me dispenser de ce devoir. Alors que les autres élèves, debout face à la

76

classe, commentaient des arbres compliqués tracés sur du papier bulle, moi, j'avais dessiné deux petits troncs d'arbres entrelacés, en me réjouissant de ce que personne n'avait une mère comme la mienne. Elle était belle, riait à tout instant, ne me grondait jamais ; elle me consultait sur toute chose, prenait toujours mon avis au sérieux. Elle était ma meilleure amie.

Et elle m'avait menti ! Il y avait ailleurs des gens parmi lesquels j'avais vécu jusqu'à l'âge de trois ans. Je pensais que mon père était un amant de passage qui avait abandonné ma mère en apprenant qu'elle était enceinte. J'ignorais qu'elle l'avait épousé. Elle prétendait toujours qu'elle n'était pas de la race de celles qui se marient.

Toujours cloîtrée dans la salle de bain, je percevais les voix de Stephen et de ma grand-mère. *Ils ont déjà décidé ce qu'ils vont faire de moi. Il y a des inconnus dans un autre pays qui désirent être ma famille et Stephen semble avoir oublié ce qu'il éprouvait pour moi*, pensai-je.

— Pourquoi m'as-tu menti ? demandai-je au miroir.

Mais ma mère ne me répondit pas, son image n'apparut pas – seulement ce nouveau visage qui me regardait, soupçonneux comme s'il ne me connaissait pas.

— Je m'en vais, dis-je à Stephen, une semaine après l'enterrement de ma mère. Je pars en Irlande avec ma grand-mère.

— Formidable ! s'écria-t-il, puis il modéra son enthousiasme comme s'il en avait honte. Si c'est vraiment ce que tu souhaites, je suis heureux pour toi.

Nous étions à nouveau assis sur le canapé de la salle

de séjour, dans le noir, car c'était désormais seulement ainsi que je parvenais à communiquer avec lui.

— Je n'ai pas le choix.

— Au contraire, Grainne. Si tu veux rester aux Etats-Unis, je t'aiderai à trouver une solution. Tu le sais bien.

— Oui, dis-je.

Je mourais d'envie de le croire.

— Avez-vous trouvé un terrain d'entente, ta grand-mère et toi ?

Je haussai les épaules.

— C'est mon père qui m'intéresse ; il est là-bas. Tu étais au courant, je suppose, dis-je tandis que Stephen se frottait les paupières avec rudesse.

— Non, soupira-t-il. Je n'avais jamais entendu parler de ton père.

— Et pour elle, tu savais, n'est-ce pas ?

Je pointai le doigt en direction de la chambre où dormait ma grand-mère.

— Ta mère m'avait donné un nom et un numéro de téléphone, sans autre détail si ce n'est que je devais appeler ce numéro quand elle...

— Quand elle serait morte, terminai-je à sa place.

Il fit comme s'il n'avait pas entendu.

— De toute façon, je ne savais rien, souffla-t-il. Pratiquement rien.

Je me souvenais de l'époque où il était venu s'installer chez nous : il prenait toujours le temps de converser avec moi, se dépêchait de libérer la salle de bain et se débrouillait pour que je les accompagne chaque fois qu'ils partaient en week-end, lui et ma mère. Ses égards et ses scrupules nous amusaient ma mère et moi. Il nous connaissait bien mal !

— Mme O'Halloran m'a précisé qu'il y avait un lycée sur l'île, reprit-il. A mon avis, cela te fera du bien de rencontrer des gens de ton âge.

— Je ne pars pas en Irlande pour me faire des relations. Je veux découvrir pourquoi ma mère m'a menti.

Il approuva de la tête, ouvrit la bouche comme s'il s'apprêtait à ajouter quelque chose, puis renonça. Il prit le temps de réfléchir.

— Peut-être ne trouveras-tu jamais la réponse à cette question, finit-il par dire. Parfois, quand les gens mentent, cela n'a de sens que pour eux-mêmes.

— Je parie que mon père détient la clef...

A nouveau Stephen marqua son assentiment, pourtant je sentais qu'il en doutait. Il devait être jaloux et avoir du mal à accepter l'idée qu'un autre homme en sache plus sur le compte de ma mère que lui.

J'aurais dû me lever et regagner ma chambre. Mais je m'attardai. Je voulais rester encore un peu au cas où l'impossible se produirait à retardement. J'avais envie de le toucher et de saisir sa main qui paraissait tristement inutile, posée comme elle l'était sur ses genoux. Mon corps, qui semblait l'avoir électrisé quelques jours plus tôt, le laissait froid.

Je quittai le canapé, traversai le séjour et me retournai pour lui souhaiter bonne nuit. Pendant quelques secondes, son regard étonné et interrogateur fut celui des garçons que j'avais connus, qui ne comprenaient pas pourquoi je ne les aimais plus – on aurait dit qu'il se demandait quelle erreur il avait bien pu commettre pour que nous en arrivions là.

— Nous nous écrirons, dit-il. Tu m'écriras, n'est-ce pas ?

J'ouvris la porte de ma chambre et, la main sur la poignée, je murmurai :

— Tu ne peux pas savoir combien tu vas me manquer.

C'était le genre de phrase que, dans le passé, ma mère aurait prononcé sans baisser le ton et avec une lueur railleuse au fond des yeux. Mais moi, lorsque je

refermai la porte derrière moi, mes mains trem-
blaient et j'avais les joues en feu. *Comment ai-je pu dire
une chose pareille ?* me demandai-je. *Je n'arrive pas à y
croire...*

9

Grainne

Mon père ne se trouvait pas à l'aéroport à notre arrivée en Irlande. Un instant je fus prise de panique – peut-être était-il mort lui aussi, ou n'avait-il jamais existé ; peut-être cette femme avait-elle inventé cette histoire pour m'obliger à traverser l'océan.

Comme si elle lisait dans mes pensées, Cliona me rassura :

— Ton père doit nous attendre à Galway, dit-elle. Nous nous y rendrons en autocar.

J'adaptai aussitôt mon rêve éveillé à la nouvelle situation. Je ne rencontrerai pas mon père dans un aéroport – celui de Shannon m'avait déçue : il était beaucoup plus petit et moins impressionnant que je ne l'imaginais –, nos retrouvailles auraient lieu dans une gare routière ; c'était moins romantique mais l'aspect sentimental passait au second plan. Ce que j'espérais... Mais qu'espérais-je en fait ? D'abord, découvrir son visage, je suppose, afin d'y reconnaître mes propres traits. Ensuite, trouver des réponses à mes questions.

Quand le car s'arrêta à Galway, ma grand-mère me laissa seule et partit à la recherche de son mari qui devait nous attendre quelque part en compagnie de mon père, au milieu de tous ces monceaux de bagages et de ces panneaux d'affichage. Debout devant le marchand de journaux, je jetai un coup d'œil au présentoir des cartes postales. Chaque carte, ornée d'une vignette reproduisant des enluminures celtiques, proposait un prénom gaélique, avec sa signification. Avant que je ne rentre au lycée, toutes mes amies possédaient des gadgets avec leur nom : chopes, porte-clefs, stylos et papier à lettres. C'était la mode. Bien entendu, je n'avais jamais lu mon prénom sur quelque support que ce soit mais je continuais à chercher, et là, pour la première fois, je le découvris au milieu des autres.

« *Grainne* »

La traduction la plus commune de ce prénom est « Celle qui inspire la terreur ». Parmi toutes les femmes qui ont porté ce prénom, la plus célèbre est Grainne Ni Mhaille, la reine des pirates.

Grainne Ni Mhaille, encore appelée Granuaile – ou Grace O'Malley –, était respectivement la fille et l'épouse de deux chefs de clan légendaires du Connaught : les O'Malley et les O'Flaherty. Après la mort des deux hommes, Grainne assuma leurs responsabilités et régna sur la mer avec un courage redoutable. Aucune femme en Irlande à cette époque n'inspira autant de respect et de crainte.

La lecture de cette carte me mit mal à l'aise. Ma mère avait choisi ce prénom pour m'insuffler du courage et me rendre autonome – je le savais –, mais jusque-là, je m'étais plutôt montrée timide et peureuse, à l'encontre de ses vœux.

Mon père, qui avait certainement aidé ma mère à

choisir ce prénom, s'attendait-il, lui aussi, à ce que je sois aussi intrépide que Granuaile ?

— J'ai repéré Marcus, annonça ma grand-mère en s'approchant de moi. (Je levai la main pour lisser mes cheveux, ayant oublié que je n'avais plus grand-chose à lisser.) Prends tes bagages, ajouta-t-elle.

Je n'avais emporté que mon sac à dos et une grande valise, surtout chargée de livres de poésie. Dans mon sac à dos, j'avais mis mes carnets, un Walkman et des cassettes ; et au fond j'avais caché l'écrin qui renfermait la bague de ma mère : rubis en forme de cœur, entouré de deux mains d'or et d'une couronne. Aussi loin que remontent mes souvenirs, elle avait toujours conservé cette bague dans un tiroir. Quand ma grand-mère l'avait vue à Boston, elle m'avait dit que c'était la bague de fiançailles que mon père, Seamus O'Flaherty, lui avait offerte.

Comme s'il n'osait pas l'embrasser devant moi, Marcus, le mari de ma grand-mère, lui tapota le bras. C'était un géant large d'épaules, avec des cheveux flamboyants, une barbe roussâtre et un sourire qui remontait ses joues à la hauteur de ses yeux bleu foncé. Il était seul.

— Content de te revoir, Grainne, dit-il.

Je ne réussis pas à saisir la phrase suivante. Sa voix était grave et cadencée, ses mots semblaient ne former qu'un son unique, il articulait à peine. Je feignis d'avoir compris et hochai la tête.

— De rien, ajouta-t-il.

Pourtant je ne me souvenais pas de l'avoir remercié.

S'attendait-il à ce que je me conduise en orpheline soumise et reconnaissante ? J'avais envie de les gifler tous les deux pour effacer de leurs visages cette expression de sympathie. Marcus voulut prendre ma valise pour la placer dans le coffre de la voiture mais je m'y cramponnai et reculai.

— Où est mon père ? demandai-je.

Marcus consulta Cliona qui se saisit de ma valise et la laissa retomber dans le coffre avec un bruit sourd.

— Seamus n'a pas dû pouvoir quitter son travail, dit-elle. Nous le verrons à la maison.

Marcus opina du chef comme s'il jugeait qu'elle s'en était bien tirée. Ils s'installèrent tous les deux dans la voiture tandis que j'hésitais encore à les suivre. Ils bavardaient entre eux, et en entendant ce doux murmure – Marcus avait les mêmes modulations que ma grand-mère – je me dis que si je parlais trop fort, ma voix risquait de détonner complètement.

Pendant deux heures, nous suivîmes une route si défoncée que je dus laisser pendre ma main au-dehors, le bras en appui sur la glace ouverte, ainsi que me l'avait appris ma mère, pour combattre mon mal au cœur. Au départ, la route traversait des pâturages bordés de haies d'arbustes. Au bout d'une heure le paysage devint très différent. Des escarpements rocheux dominaient des vallées ; maintenant, des pierres grises qui semblaient jaillir de l'herbe hérissaient les champs et des murets en pierres sèches grimpaient au flanc des montagnes jusqu'à des hauteurs invraisemblables. Autour de fosses boueuses s'empilaient des sortes de grandes briques qui semblaient faites de fumier. Je sentais une odeur de feu, non pas celle du feu de bois, mais une odeur douceâtre et mouillée qui n'était pas du tout familière à mes narines [1].

— Nous sommes dans le Connemara maintenant, ma petite, dit ma grand-mère.

Il n'y avait pas de forêts naturelles, seulement des carrés de pins alignés, çà et là, qui me rappelaient les

_____

1. Il s'agit du feu de tourbe (*N.d.T.*).

arbres de ces fermes miniatures qu'on vous offre à Noël.

Quand le soleil perçait la couche nuageuse, il y avait des échappées de lumière sur le haut des monts et on apercevait de grandes étendues d'herbes mauves. Certains nuages étaient si bas qu'ils emmitouflaient de brume les sommets. Nous commençâmes à descendre dans une grande vallée et face à nous, entre les montagnes, un arc-en-ciel se déploya. C'était la première fois qu'il m'était donné de voir en entier un arc-en-ciel, c'est-à-dire qui ne soit pas en partie masqué par des immeubles ou des arbres. Le spectacle de ces pierres grises émergeant du sol comme des bourgeons, de ces troupeaux de moutons en équilibre instable au bord d'abîmes vertigineux et de ces murets dérisoires et pourtant montés avec soin me donnait envie de pleurer. Le paysage n'était pas laid, non. Mais il me désorientait complètement. Ma mère avait abandonné ce pays pour toujours. Je ne devrais pas être là, me disais-je. Je me sens étrangère.

Fermant les yeux, je tentai d'imaginer mon père. Sur les photos que Cliona m'avait montrées, son image était toujours un peu brouillée : il avait des cheveux noirs et bouclés comme les miens, avant que je ne les sacrifie, mais son visage restait un espace vide, blanc et brillant, avec deux yeux sombres qui ressortaient par contraste. Je me demandais ce qu'il ferait en me voyant, quelle expression se dessinerait sur ce visage dont je ne distinguais pas les traits sur les photographies. Se retiendrait-il de pleurer, comme Stephen ? Quand il prononcerait mon nom, reconnaîtrais-je aussitôt sa voix ?

— Nous sommes presque arrivés, annonça Cliona.

J'ouvris les yeux et lus une pancarte qui annonçait : Bac pour INIS MURUCH. Le nom de l'île ne

85

s'écrivait pas comme il se prononçait. Les mots irlandais semblaient compter plus de lettres que de sons.

Marcus gara la voiture dans un parking le long du quai et porta nos bagages en haut d'un escalier moussu qui descendait jusqu'au ras de l'eau.

— Nous t'avons attendu, Marcus, lança un des hommes du bac.

Puis il ajouta quelque chose que je ne compris pas mais qui fit rire Marcus ainsi que les autres hommes sur le bateau. Même s'ils me souriaient et me saluaient d'un signe de tête, aucun d'eux ne semblait être mon père.

C'était un petit bateau ; des cartons de lait et de jus de fruits en encombraient le pont. Je descendis avec précaution les marches glissantes et enjambai un cordage avant de me retrouver à bord. L'homme qui avait parlé à Marcus me prit par la main pour que je conserve l'équilibre et je sentis le contact d'une peau souple et épaisse comme du caoutchouc.

— Ce doit être la petite fille que j'ai connue, dit-il en me souriant.

— C'est bien elle, Eamon, répondit Marcus avec la fierté d'un propriétaire de jeune chiot.

— Le portrait tout craché de Seamus quand il était plus jeune, dit Eamon en me faisant un clin d'œil.

Il se détourna pour détacher l'amarre avant que je puisse répondre. Il n'avait pas rasé ses pommettes et ses poils formaient une touffe de barbe sous chacun de ses yeux.

Je m'assis avec Cliona à l'intérieur de l'habitacle, sur un siège de plastique craquelé. L'air de la petite cabine empestait le carburant. Quelqu'un fit démarrer le moteur, le bateau s'éloigna du quai en hoquetant et s'élança sur les vagues.

— Comment va ton estomac ? cria Cliona au bout

de quelques minutes. Ta mère aimait l'eau, c'était même une excellente nageuse, mais sur ce bateau, elle n'avait pas le pied marin.

Je n'appréciais pas qu'elle en sache autant sur ma mère.

— Maman n'avait jamais le mal de mer et moi non plus, rétorquai-je bien que l'odeur d'essence me donnât mal à la tête.

Je grimpai sur le pont, en veillant à ne pas m'approcher du groupe d'hommes qui s'esclaffaient à l'arrière.

Cliona avait raison sur un point : dès qu'elle entrait dans l'eau, ma mère était un vrai poisson. Elle était déçue que la mer me terrorise bien que je sache nager depuis l'âge de quatre ans. « Lâche-moi », me disait-elle chaque fois que nous prenions le ferry à Boston, « tu ne risques pas de tomber à la mer. » Jamais je ne lui ai expliqué que je ne craignais pas de tomber accidentellement à la mer mais que ce qui me terrifiait par-dessus tout c'était d'être tentée de m'y précipiter directement.

Le quai s'estompait peu à peu et tandis que je regardais l'océan argenté, les mains agrippées au bastingage froid et rouillé, j'imaginais ma mère se grisant d'air marin.

Le bateau longea les hautes falaises au sud de l'île et manœuvra pour entrer dans un port en forme de croissant de lune ; l'eau y était claire et calme. Au moment où nous virions, j'aperçus un château à demi en ruine, du même gris que les pierres en saillie alentour. A sa base, un pan de rocher tombait à pic dans l'océan. Les murs semblaient sur le point de glisser dans l'eau.

— Le château de Granuaile, dit ma grand-mère qui m'avait rejointe sur le pont.

Je ne dis rien mais elle sourit parce qu'elle avait suivi mon regard posé sur le château.

— Cette reine possédait des châteaux partout à travers la province de Connaught et dans l'archipel. On raconte que Grainne et son équipage s'embusquaient dans ce bastion et ramaient sur leurs coracles pour intercepter les galions espagnols qui se dirigeaient vers Galway. Grainne montait à bord du navire et si le capitaine refusait de payer un droit de passage, elle s'emparait de la cargaison.

Ces ruines ne ressemblaient guère au château d'une reine. Une nouvelle image de Granuaile se formait dans mon esprit : une femme brutale, au crâne rasé, une épée sanglante au côté. Peut-être chiquait-elle et crachait-elle tout comme un homme.

— Voici notre hôtel, dit Cliona en indiquant une longue maison jaune avec des bandeaux rouges, érigée au bout de la rue qui partait du quai.

A côté de la maison, se dressait une cabane brune sur le toit de laquelle était inscrit en lettres blanches PUB O'HALLORAN. Il n'y avait pas plus d'arbres que sur la grande terre, seulement des buissons parmi les rochers et de l'autre côté, jusqu'au bord de l'eau, toute une gamme de tons allant du vert au violet. Toutes les maisons étaient de plain-pied et la couche de peinture qui recouvrait leurs murs de ciment s'écaillait. Elles longeaient une rue qui disparaissait dans un coude. Les poteaux électriques pendaient comme une affreuse toile d'araignée au-dessus de la partie habitée de l'île.

— C'est ça Inis Muruch ? demandai-je en songeant que l'endroit était vraiment déprimant, mais Cliona acquiesça avec orgueil.

Quand le bateau fut à quai, Marcus, déjà au volant de sa camionnette, s'engagea sur la route couverte de gravillons et alla se garer derrière l'hôtel, face à une annexe en pierres gris et rose dont la cheminée laissait échapper des volutes de fumée.

— Nous sommes arrivés chez nous, annonça Cliona, exultante.

Dès qu'elle eut ouvert la porte, nous fûmes accueillis par une foule de gens qui se levèrent à notre apparition. Chacun se présenta et la plupart des femmes m'embrassèrent. J'avais du mal à retrouver mes esprits. Toutes ces femmes se prétendaient mes tantes. Elles n'arrêtaient pas de répéter « De rien » et je compris que ce n'était là qu'une manière de salut et non un quelconque remerciement. Les personnes présentes d'âge moyen étaient presque toutes les enfants de Marcus, accompagnées de leur conjoint. Leurs yeux étaient du même bleu profond que celui de leur père et tous portaient des prénoms composés : Mary Louise, John Patrick, Anna Mariah. Au bout du compte cette agitation me donna le vertige, j'éprouvais le même sentiment de détachement que le jour de l'enterrement de ma mère. J'aurais bien aimé qu'à nouveau Stephen soit à mes côtés.

— Lequel est mon père ? demandai-je à Cliona quand elle me proposa d'ôter ma veste.

— Il n'est pas encore arrivé, répondit-elle en s'éclipsant aussitôt.

Quelqu'un me tendit une tasse de thé, très sucré, servi avec du lait, ce qui me fournit au moins une occasion de me concentrer sur quelque chose. Finalement, les tantes s'écartèrent et se mirent à bavarder entre elles. Elles parlaient sur la même cadence que Marcus, en bougeant à peine les lèvres. Ma grand-mère aussi semblait parler une autre langue maintenant qu'elle se retrouvait chez elle.

Je m'installai sur un rebord de pierre qui faisait face à la cheminée. Un garçon entra sur ma droite, en rabattant violemment la porte de derrière. Il avait un corps longiligne et souple, des cheveux noirs et brillants et des yeux d'un bleu foncé qui me fixaient avec une telle intensité que je ne voyais qu'eux et ne distinguais plus les traits de son visage.

— Bonsoir, dit-il en souriant.

J'inclinai la tête et me tournai à nouveau vers le feu. Je sentais qu'il ne me quittait pas des yeux.

— Liam ! cria Cliona à l'autre bout de la pièce. Comment as-tu osé entrer dans cette maison avec tes bottes !

Il portait de hautes bottes en caoutchouc toutes boueuses.

— C'est Grainne ? demanda-t-il avec un geste ample dans ma direction.

— Bien sûr que c'est elle. La petite est de retour.

— Nom de nom, grand-mère ! s'écria-t-il. Qu'est-ce que vous lui avez fait ? Elle paraît éreintée.

Je me redressai et lui lançai un regard noir qui le laissa complètement indifférent : il y répondit par un clin d'œil et un large sourire.

— Ma pauvre petite, dit Cliona en s'approchant de moi. Tu dois avoir envie d'aller te coucher. N'es-tu pas exténuée ?

— J'attendrai que mon père arrive.

Liam leva les yeux au plafond en sifflotant. Cliona quant à elle semblait embarrassée.

— Ton père risque de rentrer très tard, dit-elle. Quand il arrivera, tu ne pourras pas le manquer.

Comme je la fixais d'un air furieux, elle détourna la tête.

— Il ne serait pas sur le chalutier, par hasard ? demanda Liam. Parce que, s'il est parti pêcher avec mon père, cela va durer une éternité.

J'interrogeai Cliona d'une mimique.

— Il plaisante, dit-elle. Liam, ne taquine pas la petite.

— Dans ces conditions, j'attendrai, dis-je. Je ne suis pas fatiguée.

— Ne veux-tu pas que je te montre ta chambre ?

Ma chambre ? Je n'avais pas de chambre dans cette maison. Cette femme était bouchée à l'émeri ! Je ne voulais ni de sa maison, ni de sa famille, ni de quoi que ce soit d'autre. Je voulais rencontrer mon père, découvrir la vérité et rentrer chez moi pour rejoindre Stephen.

Je fis demi-tour et me dirigeai vers la porte. Toute la famille s'était tue et m'observait.

— Tu veux aller te promener ? demanda Cliona avec une feinte gaieté. Débrouille-toi pour rentrer avant la nuit car tu ne connais pas l'île.

Je fis claquer la porte derrière moi et, du même coup, lui clouai le bec.

Je courus vers l'océan. Près du rivage, quelques hommes amarraient des canots noirs. Ils me regardèrent en souriant. Je m'éloignai d'eux et ralentis sur une plage, située en face de la grande terre irlandaise. Mes pieds enfonçaient dans le sable et le vent soufflait si fort que, les tempes battantes, j'avais l'impression qu'il hurlait dans mes oreilles. Je songeai à allumer un feu mais je n'avais pas emporté d'allumettes.

Je devais avoir fait la moitié du tour de l'île quand je m'aperçus soudain que la nuit était tombée. J'avais les doigts gourds et les joues glacées. J'avais marché à bonne distance de la mer, pourtant mes vêtements étaient humides. Lorsque je passai la langue sur mes lèvres, je sentis la saveur des embruns.

Devant moi surgirent soudain des falaises qui se découpaient entre ciel et mer à la lueur de la lune. Le vent changea de registre et j'entendis, sortant des anfractuosités, un gémissement modulé.

Un court instant, je crus que c'était ma mère qui m'appelait. Je courus vers les falaises mais quand je parvins à leur pied, le son se déplaça derrière moi.

Idiote ! me dis-je. Et je me mis à pleurer. Je m'assis à l'intérieur d'une petite grotte et ramenai bras et jambes contre moi ; cependant mes membres étaient trop maigres pour me préserver du froid.

Je m'endormis, mon dos épousant la forme de la roche, et me réveillai lorsque Marcus et Cliona me découvrirent. Leurs lèvres bougeaient mais je n'entendais pas ce qu'ils disaient car mes oreilles vibraient encore de l'écho du vent gémissant et du fracas de l'océan. Cliona m'enveloppa dans un ciré et Marcus me souleva dans ses bras. Tandis qu'ils me ramenaient vers la camionnette, leurs voix se confondaient avec la symphonie marine qui continuait de résonner dans ma tête.

10

Cliona

Elle risque de nous donner du fil à retordre, ma petite-fille. A peine arrivée, elle s'est échappée seule – elle a couru vers la mer, comme Grace exactement. A sa descente de l'avion, Grainne semblait une jeune immigrante, désorientée et pleine de nostalgie pour son foyer lointain. J'avais envie de la serrer contre mon cœur mais je savais qu'elle m'aurait repoussée. Il fallait qu'elle soit percluse de fatigue pour accepter que mon mari la porte jusqu'à la camionnette ! Enveloppée dans le ciré de Marcus, on eût dit – malgré ses quinze ans – une gamine de dix.

Je n'étais pas beaucoup plus âgée que toi quand je suis arrivée aux Etats-Unis, ai-je envie de lui confier. Je me sentais bien désarmée avec mes dix-huit ans ; pourtant, chez moi, j'avais déjà assumé des responsabilités d'adulte.

Mon enfance difficile n'avait rien d'exceptionnel en Irlande. Moi, je ne fais pas partie de cette génération qui rend le passé responsable de ses épreuves présentes. Dieu ne nous impose pas davantage de souffrances que nous ne pouvons en supporter. Un jour où je rappelais ça à Grace, elle me répondit tout à trac :

93

— Dieu, non. Mais votre famille s'en charge à Sa place !

Mon père était marin pêcheur comme tous les îliens. De seize à trente ans, ma mère fut continuellement enceinte. Elle mit au monde neuf enfants et fit presque autant de fausses couches. Sur notre île, il était fréquent que les gens aient une si nombreuse progéniture.

J'avais treize ans quand ma mère fut atteinte d'un cancer qui l'emporta rapidement. Grace est probablement morte du même mal qui a dû sauter une génération puisque, pour ma part, j'ai toujours été en bonne santé. Je n'ai guère pleuré ma mère. Je l'aimais quoiqu'elle fût revêche et distante, mais je la connaissais mal. Native du nord de l'Irlande, elle avait rencontré mon père lors de ses vacances à Galway. Sur l'île, on la considérait comme une étrangère et la méfiance que lui témoignaient les autochtones, elle la reportait sur ses enfants. Mes sœurs, mes frères et moi lui obéissions au doigt et à l'œil. Et notre père ? Nous le vénérions...

Il fut le seul – semble-t-il – à souffrir de cette disparition et par la suite, j'ai eu l'impression que c'était ma mère jeune qui lui manquait. Peut-être était-elle gaie et charmante à seize ans. Un homme extraordinaire, mon père, plein d'humour et de passion. Quel couple mal assorti quand on songe à la sévérité de ma mère ! Et pourtant, il ne s'est jamais remarié...

A la mort de ma mère, les plus jeunes enfants sont allés vivre chez des tantes sur la grande terre. Ma sœur Maeve s'occupa de mon frère Colm et de mon père. Heureusement pour moi, j'étais assez âgée pour rester à Inis Muruch et aider Maeve. Mes frères et sœurs, élevés comme des orphelins dans une autre famille

– c'était chose courante à l'époque –, furent plus malheureux que moi.

Au bout de deux ans, Maeve partit pour Boston et ce fut moi qui la remplaçai à la maison, jusqu'à ce que ma sœur Rosin fût assez grande pour revenir sur l'île. Alors je suivis les traces de Maeve, enchantée de gagner Londres puis de prendre moi aussi le bateau pour Boston. Maeve n'avait pas été embarrassée pour me trouver un travail ; je devais m'occuper du bébé des Willoughby. Je n'ai jamais souffert de ma condition d'immigrante, je n'ai pas eu à me plaindre de l'Amérique. A peine débarquée, j'avais du travail, un toit, un avenir.

Je comptais travailler un certain laps de temps, mettre de l'argent de côté, puis entrer à Sainte-Elisabeth pour y entreprendre des études d'infirmière. Je rêvais de cette profession. Je suis d'apparence froide et peu expansive, il n'empêche que je sais m'y prendre avec les malades au point que des hommes que j'avais soignés sur l'île m'avaient même offert le mariage. J'espérais revenir à Inis Muruch et prendre le relais de l'une de mes cousines qui exerçait le métier d'infirmière depuis de longues années et n'aspirait qu'à la retraite. Je n'avais pas dans l'idée de rester aussi longtemps à Boston. Pour moi, ce séjour n'était que l'occasion de financer mes études. Je ne suis pas revenue au pays la tête basse, sur un échec, comme Grace l'a prétendu une fois. J'ai toujours voulu revenir vivre ici.

M. Willoughby, originaire de Londres, s'était fixé aux Etats-Unis pour y faire des études juridiques. Il avait une situation dans une société immobilière de Boston. Mme Willoughby était américaine et travaillait aussi ; elle était dessinatrice de mode et avait le physique de l'emploi : elle était si élégante que je craignais toujours de renverser de la sauce sur sa robe quand je servais à table. Ils vivaient à Beacon Hill, un

95

quartier résidentiel dans le vieux Boston, et habitaient un appartement aux dimensions d'une maison. Ils m'allouèrent une petite chambre confortable sous les combles, où j'avais mes propres sanitaires. Ils avaient de gros moyens, ces gens-là. Comme ils n'avaient pas le temps de s'occuper de leur petit garçon, j'étais heureuse de me rendre utile auprès de lui. Ils étaient protestants mais nous vivions en Amérique et non pas en Irlande, aussi ne voyaient-ils pas d'inconvénient à ce que je professe la foi catholique. Je respectais moi aussi leurs convictions religieuses : le dimanche, ils emmenaient Michael au culte pendant que j'allais à la messe. Quand j'écrivais à mon père – moins large d'esprit que moi –, je lui disais que mes patrons étaient catholiques...

Je gâtais ce petit Michael et lui, il m'adorait. Ce n'était pas une lourde charge étant donné qu'il était enfant unique. Chez moi, avant que ma mère ne meure, je passais mes journées à laver, habiller, nourrir, déshabiller mes frères et sœurs, ce qui ne me laissait guère le loisir ni le désir de les câliner. Mais à Boston, je pouvais consacrer tout mon temps à Michael, je lui chantais des chansons, lui racontais des contes de fées au moment du coucher. Je pensais à lui même pendant mon jour de congé et lui achetais des friandises. Une année s'écoula et lorsque Michael commença à parler, il m'appela parfois maman, ce qui, vous vous en doutez, portait ombrage à Mme Willoughby. Chaque soir après dîner, elle essayait de le corriger.

— C'est moi, ta maman, lui disait-elle en pointant son doigt sur son cou poudré et orné de bijoux. Elle, c'est Cleeoona, insistait-elle en désignant d'un geste la cuisinière devant laquelle je m'activais.

— Maman ! s'écriait Michael en se tournant vers moi.

— Non. Ma-man, répétait-elle avec impatience en posant la menotte de son fils sur sa poitrine.

Heureusement, Michael se laissait fléchir une fois sur deux et finissait par l'appeler maman.

Mon salaire était correct et comme je ne dépensais qu'avec circonspection, au bout de dix-huit mois, j'avais économisé assez d'argent pour m'offrir le premier semestre de mes études d'infirmière. Quand j'annonçai aux Willoughby mon intention de les quitter à l'automne, ils furent désespérés.

— Vous ne pouvez partir, Cleeoona, dit Mme Willoughby. Comment nous débrouillerons-nous sans vous ?

Je tombais des nues car je les avais entretenus de mes projets en acceptant la place. Entre-temps, ils semblaient les avoir oubliés – ils s'étaient accoutumés à me voir là, je suppose, et je faisais désormais partie des meubles.

— Et Michael alors ? me demanda Mme Willoughby. A cet âge-là, les enfants sont très impressionnables. Vous ne pouvez pas l'abandonner ainsi du jour au lendemain.

Je lui rappelai que Michael avait des parents, puis j'ajoutai :

— Je veux être infirmière.

— Infirmière ! s'exclama M. Willoughby. Grand Dieu, pour quoi faire ? Pour gagner un salaire de misère ? Etre traitée comme un chien par les médecins ? C'est ridicule, Cliona. Chez nous, vous êtes estimée à votre valeur. Par ailleurs, nous avons besoin de vous. Je double vos gages et vous libère le mercredi après-midi, en sus du samedi.

Finalement, j'acceptai de rester un an encore. Cette augmentation de salaire me permettait d'épargner en totalité la somme nécessaire à mes études ; j'allais pouvoir couvrir mes dépenses personnelles sans recourir à des petits boulots d'appoint. Ces nouvelles dispositions ne me coûtaient pas car, après tout, Michael m'aurait cruellement manqué et mon travail me satisfaisait. Les Willoughby se fichaient éperdument de mes intérêts mais je ne leur en tenais pas rigueur (pas même lorsque le piège se fut refermé sur moi). Ils étaient comme ils étaient et je devais m'en accommoder.

Parfois cependant, je me demande quelle vie je mènerais aujourd'hui si j'avais pu entrer à l'école d'infirmières. De toute manière, je serais revenue à Inis Muruch, mais les événements auraient pris une autre tournure. Je n'aurais pas épousé Marcus, bien qu'on ne puisse trouver sur terre meilleur mari que lui. Sans doute me serais-je mariée, plus jeune, avec un homme selon mon cœur, des enfants de mon propre sang auraient peuplé ma maison, j'aurais exercé un métier qui m'aurait occupée, corps et âme.

Enfin... Je ne suis pas du style à pleurer les occasions perdues ! La vie, bonne ou mauvaise, est ce que l'on en fait, à la grâce de Dieu. Mais il m'arrive de m'interroger. Et si je n'étais pas allée danser, ce samedi-là, avec Maeve et les filles, si je n'avais jamais rencontré Patrick Concannon, si je n'avais pas succombé, quelle femme serais-je à présent ?

Patrick était un garçon superbe, avec des cheveux bruns aux reflets cuivrés, des yeux d'un vert profond ; il était si grand que je pouvais poser ma tête sur son épaule. Avec cela un Irlandais, ce qui ne gâtait rien. J'aimais mon travail, mais, sans me l'avouer, je me sentais esseulée : Maeve, alors jeune mariée, ne pouvait me consacrer beaucoup de temps. Moi-même, j'avais peu de loisirs ; cependant, c'est au cours d'une rare soirée de liberté que j'ai rencontré Patrick, originaire comme nous du Connemara, mais de la grande

terre. Il étudiait la médecine dans la prestigieuse université du Massachusetts. Malgré un accent raffiné, il
retrouva des inflexions qui m'étaient familières quand
il murmura à mon oreille, de façon canaille et à l'irlandaise : « Et si on s'offrait une belle cuite ? Montrons à
ces Américains comment on boit au pays ! » J'acceptai
avec une telle complaisance que je m'étonne encore de
ne pas en avoir été morte de honte sur le moment.

Pendant deux mois, il vint me chercher tous les
samedis. Nous pique-niquions dans le parc ou nous
faisions des excursions aux environs de Boston. Il
m'emmenait au concert et m'invitait à dîner dans des
restaurants italiens hors de prix. Il semblait avoir
beaucoup d'argent pour un garçon de chez nous ;
comme je lui reprochais sa prodigalité, il m'expliqua
qu'il avait un oncle américain fortuné. Je le laissais me
choyer. Dans le train, il me prenait la main, et quand
il me quittait à ma porte, il m'embrassait en attirant
lascivement mes hanches contre les siennes, mais,
comme aucun garçon ne m'avait fait une cour aussi
pressante, je me sentais belle, féminine, une femme
fatale, en quelque sorte. Bref, je savourais tous les instants.

J'étais tellement éprise que par un après-midi tor-
ride de la mi-août, je consentis à le suivre dans sa
chambre d'étudiant. Quand il m'étendit sur son lit
étroit aux draps douteux, je m'abandonnai. Alors, il
se coucha sur moi, entrouvrit mon corsage, fit jaillir
mes seins hors de mon soutien-gorge et les couvrit de
baisers. Je me souviens d'avoir contemplé avec indifférence ma poitrine généreuse et pâle, comme si,
simple objet de plaisir, elle ne m'appartenait plus : elle
me rappelait les mamelles dénudées et difformes des
sirènes de pierre de mon enfance. Je le laissai s'aventurer, croyant qu'il saurait s'arrêter. Pourtant
consciente de commettre un péché, je restais étrangère

à mon corps et comme dédoublée ; on eût dit que des mauvaises langues me décrivaient les agissements d'une fille légère et que j'avais peine à les croire : *elle a vraiment fait cela, non, mais vous plaisantez !*

Mon détachement était tel que je fus épouvantée quand je me rendis compte que nous étions nus. Au moment où il me pénétra, je fus transpercée d'une douleur fulgurante dans une partie secrète, ignorée de moi. A cet instant-là, je pensais encore que rien n'allait se passer. Patrick s'agitait et je ne savais s'il me fallait mettre ses va-et-vient sur le compte de l'indécision ! Il était fort. Il me faisait mal. J'avais peur. Au bout d'un moment, l'expression de son visage se modifia : je le crus au bord d'une attaque car il devint écarlate, et, les yeux exorbités, il se mit à gémir comme s'il souffrait et qu'en lui aussi s'opérait un déchirement. Puis il retomba sur moi, sans force. Je demeurai inerte, les membres endoloris, tentant de rassembler les morceaux de mon âme brisée et souillée, maintenant, je le savais.

Patrick s'écarta et je retrouvai mon souffle. Il sourit, nicha sa tête dans mon cou, puis me fit un baiser sonore.

— Ce sera mieux quand on recommencera, dit-il. Pour les dames, ce n'est jamais très agréable la première fois.

— Si tu crois que je vais revivre *pareille chose* avec toi, Patrick Concannon... commençai-je. Mais il éclata de rire, croyant sans doute que je plaisantais.

J'ai raconté à ma famille, comme à Grainne d'ailleurs, que j'étais jeune veuve quand ma fille est née. Seuls Maeve et les Willoughby connaissent la vérité, que Grace avait peut-être devinée. Si Patrick Concannon n'a jamais été mon mari, il reste vrai qu'il est mort. Un accident stupide. Il est tombé du toit de son dortoir un soir de beuverie et son corps s'est écrasé sur le capot d'un taxi qui passait à cet instant dans l'avenue. Quand Maeve m'annonça la nouvelle au téléphone, j'avais des nausées matinales depuis trois jours. J'aime à croire qu'il aurait accepté de m'épouser, ne serait-ce que par sens du devoir. Voilà pourquoi je ne mens pas tout à fait quand je prétends que j'étais veuve...

M. et Mme Willoughby furent moins consternés par cette nouvelle que je ne le craignais. Choqués, oui, et même un peu surpris, mais, après tout, nous étions en 1961 et je n'étais pas la première à m'être fait prendre. Sur l'île, j'aurais causé scandale. Mais quand j'en parlai aux Willoughby, ils me prièrent calmement de sortir pour débattre entre eux de l'affaire, ensuite, ils me rappelèrent dans la pièce.

Ils allaient m'aider, m'annoncèrent-ils. Je pourrais demeurer chez eux aussi longtemps que je le souhaitais. J'allais continuer à travailler pour eux et élever mon enfant dans la maison. Nous expliquerions aux visiteurs que j'étais veuve. Bien entendu, mes gages seraient réduits pour compenser le logement et l'entretien de l'enfant. Mais je pouvais compter sur eux, mon enfant grandirait avec Michael et ses frères et sœurs, s'il en avait un jour.

En pleurs, je consentis à tout, cherchant vainement à me défaire de la peur qui me nouait l'estomac. Pourquoi ne me sentais-je pas soulagée, ou simplement reconnaissante ?

M. Willoughby m'offrit son mouchoir et sa femme me tapota la main.

— Nous sommes ravis que vous restiez parmi nous, conclut-elle.

L'accouchement se passa très mal. Je restai trente-quatre heures dans la salle de travail de la maternité. On m'expliqua par la suite qu'il y avait eu une hémorragie et des complications, qu'on avait dû m'enlever l'utérus. Issue d'une famille de neuf enfants, je ne m'imaginais pas mère d'une fille unique, illégitime de surcroît. Quand l'infirmière me présenta pour la première fois mon bébé, je me dis en regardant ce petit visage rouge et aplati : *C'est tout ce que la maternité m'aura réservé.*

Pendant ma convalescence, les Willoughby engagèrent une femme de ménage pour s'occuper de Michael et de la maison, aussi passai-je mes journées pratiquement seule, dans ma chambre sous les combles : quelques semaines épouvantables au cours desquelles je pressentais que je ne pourrais jamais m'évader de cette prison.

Je nourrissais Grace au biberon car le sein était passé de mode. Ma fille se révéla très difficile à nourrir : elle refusait la tétine du biberon, recrachait son lait, ne faisait pas son rot et hurlait des jours durant, prise de coliques. Jamais je n'avais eu autant de mal avec un bébé. On affirme que lorsqu'il s'agit de votre enfant, on l'aime quoi qu'il arrive. Ce n'était pas le cas. Au début, je détestais la petite avec une intensité qui m'effrayait. Chaque fois que je regardais Grace, il y avait quelque chose qui n'allait pas. Elle ne cessait de pleurnicher, était couverte de rougeurs et présentait un petit visage buté même dans son sommeil. Je l'observais en faisant le bilan de tout ce dont elle m'avait privée : une carrière d'infirmière, un mariage, d'autres enfants – qui voudrait m'épouser maintenant ? Mes projets envolés je me retrouvais avec une enfant sans charme et déjà rebelle. Il me tardait de reprendre mon travail, auprès du souriant Michael qui m'apportait des dessins tandis que je gardais la chambre. *Assurément, il est plus mon enfant que Grace,* pensais-je.

Bien entendu, aujourd'hui on interpréterait la chose

comme un accès de dépression post-natale ; cette dernière prit fin un matin au réveil quand je constatai que Grace dormait paisiblement dans son berceau. Sans doute cessai-je alors de m'apitoyer sur mon sort : au lieu de faire des reproches à ma fille, je commençai à m'attacher à elle. Elle allait devenir cette enfant excessive et violente que je ne pourrais m'empêcher d'admirer. C'était une battante et ceux qu'elle défendait pouvaient s'estimer heureux.

Quand elle grandit et commença à me détester, je me demandai si mon attitude ne l'avait pas irrémédiablement marquée au cours de ses premiers mois de vie. Même si cela n'avait duré, peut-être avait-elle eu l'intuition de ma rancœur passée. Elle me rendait la monnaie de ma pièce.

Mon travail lui faisait honte et elle jugeait que, dans cette maison, j'étais traitée comme une esclave. Elle n'admettait pas de nous voir manger à l'office alors que les Willoughby prenaient leurs repas dans la salle à manger. C'était moi qui en avais décidé ainsi, bien qu'elle n'ait jamais voulu me croire. J'avais averti les Willoughby que je préférais manger à l'écart. Au début, ils s'obstinaient à m'inviter à les rejoindre dans la salle à manger. Mais je n'ai jamais obtempéré, non parce que je me savais d'une condition inférieure ni pour aucune autre raison dégradante – mais parce que j'étais une employée après tout : nous ne faisions pas partie de cette famille et je ne voulais pas que Grace commette l'erreur de se sentir une enfant Willoughby. Si j'avais cédé, nous aurions eu beaucoup plus de mal à les quitter, je continue à le penser aujourd'hui encore.

Grace acceptait M. Willoughby et voyait un frère en Michael, mais Mme Willoughby… Disons qu'à un moment donné, il a fallu que j'empêche ma fille de torturer cette pauvre femme.

Sans éprouver une affection débordante pour Mme Willoughby, je l'aimais bien car, au début, elle m'avait manifesté de la gentillesse et j'avais pitié d'elle. Elle avait épousé un homme d'une classe sociale plus élevée, ce qu'elle tentait de dissimuler, me semblait-il, puisque au lieu d'inviter sa mère chez elle, elle allait lui rendre visite une fois par mois à Dorchester, avec Michael. Elle avait tendance à couper les cheveux en quatre, mais je sais qu'elle m'appréciait. Sept ans après la naissance de Grace, elle était déjà malade et son caractère avait changé du tout au tout. Grace, qui n'avait jamais compris que la malheureuse n'avait plus toute sa tête, mettait ses esclandres sur le compte de sa personnalité. Tandis que moi, je savais ce qu'il en était et n'y attachais pas d'importance.

Michael avait neuf ans et Grace sept ans quand Mme Willoughby mit au monde des jumelles, Sarah et Lyndsey. Elle eut une grossesse difficile et dut rester allongée pendant les trois derniers mois – de cette époque date la mauvaise impression qu'elle fit à Grace. Comme elle n'avait jamais été une femme inactive, elle souffrait d'être confinée dans sa chambre et me harcelait. Rien de ce que j'accomplissais n'était à la mesure de ses désirs : la nourriture était immangeable, le linge mal repassé et je n'accourais pas avec assez d'empressement à ses coups de sonnette. Michael évitait sa mère, laquelle me jalousait car il ne me quittait pas d'une semelle. Elle perdait déjà un peu l'esprit à l'époque, je le crois volontiers. Un jour, alors que je balayais sa chambre et que Grace tenait la pelle à poussière, elle se mit à m'observer avec hargne. Sans dire un mot, remarquez bien, mais elle me suivait ostensiblement des yeux. Mal à l'aise, je terminai à la hâte. Lorsque j'entendis claquer la porte d'entrée, je demandai à Grace d'aller vérifier si c'était Michael qui rentrait.

— Il doit avoir faim, dis-je. Explique-lui que je serai en bas dans quelques minutes.

Mme Willoughby laissa échapper une sorte de grognement animal.

— C'est mon fils, éructa-t-elle.

Les yeux rouges et les cheveux dressés sur la tête, elle semblait possédée du diable.

— Pardon ?

— Si tu essaies de me l'enlever, je t'arrache les yeux, hurla-t-elle.

Je poussai Grace devant moi et nous nous précipitâmes hors de la chambre, mais elle continuait à hurler et ses imprécations nous poursuivirent dans les escaliers.

— Tu m'as entendue ! Je te couperai la tête et la lancerai au chien.

Elle ne possédait pas de chien et je ne comprenais pas ce qui lui arrivait. Bouleversée, Grace sanglotait et étalait sa morve sur son visage avec le dos de sa main.

— Inutile de pleurer, lui dis-je en arrivant en bas des marches. Elle a dit cela pour rire.

— Non, répondit-elle, brusquement écarlate, hors d'elle. Qu'elle essaie un peu ! C'est moi qui lui trancherai le cou la première, ajouta-t-elle, avec mépris.

— Pour l'amour du ciel ! dis-je. Ne sois pas ridicule.

Je rejoignis Michael dans la cuisine. Il devait avoir entendu et me lança un regard terrifié. Pendant tout le reste de la journée, je fus habitée par la vision de cette femme devenue folle et de ma pauvre petite fille s'entre-déchirant comme deux lionnes. L'image était si précise que j'avais l'impression d'assister à cette scène.

Après la naissance des jumelles, Mme Willoughby tomba gravement malade. Elle était à peine remise qu'il fallut hospitaliser Lyndsey, la jumelle la plus menue, qui demeura à l'hôpital plusieurs mois, entre la vie et la mort. En dépit du retour de Lyndsey, frêle mais en bonne santé, Mme Willoughby ne fut plus jamais la même. Son esprit avait vacillé, pendant sa grossesse je suppose, et elle devint insupportable. Elle ne travaillait plus et errait à travers la maison en peignoir, comme un zombie. C'est moi qui m'occupais des jumelles en attendant qu'elle aille mieux, mais cette situation dura des années.

Les jumelles avaient huit ans quand M. Willoughby obtint une promotion et devint plus riche qu'il n'avait jamais osé l'espérer. Nous déménageâmes tous à Scituate dans une villa au bord de l'océan avec une plage privée et un petit pavillon de bains doté d'une cheminée pour se changer ou se réchauffer au sortir de l'eau. Alentour, s'étendaient des hectares de pelouse et de jardin...

Cette vie nouvelle ne changea rien à l'état de Mme Willoughby. Elle restait sujette à d'étranges accès de colère – parfois elle en devenait presque dangereuse, mais pas autant que Grace a voulu le faire croire. Elle exagérait les faits car elle désirait nourrir sa haine. Elle gardait le souvenir de la scène offensante qui avait eu lieu dans la chambre lorsqu'elle avait sept ans et ne lui pardonnait pas. En dépit de nos désaccords, je dois reconnaître que ma fille avait à mon égard une attitude protectrice. Même si elle ne l'a jamais admis, elle se comportait comme une jeune guerrière, me servant de bouclier, une épée brandie, prête à trancher la tête de qui se mettrait en travers de mon chemin.

En dépit de cela – ou peut-être pour cela même – elle se vantait d'être mon opposé, par sa personnalité et sa conduite. Il n'y avait pire insulte à ses yeux que de s'entendre dire que nous avions des points communs. «Je ne lui ressemble en rien», rétorquait-elle. Elle avait hérité des yeux verts de son père et sa chevelure de flammes venait sans doute en droite ligne des quelques mèches cuivrées de Patrick Concannon. Son intrépidité, son effronterie n'avaient rien à voir avec mon tempérament calme et posé. Quand nous nous installâmes ensemble en Irlande après le fatal accident de Mme Willoughby, elle détesta aussitôt Inis Muruch, qu'elle aurait certainement quitté à dix-huit ans si elle n'avait été enceinte de Grainne. Au fond, aussi loin que remontent nos erreurs, nous n'étions pas si différentes l'une de l'autre.

Voilà ce que j'aimerais raconter à Grainne – sans entrer dans les détails sordides. Des erreurs ont été commises, entraînant des compromis. Ma fille m'en a toujours tenu rigueur. Mais, elle aussi, elle a souvent fait fausse route. Il n'y a aucune raison que Grainne en souffre et qu'elle me haïsse comme sa mère l'a fait. Nous pouvons tout recommencer à zéro, cette petite et moi ; je peux lui offrir l'Irlande, comme j'ai tenté de le faire avec sa mère, cependant Grace n'a jamais rien voulu accepter de moi. Grainne a le regard soupçonneux de quelqu'un à qui l'on a menti en toute chose. Mais si je surveille mes propos, cela peut changer.

Tandis que je roule sur l'unique route de l'île pour rentrer à l'hôtel, Grainne grelotte, à cause de l'humidité ; elle est trop maigre pour supporter le climat de cette île. Elle me lance un regard furieux quoique le pull qui lui enveloppe la tête dérobe en partie ses yeux. Elle s'est dégagée des bras de Marcus et est assise toute seule, contre la vitre latérale.

— Nous sommes presque arrivés chez nous, lui dis-je en détournant la tête.

Je fixe la route afin de ne pas la gêner car elle presse son visage contre la vitre, en essayant de retenir ses larmes.

11

Grace

Quand elle rêve, elle s'agite. Elle nage dans des anses calmes ou en pleine mer, à contre-courant, appréciant que ses membres la fassent souffrir, que ses bras et son cœur battent au même rythme dans ses oreilles échauffées par l'effort. Elle fait l'amour avec des hommes innombrables et sans visage. Elle ne les reconnaît qu'à travers leurs caresses ou quand ils la pénètrent, doux, joueurs ou pressés. C'est Stephen qui laisse courir ses doigts et sa langue sur son corps comme si elle était un instrument de musique ; c'est son mari qui maintient ses hanches et ses jambes au-dessus du sable et l'attire vers lui, jusqu'à ce que leurs gémissements couvrent le bruit de la mer. Souvent, c'est Michael, son premier amour, si doux, si craintif, si précautionneux que ses mains tremblent.

Elle sait qu'elle est réveillée avant même d'ouvrir les yeux car elle souffre à nouveau. La douleur n'a pas disparu pendant son sommeil mais elle se transformait en une sensation de mouvement. Elle déteste dormir, se bat contre le sommeil car il signifie qu'au réveil elle continuera de mourir. Cette douleur la dévore, elle a l'impression que des dents impitoyables déchirent ses muscles et ses organes. Au cours des pires journées, tout lui coûte, elle contient sa respiration et bride ses pensées car des actes aussi naturels alimentent la souffrance. Stephen n'est plus qu'une vague silhouette, une voix qui la dérange car elle se sent trop tendue pour l'écouter, un contact brûlant comme une étincelle quand il effleure son bras ou son cou. Elle ne se fait pas administrer autant de piqûres qu'elle le devrait car elles l'effraient et amoindrissent ses facultés. Ensuite, quand elle émerge de sa torpeur, elle ne sait plus que faire de sa douleur.

Quand elle accepte que Stephen lui injecte la médication, elle bénéficie d'un court répit pendant lequel elle peut lui parler. Les mots se bousculent sur ses lèvres, elle tente de les ordonner. Stephen ne comprend rien et elle lui en veut d'être incapable de démêler ce qu'elle veut dire.

— Ma mère est là ? demande-t-elle.

Stephen lui lance un regard inquiet.

— Tu m'as dit de ne pas lui téléphoner avant que tu ne... Tu veux que je l'appelle maintenant ?

— Non, tu as raison. Je croyais que j'étais morte et que tu étais en train de m'expliquer ce qui se passait.

— Grace... commence-t-il.

Mais elle n'a pas le temps de l'écouter.

— Où est Grainne ? Pourquoi n'est-elle pas entrée dans notre chambre ?

— Elle est encore dehors. J'ai le sentiment qu'elle est terrifiée. Ce serait une bonne chose si tu lui demandais de venir te voir.

— Non, c'est moi qui suis « terrorifiante »... Enfin, ce n'est pas le mot que je cherchais. Je ne peux pas l'aider aujourd'hui. Demain peut-être.

— Ecoute-moi, Grace, en ce qui concerne ta mère, je préférerais que tu préviennes d'abord Grainne. Cela me met dans une position difficile.

— Tu préfères être dans la mienne ? C'est toi qui meurs et moi qui dévoile à Grainne tous les vilains secrets de famille.

— Grace, je t'en prie.

Elle est vraiment devenue mesquine. Elle s'en rend compte et s'en veut d'autant plus.

— Ma mère n'est pas une femme aimable. Je ne veux pas que tu lui téléphones. Mais elle aime Grainne et je sais qu'elle s'occupera d'elle. Je veux que tu restes en contact avec Grainne, que tu lui écrives. Elle aura besoin d'un peu… d'affection.

— Bien sûr, je lui écrirai.

— Ma petite fille est une vraie reine. On lui confiera un bateau et elle écumera la mer. Elle dérobera tout ce dont elle aura besoin.

— Essaie de dormir, Grace.

— Tu ne sais pas de quoi je parle. Tu crois que Grainne est incapable d'agir ainsi. Tu ignores tout de ces femmes.

— Quelles femmes ?

— Les îliennes. Oh, elles sont dures ! Même ma mère – et pourtant j'ai toujours pensé qu'elle était la plus faible. Je me trompais, je le sais maintenant. Grainne est de cette trempe. Il faudra que je lui dise. Rappelle-moi de lui en parler, quand je me réveillerai, d'accord ?

— D'accord, mon cœur, et maintenant, endors-toi.

— Elle a voulu me tuer, tu sais.

— Ta mère !

— Mme Willoughby. Elle a tenté de me supprimer parce que je couchais avec son fils.

— Qui est Mme Willoughby ?

— Tu ne l'as pas rencontrée ? Il faudra que je t'emmène voir leur ancienne demeure. Sauf que Mme Willoughby est morte, inutile de faire sa connaissance désormais. Dans quelque temps, tu pourras dire la même chose de moi.

— Chut, conseille Stephen en lui massant le crâne. Je t'en prie, calme-toi et dors.

Pourquoi souhaite-t-il qu'elle se calme ? Elle aurait tellement de souvenirs à partager avec lui maintenant qu'ils ressurgissent. Mais elle a du mal à se rappeler les choses dans l'ordre, elle ne sait par où commencer et à quel moment relater certains détails qui ne se sont révélés importants qu'après coup. Le déroulement logique de l'histoire lui échappe, ce sont des images qui lui reviennent et quand elle veut les lui décrire, il lui conseille de s'endormir.

— Stephen ? murmure-t-elle.

— Je suis là.

— Est-ce moi qui suis en train de mourir ou est-ce Grainne ?

Il ne répond pas. Elle ouvre les yeux et les referme aussitôt car elle croit à une hallucination : Michael Willoughby se tient près d'elle, plus âgé que dans son souvenir. Ses joues sont humides, comme s'il venait de sortir de l'eau, ou de pleurer, et qu'il ait oublié de sécher son visage.

12
Grace

Grace commença vraiment à nager à l'âge de quinze ans. Bien des années plus tôt, elle avait appris à nager dans la piscine du centre de loisirs mais elle n'aimait pas la natation jusqu'à sa découverte de l'océan. La résidence des Willoughby à Scituate donnait directement sur la plage. Grace se déshabillait dans le petit pavillon de bains et pénétrait, nue, dans l'eau glaciale. Elle pouvait nager des heures durant, avalant des kilomètres en suivant la plage dans un crawl ininterrompu. Elle se sentait fière de dominer la mer, de la sentir céder sous le battement rythmique de ses membres. Elle imaginait ses bras tels les avirons du coracle de Granuaile, la reine des pirates. Tout ce qui lui rappelait ses racines irlandaises, elle l'avait rejeté, mais elle continuait d'aimer cette reine de la mer, le contraire absolu de ce que représentait Cliona.

Elle nageait jusqu'à la limite de l'évanouissement. Sous l'eau, les critiques acerbes de sa mère ne l'atteignaient plus. Quand les vagues se refermaient sur son dos, elle cessait d'être la fille illégitime d'une domestique et devenait une créature marine.

Hors de l'eau, ses jambes la picotaient, elle ne tenait

pas en place, faisait jouer ses chevilles et fléchissait ses genoux pour empêcher ses muscles de trembler. «Arrête de gigoter», s'écriait sa mère. «C'est à croire que tu es incapable de rester assise comme une demoiselle.»

Pendant les week-ends, le matin, elle aidait sa mère à faire le ménage et à préparer les premiers repas des trois enfants et de leur mère. Malgré leurs sept ans, les jumelles ne parlaient qu'entre elles ou à Cliona. Elles portaient des vêtements identiques et Lyndsey n'était qu'une variante de Sarah, en plus petite et plus pâle. A table, on aurait dit deux poupées, inanimées, revêtues de leurs plus beaux atours. Leur mère les terrorisait. Depuis la naissance des jumelles, tous craignaient Mme Willoughby. Chacun paraissait compatir à son sort, seulement pour éviter les querelles. Grace la détestait et se persuadait que Michael partageait son animosité, même s'il n'osait pas l'exprimer.

Le déjeuner était pour lui un véritable supplice les jours où son père ne prenait pas son repas avec eux. Quand Grace se trouvait là, elle s'affairait autour de la table, interrompant le repas, lui décochant de secrets regards de connivence pour alléger son sentiment de solitude. Il était son ami, n'en déplaise à Mme Willoughby.

— Michael, demanda un jour cette dernière, est-il absolument indispensable que cette fille fasse irruption toutes les deux minutes, quand nous sommes à table ?

Il était rare que Mme Willoughby s'adresse directement à Grace car elles s'étaient trop fréquemment accrochées depuis quelques années. Michael contint son envie de rire.

— Je n'en sais rien, maman, répondit-il. Grace, veux-tu m'apporter la moutarde ?

Grace sourit et se précipita vers la cuisine, laissant

les portes ouvertes afin de ne rien perdre de la conversation.

— Tu es d'une cruauté sans nom à mon égard, Michael, dit Mme Willoughby.

— Mais, maman, je lui ai simplement demandé la moutarde !

— Inutile de jouer les hypocrites. Je sais que tu me détestes.

Elle avait craché les derniers mots, le visage écarlate avec une dangereuse lueur au fond des yeux.

— Maman, je ne …

— J'ai été une très mauvaise mère, je ne le sais que trop.

Et sans crier gare, elle éclata en sanglots, de cette manière hystérique qui terrifiait toute la maisonnée. Voir son visage changer ainsi d'expression, passer de la fureur à l'impuissance et vice versa vous pétrifiait. Quand Grace revint avec le pot de moutarde, Mme Willoughby s'arrêta net de pleurer. Elle se resservit une tasse de thé sans un regard pour personne. Les larmes qui mouillaient encore ses joues ne semblaient plus naturelles, on eût dit qu'elle avait été éclaboussée. Grace regarda Michael en roulant les yeux et s'en retourna à l'office. Tête basse, les jumelles fixaient leurs tranches de pain de mie.

— Où est ton père, Michael ? tonitrua Mme Willoughby.

Les jumelles tressaillirent.

— Il travaille, j'imagine, répondit Michael d'un ton sarcastique.

— Ne sois pas impertinent ! Tu sais bien qu'il ne travaille pas. Ton père est l'homme le plus paresseux que je connaisse.

— Pourquoi va-t-il au bureau alors ?

— Pour m'y tromper, répondit-elle en reposant brutalement sa tasse sur la soucoupe.

— Ça suffit, maman.

— Et tu t'imagines peut-être qu'il y reste enfermé du matin au soir ? En réalité, il passe son temps à ôter son pantalon à travers toute la ville.

— Pourquoi il enlève son pantalon, papa ? demanda l'une des jumelles.

Michael se contenta de fixer sa mère dans les yeux.

— C'est bien ce que je pensais, dit-elle. Inutile de compter sur ta sympathie. Tu n'es qu'un homme après tout. Tel père, tel fils. Tous des dépravés.

Alors, Grace, qui était restée derrière la porte, revint vers la table et récupéra le pot de moutarde. Mme Willoughby lui jeta un regard venimeux, annonciateur d'une sévère réprimande. Mais Grace l'ayant foudroyée sur place, elle préféra attaquer son fils :

— Et toi, mon cher, n'aurais-tu pas besoin d'un bureau ?

A la tombée de la nuit, Michael rejoignit Grace sur la plage où elle nageait. Il lança des galets dans l'eau sur son parcours, aussi cessa-t-elle de crawler ; elle s'approcha du rivage en se maintenant à la verticale, aidée des seuls battements de ses pieds. Il suivit le ponton sur lequel elle avait laissé vêtements et drap de bain et s'installa dans le canot à moteur arrimé là.

— Tu viens me rejoindre ? demanda Grace, en cambrant le dos pour que les vagues ramènent ses cheveux en arrière.

— Ma mère est ravagée, dit-il.

— Tu plaisantes, non, dit Grace en éclatant de rire.

— Non, je suis sérieux. Elle est complètement dingue et je ne peux plus la supporter. Quand je pense qu'il va falloir que j'attende encore un an avant de la quitter.

— Tu te fais des idées, ne crois-tu pas ? Nous pensons tous que nos mères sont folles.

— Ta mère ne l'est pas. Elle est gentille, elle.

— Avec toi, peut-être...

Aux yeux de Cliona, Michael agissait toujours comme il convenait. Grace en revanche était si décevante qu'il fallait toujours la chapitrer sur sa façon de s'habiller, de se comporter ou de s'exprimer. Depuis qu'elle avait treize ans, chaque jour ou presque, sa mère la giflait ou lui donnait des coups de cuillère en bois. Parfois, elle la regardait comme si la fille qu'elle aurait aimé avoir s'était transformée en une diablesse inconnue.

— Grace, reprit Michael. Tu crois que c'est vrai ? Tu crois que mon père a des maîtresses ?

— Qui le lui reprocherait ? répondit-elle. (Elle regretta aussitôt ses paroles devant l'air scandalisé de Michael. Jamais elle n'aurait imaginé qu'il en serait offusqué. Elle cessa de nager et reprit pied.) Non, corrigea-t-elle. Ta mère est complètement paranoïaque.

Elle marchait, tordant à pleines mains ses cheveux mouillés sur sa nuque, quand elle sentit le regard de Michael posé sur elle.

— Depuis quand as-tu tout ça ? demanda-t-il, en souriant, avant de détourner la tête, tout rougissant.

Grace baissa les yeux sur ses seins nus, dont le froid fronçait les mamelons. Les gouttes d'eau glissaient dessus car elle s'était enduit le corps d'huile pour nager plus vite. Jusque-là, ses seins, qui s'étaient récemment développés, la gênaient. Certains jours, il fallait qu'elle mette un maillot de bain pour nager sinon sa poitrine lui faisait mal. A l'école, les garçons fixaient ses seins avec la convoitise de qui veut se livrer à des expériences perverses. La pudeur de Michael lui fit entrevoir soudain combien ils étaient attirants. Voilà qui ne l'embarrassait pas mais la rendait heureuse ! Elle aimait la souplesse de son corps, la forme de ses muscles, le goût salé de sa peau au sortir de l'eau et même cette nouvelle odeur qui imprégnait ses sous-vêtements depuis qu'il lui était venu de la poitrine. Elle n'avait pas encore songé à partager un jour le plaisir que lui donnait son corps avec quelqu'un.

— Ils te plaisent ? questionna-t-elle pour le contraindre à la regarder à nouveau.

La nervosité évidente de Michael l'excitait.

— On dirait une sirène, dit-il.

Grace éclata de rire et rattrapa la serviette qu'il lui lançait.

Grace essayait d'éviter sa mère, le dimanche plus encore que les autres jours. Croyante fanatique aux yeux de sa fille, Cliona ne manquait jamais d'aller à la messe ; Grace pouvait s'estimer heureuse de ce que sa mère ne gagnât pas assez d'argent, car elle lui eût fait suivre ses études dans une institution catholique. Chaque dimanche depuis qu'elle avait quatre ans, Grace était obligée de supporter la messe ainsi que les cours de catéchisme. Elle avait fait sa communion, puis sa confirmation à treize ans ; à partir de là, elle pensait être maîtresse de ses convictions religieuses mais Cliona continuait à la traîner aux offices.

Grace eût aimé l'église s'il n'y avait eu le prêtre et les fidèles. Le plafond s'ornait d'une fresque aux anges potelés et malicieux. Elle aimait l'odeur des cierges, la lumière colorée qui passait à travers les vitraux, le tintement de la clochette en or lors de l'offrande. Tout en sachant que Cliona aurait crié au blasphème, elle pensait que l'église était le refuge idéal pour s'embrasser. Pendant le sermon du prêtre, elle rêvait à ce que pourraient lui faire les garçons sur les bancs de bois.

Mais elle détestait les filles qui venaient au

catéchisme, toutes plus garces les unes que les autres, des saintes nitouches dans leurs habits du dimanche. Et les garçons ne valaient pas mieux. Alors qu'ils l'avaient embrassée à bouche que veux-tu, en lui fourrant à toute force la main dans leur braguette, ils fermaient les yeux avec recueillement quand le prêtre leur donnait l'hostie. A ses yeux, les prêtres eux-mêmes jouaient la comédie. Ils souriaient et lui tapotaient la tête après l'avoir inquiétée pendant la confession par leurs grognements désapprobateurs et leurs silences culpabilisants. Un jour, l'un d'eux avait osé la traiter de *petite coureuse* et lui avait imposé une pénitence avant de refermer la grille du confessionnal.

Grace essayait d'échapper au rituel du dimanche en disparaissant tôt le matin, mais lorsqu'elle rentrait en début d'après-midi, sa mère, furieuse, l'envoyait se confesser et l'obligeait à assister à la messe le lendemain matin.

— L'Eglise est la gardienne de la moralité d'une jeune fille devant la tentation, objecta-t-elle le jour où Grace fit valoir qu'elle était assez grande pour ne plus fréquenter l'église. Le moment est venu de t'expliquer que les enfants ne naissent pas dans les choux !

— Je t'en prie, maman. Il y a longtemps que je sais comment cela se passe !

— Evidemment, on vous explique tout cela à l'école, de nos jours. Mais vous a-t-on dit que les relations hors mariage sont un péché mortel ?

— Fiche-moi la paix.

— Une fille a vite fait d'avoir de gros ennuis.

— Tu en sais quelque chose, marmonna Grace.

— Cesse de jouer les insolentes ! Au lieu de me jeter la pierre, tire profit de mes propres erreurs. Il n'est pas commode de trouver un mari quand on se retrouve dans ma situation.

— Michael m'épousera.

— Tu te fais des illusions. Il est trop fortuné pour envisager un mariage avec toi et cela m'étonnerait que ses parents le laissent épouser une catholique !

— Il se moque bien de leurs préjugés.

— Même si tu lui plais, cela ne signifie pas qu'il te traitera correctement.

— Qu'est-ce que tu en sais ?

Chaque dimanche, elles se disputaient à ce sujet. Grace enrageait contre sa mère. Quoique Cliona fût plus jeune que la plupart des parents de ses amies, elle la voyait comme un dinosaure. Elle se jurait de ne pas finir comme sa mère : une esclave bornée et confinée dans un pays étranger.

Michael prit l'habitude de la rejoindre en fin de journée quand elle nageait. Il enlevait son short en arrivant sur la plage et marchait dans l'eau à sa rencontre. Au début, il nageotait comme un chien pataud et se débattait dans l'eau comme s'il craignait que l'océan ne l'engloutisse. Il relevait le menton d'un air angoissé qui amusait Grace.

Elle lui fit faire la planche, en feignant de le soutenir à deux mains. Elle lui apprit à se laisser porter par les vagues et à immerger les oreilles dans l'eau afin d'entendre – comme elle – le bruit de la mer, capable de couvrir les battements de son cœur. Elle lui montra comment incurver les bras pour se propulser avec force dans l'eau. Très vite, il laissa la houle mouiller son visage et se mit à nager avec plus d'assurance un crawl encore irrégulier.

Chaque jour, ils nageaient sur des kilomètres, le long de la plage et, en sortant de l'eau, Michael exhibait avec fierté son torse et ses bras de plus en plus musclés. Puis ils se reposaient dans une petite crique invisible de la maison. L'eau y était chaude et calme, les algues tapissaient un fond de sable fin.

Un soir au coucher du soleil, ils s'agenouillèrent dans l'eau si bien qu'elle atteignait leurs cous. Les rayons ambrés du couchant illuminaient leurs corps visibles en transparence. Ils commencèrent par bavarder puis comme leurs deux corps se rapprochaient insensiblement, ils se turent tous deux et se regardèrent. Les gouttes brillantes sur le visage de Michael dessinaient comme un message codé. Il baissa les yeux sur les seins de Grace, en apparence plus volumineux sous la surface de l'eau.

— Je peux... chuchota-t-il en avançant timidement la main.

— Quoi donc ? le taquina-t-elle.

— Tu sais bien... dit-il en rougissant. (Grace se contenta de sourire. Elle voulait qu'il prononçât le mot.) Toucher, laissa-t-il échapper dans un murmure.

Elle se laissa flotter plus près de lui, lui saisit le poignet, souleva son bras qui ne pesait rien et posa la paume de Michael sous son sein. Il le pressa légèrement, laissant courir son pouce sur le mamelon et Grace faillit gémir. Il lui semblait que Michael la caressait à deux endroits à la fois, qu'il effleurait son sein en même temps que son entrejambe. Il leva son autre bras et, fermant les yeux, rapprocha son visage de la joue de Grace pour qu'elle ne puisse pas le regarder. Elle glissa ses mains sous ses aisselles et l'attira à elle. Pendant un long moment, ils restèrent ainsi tandis que Grace se balançait dans l'eau au rythme des sensations qu'elle éprouvait là même où Michael ne la touchait pas. Puis il fit un mouvement brusque et, lâchant ses seins, la plaqua contre lui comme s'il craignait qu'elle ne tombe.

— Tout va bien ? murmura-t-elle.

Il hocha la tête, le visage caché dans son cou. Quand

il se recula, empourpré et les paupières lourdes, Grace comprit en voyant son expression qu'il y avait à jamais quelque chose de changé dans leur relation. Michael était amoureux d'elle.

Elle l'embrassa. Sa bouche avait un goût de sel et une saveur qu'elle reconnut aussitôt car elle lui rappelait l'odeur du corps de Michael, aussi familière que sa propre odeur.

Cet été-là, tous les jours, Grace et Michael restèrent dans l'eau jusqu'à ce que leurs lèvres bleuissent et que leurs doigts se fripent comme des fruits secs. Ils nageaient sur un kilomètre pour tromper qui les aurait observés puis ils se hâtaient vers leur crique. Le soir, ils déambulaient dans la maison en s'évitant avec application. Mme Willoughby les surveillait d'un air singulier ; seule Cliona se permit un commentaire.

— C'est pas bon pour vous, les jeunes, de barboter dans l'eau toute la sainte journée, leur dit-elle. Il me semble que cela fait un bout de temps que je ne vous ai pas vus lire un livre.

Alors Michael se rendit à la bibliothèque et revint avec une pile de romans. A compter de ce jour-là, il ne quitta plus la maison sans se munir d'un livre.

— Je vais lire sur la plage, Cliona, prévenait-il.

Elle se rengorgeait en le suivant des yeux mais, à peine arrivé, il abandonnait le livre dans le pavillon des bains.

Pendant la première semaine, ils restèrent agenouillés dans l'eau à se caresser, sans dépasser une ligne imaginaire qui s'arrêtait à leur taille. Un jour, Grace succomba au désir de se retrouver allongée au côté de Michael, ou sous lui. Elle lui prit la main et l'entraîna vers le rivage. Ils s'allongèrent l'un près de l'autre dans une eau peu profonde, leurs têtes posées sur un nid d'algues. Tout en l'embrassant, Michael laissait parfois échapper un gémissement. Grace comprit qu'il souffrait, comme elle, de ne pouvoir sentir son corps contre le sien. Elle lui retira son maillot de bain.

— Grace, murmura-t-il, terrifié.

— Chut, répondit-elle en se penchant vers lui pour l'embrasser à nouveau.

Elle embrassa son cou et sa poitrine jusqu'à ce qu'il laisse retomber sa tête sur les algues. Il regardait le ciel avec l'effroi d'un condamné à mort. Les poils autour de son membre se mouvaient dans l'eau comme une chevelure de sirène. Grace posa sa main à cet endroit et se mit à le caresser ainsi que le lui avait appris un garçon du catéchisme. Michael remuait les hanches maintenant d'une manière qui lui rappela les évolutions gracieuses des dauphins. Il ne fallut pas longtemps pour qu'elle aperçoive une éruption laiteuse à la surface de l'eau. La main toujours posée sur le pénis de Michael, elle s'étendit tout près de lui. Il l'embrassa en soupirant, toute sa gêne envolée. Au bout de quelques minutes, il s'allongea sur elle et, posant une jambe entre ses cuisses pour les séparer, il la caressa si longuement qu'elle se mit à bouger sous lui.

L'été passa comme un éclair et Grace commença à s'inquiéter en songeant à la rentrée scolaire. Elle devait entrer en seconde au lycée de Scituate tandis que Michael achèverait ses études secondaires dans un établissement privé pour garçons, deux villes plus loin. Qu'allait-il advenir pendant toutes ces heures où ils seraient séparés ? D'une part, elle savait que Michael aurait rarement l'occasion de rencontrer d'autres filles et que d'autre part, il était obsédé par ses études, restant souvent tard le soir à la bibliothèque. Bientôt, il ferait trop froid pour qu'ils aillent nager et ils ne pourraient prendre le risque de se rencontrer dans la maison. Grace ne confia pas ce souci à Michael car elle n'était pas certaine qu'il le partagerait avec elle.

Le week-end qui précéda la rentrée scolaire coïncida avec la fête du Travail et, comme chaque année, monsieur et madame Willoughby donnèrent une soirée mondaine. Depuis que Mme Willoughby était souffrante, le couple sortait moins, mais continuait cependant à lancer des invitations à l'occasion de la fête du Travail. Au cours de ces réceptions, Mme Willoughby n'était plus que la triste caricature d'elle-même : elle avait beau porter des vêtements griffés, il y avait toujours un détail qui offusquait le bon goût, un rouge à lèvres criard, des cheveux gras ou bien des accessoires désassortis, choisis dans sa garde-robe autrefois à la mode. Les invités lui manifestaient une compassion condescendante, élevant la voix quand ils s'adressaient à elle comme en présence d'une sourde. En les voyant l'humilier de la sorte, Grace éprouvait presque de la pitié à son endroit. Malgré son inimitié, elle considérait qu'après tout les invités n'avaient pas le droit de traiter leur hôtesse comme une attardée mentale.

Durant ces festivités, lorsque Grace et Michael étaient encore enfants, ils s'asseyaient en pyjama sur le palier, écoutant le tintement des verres, les éclats de voix et les rires qui fusaient du rez-de-chaussée. Mais cette année, Michael avait été obligé de revêtir un complet car ses parents tenaient à le présenter aux personnes conviées. Après avoir aidé Cliona et les traiteurs à dresser le buffet, Grace n'eut pas le courage de se joindre aux jumelles, perchées en haut de l'escalier ; elle alla s'enfermer dans sa chambre prétendument pour lire l'un des livres que Michael avait rapportés de la bibliothèque.

Quand la fête battit son plein, Michael frappa à la porte et se mit à arpenter la petite pièce, sa tête effleurant les chevrons au plafond.

— Tu as rencontré de jolies filles ? demanda Grace.

Il leva les sourcils pour montrer qu'il appréciait la plaisanterie mais il semblait trop distrait pour sourire.

— Maman est dans une forme éblouissante, ce soir, ironisa-t-il. Elle m'a entraîné à l'office pour me demander avec qui papa était en train de parler. Ensuite, comme il était sorti pour accompagner un invité jusqu'à sa voiture, elle a perdu complètement l'esprit et m'a ordonné de le retrouver. Je ne vais tout de même pas lui courir après toute la soirée !

— Si elle espionne ton père, c'est parce qu'elle s'ennuie. Presque personne ne lui adresse la parole.

— Je ne vais pas entrer dans son jeu. Je me suis retrouvé coincé entre elle et un vieux raseur, qui pérorait sur l'université de Harvard. Puis on m'a suggéré de montrer le jardin à une fille qui ressemblait à un petit goret.

— Tu as mieux à faire ? demanda Grace, électrisée à l'idée qu'il avait traité cette fille de goret.

— Oui, répondit-il avec un large sourire. Allons nager.

Ils descendirent sans faire de bruit l'escalier de service et suivirent le sentier qui passait derrière le petit pavillon des bains, au cas où des invités se trouveraient sur le ponton d'où ils plongeaient d'habitude. En approchant, Grace remarqua que le pavillon était éclairé.

— La soirée s'est déplacée ici, dit-elle.

— Qu'est-ce qu'ils peuvent bien faire là-dedans ? chuchota Michael.

— Qu'en penses-tu ? le taquina-t-elle. (Michael

pinça les lèvres, affectant d'être choqué.) Jetons un coup d'œil, proposa Grace.

Elle le poussa devant la fenêtre sans attendre sa réponse.

A travers la petite vitre, ils aperçurent un couple étendu sur le lit. Ils étaient nus tous les deux, et leurs corps prenaient une teinte blafarde à la lumière de la lampe. La femme chevauchait l'homme, ses cheveux défaits et son buste tournoyaient comme ceux d'une danseuse. Grace était fascinée. Elle observait de près tous les détails et mémorisait la manière dont la femme pétrissait les épaules de l'homme et le mouvement rythmique de ses hanches.

— Mon Dieu ! gémit Michael dans son oreille.

Tout d'abord, elle crut qu'il était aussi excité qu'elle ; puis elle reconnut l'homme sous la femme : c'était M. Willoughby. Il avait retiré ses lunettes. Son torse était moins large et plus velu qu'elle ne l'aurait imaginé, mais c'était bien lui. Le cou tendu vers la main de la femme, il suçait l'un de ses doigts.

Michael s'éloigna de la fenêtre et vomit dans l'herbe.

— Allez, détends-toi, lui conseilla Grace en posant sa main sur son épaule.

Il la repoussa avec dégoût.

— Il faut que je m'en aille, dit-il en se précipitant vers le chemin qui menait à la route principale.

Grace aurait pu le rattraper aisément mais son geste de rejet la paralysa sur le moment. Elle se contenta de le regarder disparaître sous les frondaisons.

Cette nuit-là, Michael ne rentra pas avant quatre heures. Grace avait aidé sa mère à remettre la maison en ordre et quand tout le monde fut couché, elle alla s'asseoir dans la cuisine, lumière éteinte, pensant à

Michael. Elle essayait de comprendre pourquoi cette scène l'avait bouleversé. Elle, elle s'était réjouie de découvrir que M. Willoughby, si convenable et si assommant, avait une vie amoureuse. Comme elle n'avait pas de père, elle avait du mal à s'imaginer ce qu'elle éprouverait dans la même situation que Michael. Peut-être se croyait-il contraint à la loyauté envers sa mère, bien qu'il la détestât. Peut-être se figurait-il que le devoir de son père était de tenir compagnie à sa femme pendant cette soirée. Peut-être le seul fait d'avoir surpris son père en train de faire l'amour l'avait-il choqué. Si d'aventure Cliona couchait avec un homme, Grace n'aimerait pas en être témoin !

Mais il semblait que Michael lui en voulait à elle, quelle injustice ! Même enfant, il s'était toujours comporté de la sorte : si facile à vivre qu'on en venait à se dire que rien ne pouvait l'affecter jusqu'au jour où, sans prévenir, il s'en prenait violemment à vous.

Grace décida de ne pas lui reprocher sa réaction. Elle n'avait pas intérêt à le pousser dans ses retranchements. Déjà, les parents de Michael n'accepteraient pas leur relation car ils la considéreraient comme indigne de lui. Si Michael se souciait vraiment de l'opinion de ses parents, il risquait de la laisser tomber pour épouser une fille du style du « goret » qu'on lui avait présenté au cours de la soirée. Mais s'il les haïssait – et apparemment, il commençait à détester son père tout autant que sa mère –, il estimerait que Grace était sa seule famille. Il partirait avec elle. Grace mourait d'envie de claquer la porte et d'échapper à l'emprise étouffante de Cliona. Il convenait donc d'encourager Michael à mépriser son père, un salaud qui trompait sa femme. Aux yeux de Grace, ce n'était pas une basse manœuvre, simplement le meilleur moyen d'arriver à ses fins.

Aussi, quand Michael se faufila par la porte de

l'office, se leva-t-elle pour l'embrasser avant qu'il ne puisse dire quoi que ce soit, pressant son pubis contre le sien car elle savait que cela produisait toujours son effet. C'était la première fois qu'elle l'embrassait dans la maison et pendant un court instant, elle l'imagina étendu sur la table de la cuisine tandis qu'elle le chevauchait. Michael écarta ses lèvres des siennes et lui murmura à l'oreille :

— Je suis désolé pour ce qui s'est passé tout à l'heure. Est-ce que tout le monde dort ? (Elle sourit et l'embrassa à nouveau, puis le poussa en direction de la porte.) Où allons-nous ? demanda-t-il.

Mais elle lui fit signe de se taire.

— C'est une surprise, dit-elle quand ils se retrouvèrent dehors.

Elle l'entraîna vers le petit pavillon des bains. Devant la porte, il hésita mais, à force de cajoleries, elle parvint à le faire entrer. Eclairée par la lune, la pièce baignait dans une lumière bleutée, la banquette et les oreillers avaient été retapés avec soin. Grace voulut à nouveau embrasser Michael.

— C'est le dernier endroit où j'ai envie de me trouver, dit-il avec humeur.

Grace retira son T-shirt et recula de quelques pas. La lumière auréolait ses jeunes seins bien ronds. Michael laissa courir distraitement ses lèvres sur ses mamelons. Quand il releva la tête, elle vit qu'il était sur le point de pleurer.

— Si ton père savait que tu te trouves ici avec moi, il serait furieux, chuchota-t-elle.

Michael ferma les yeux et deux larmes coulèrent sur ses joues. Puis il se mit à l'embrasser. Soudain impatients, ils se dévêtirent avec tant de hâte que leurs jeans restèrent coincés au-dessus de leurs chaussures ; ils durent se laisser choir sur la banquette pour s'en libérer. Grace leva les genoux et Michael la rejoignit aussitôt, non sans avoir demandé :

— Il n'y a pas de risque ?

Elle fit non de la tête, pensant qu'il voulait vérifier que personne ne risquait de les surprendre. Elle s'attendait à avoir mal mais quand Michael fut en elle, elle sentit une simple brûlure. Après que Michael eut enfoui sa tête dans l'oreiller pour ne pas crier et que tout fut terminé, elle continua à l'embrasser et à le caresser jusqu'à faire renaître son désir. Cette fois, elle s'allongea sur lui et au moment où elle jouissait, avec toute la force qui lui restait, elle se concentra sur le visage de Michael déformé par l'amour et la souffrance.

13

Grainne

Le lendemain matin, encore à moitié endormie, je crus que je me trouvais à nouveau à la villa. Je pouvais humer l'odeur de la mer et celle du petit déjeuner que Stephen était en train de préparer. J'allais me lever, lire le petit mot que m'avait laissé ma mère, puis sortir avant que Stephen ne me croise.

J'ouvris grand les yeux et découvris une chambre inconnue. Posée à côté du lit, ma valise bleue semblait le débris d'une autre vie, rejeté sur un rivage. Je transpirais, à cause de l'édredon et du cauchemar que je venais de faire. J'avais rêvé qu'un téléphone sonnait sous l'eau, strident, et que je ne parvenais pas à le localiser, pour répondre.

Je quittai le lit. Il faisait froid dans la chambre et je me dépêchai d'enfiler un pull et des jeans. Puis j'inspectai les lieux : deux lits jumeaux avec leur couverture de laine colorée et leur édredon, une commode en bois, sans doute ancienne, et un bureau. Au-dessus du bureau était suspendu à l'aide d'un fil à pêche un panneau de bois sculpté que je voulus examiner de plus près.

Les reliefs représentaient une femme à la poupe

d'un bateau, la tête à demi cachée par une capuche ; le bras levé, elle pointait un doigt vers l'horizon. La coloration naturelle des veines du bois avait été utilisée pour créer des ombres aux endroits adéquats. Je le décrochai et découvris le nom de *Granuaile* gravé au revers, surmontant l'inscription *Grace et Seamus O'Flaherty*. Mon père avait-il sculpté lui-même ce panneau ? L'avait-il simplement offert à ma mère ? A nouveau, un objet me reliait à lui – comme la bague de fiançailles – et me donnait la preuve de son existence.

J'ouvris doucement la porte, redoutant à l'avance ce que je risquais de rencontrer en sortant. Je finis par trouver la salle de bain, une pièce si humide que je dus essuyer la glace embuée avant d'y chercher mon reflet. Voir ma tête hirsute me donnait à chaque fois le même choc. Je trouvai de la laque et aplatis comme je le pus les cheveux qui se dressaient d'un côté. J'étais tentée de m'enfermer dans la salle de bain jusqu'à ce que l'on vienne me chercher pour me ramener à la maison.

Après avoir descendu l'escalier à contrecœur, je me retrouvai au rez-de-chaussée où Cliona cuisait du pain. Elle sortit une grosse miche du four et la laissa refroidir sur une planche à pain. Lorsqu'elle m'aperçut dans l'encadrement de la porte, elle tressaillit et posa sa main blanche de farine sur sa poitrine.

— Tu es aussi silencieuse qu'un fantôme, ma fille, dit-elle. Bonjour, ajouta-t-elle en m'invitant d'un geste à prendre place devant la table où le couvert du petit déjeuner était mis. Tu es une lève-tôt, c'est de famille.

Je me sentais perdue et stupide dans cette cuisine où il n'y avait pas de messages pour m'indiquer la marche à suivre. Il faisait chaud, c'était déjà ça, et je m'assis tandis que Cliona garnissait la théière de feuilles de thé et la remplissait d'eau bouillante.

— Je prépare le petit déjeuner de Marcus, dit-elle. Veux-tu prendre quelque chose ?

— Je n'ai pas faim, répondis-je.

Cliona s'essuya rapidement les mains et se tourna vers moi en me fusillant du regard.

— Ecoute-moi bien. Je ne sais pas ce que tu as derrière la tête. Je constate seulement que tu te laisses mourir de faim. Mais tant que tu vivras dans cette maison, tu ne dépériras pas : Trois repas par jour, et le thé à cinq heures. Néanmoins, si le petit déjeuner irlandais est trop riche pour toi, je peux t'offrir du pain et un fruit. Je ne te laisserai pas quitter cette table l'estomac vide, Dieu m'est témoin.

Elle semblait furieuse que je ne veuille pas manger mais ne me reprochait pas mon escapade de la veille, pas plus que ne l'auraient fait ma mère ni Stephen. Elle aussi, elle me laisserait tranquille.

— Je prendrai un peu de pain, dis-je.

Elle étala une épaisse couche de beurre sur une tranche de pain complet qu'elle posa devant moi.

J'avais cru que je recommencerais à m'alimenter après la disparition de ma mère. Mais depuis l'enterrement, refuser de me nourrir était au moins un acte sur lequel je pouvais concentrer ma volonté. Comme si j'accomplissais quelque chose en jeûnant... Je coupai la tartine en petits morceaux que je disposai sur mon assiette.

— Il faut manger, répéta Cliona en me jetant un regard soupçonneux.

Je profitai du fait qu'elle mettait à frire des tranches de bacon et des saucisses pour dissimuler une partie du pain beurré dans ma serviette.

— Tu m'avais dit que mon père serait là, lui rappelai-je.

— Il devrait être à la messe, dit-elle, soudain gênée.

— A l'église ?

131

— Oui. Tu vas nous y accompagner, n'est-ce pas ? demanda-t-elle en évitant mon regard.

— Quel genre d'homme est-ce ?

Je désirais savoir ce qui n'allait pas chez mon père et pourquoi ma mère avait vécu tant d'années en affectant de l'avoir oublié.

— C'est vraiment quelqu'un de bien, dit-elle en remuant vigoureusement le bacon et les saucisses dans la poêle. Plutôt bel homme. Brun, comme toi. Son père était de l'île – un marin pêcheur – et sa mère venait du Nord. Paix à leurs deux âmes ! Pauvre femme. Elle est morte en donnant naissance à ce fils. C'était son premier enfant. Seamus était un mignon petit garçon. Je le gardais parfois les fins de semaine. Son père s'en est bien sorti pour l'avoir élevé tout seul. Seamus a poursuivi ses études à l'université de Dublin. C'était le garçon le plus intelligent de l'île.

— Je croyais qu'il était marin, dis-je, étonnée qu'un fils de pêcheur ait fréquenté l'université.

— Sa grande culture ne l'empêche pas d'aimer la mer quoiqu'il passe la majeure partie de son temps à écrire des articles pour un journal de Dublin. Il est aussi un peu poète, à ses heures. Il voyage beaucoup. Mais Seamus est un O'Flaherty, c'est sûr : il ne reste pas longtemps loin de la mer.

Ce portrait me plaisait assez, cependant je pressentais que ma grand-mère me cachait quelque chose, mais je ne fis aucun commentaire.

— Comment ça va, Grainne ? Bien dormi ? demanda Marcus en pénétrant dans la cuisine.

J'acquiesçai, me souvenant vaguement de ses bras robustes qui, la veille au soir, me protégeaient du vent. Il portait un costume de laine marron, une cravate avec des impressions et une chemise blanche qui lui serrait le cou. Cliona plaça devant lui une assiette débordant de charcuterie et lui servit une tasse de thé.

132

— Tu es une épouse parfaite, Clee, dit-il en la prenant par la taille.

Elle lui tapa sur les doigts avec gentillesse et retourna à ses fourneaux. Marcus me fit un clin d'œil. Je me demandai s'ils faisaient encore l'amour.

— Tu as de la chance que j'aie pu préparer ton petit déjeuner malgré l'abandon dans lequel j'ai trouvé l'hôtel, dit-elle. Ce matin, il y avait un client qui cherchait du papier toilette.

— Rien ne va plus quand tu t'en vas, dit Marcus avant d'attaquer ses saucisses.

Je crus qu'ils allaient se disputer mais Cliona ne put réprimer un sourire.

— Liam va certainement passer plus tard, me dit-elle. Il est content de te revoir.

— Qui est-ce ? Ton fils ? demandai-je.

— Non, grand Dieu ! s'écria Cliona en riant. Je n'ai eu que ta mère. Mais j'ai élevé la plupart des enfants de Marcus. Les jumeaux et Tommy vivent en Angleterre et tu as rencontré hier soir Stéphanie et Mary Louise. Elles travaillent à l'hôtel avec nous. Liam est le fils de Mary Louise : il est ton aîné de deux mois. Vous jouiez toujours ensemble quand tu étais petite.

Grand Dieu ! Je détestais sa façon de parler de mon enfance comme si elle en savait beaucoup sur moi.

Marcus reposa bruyamment ses couverts en argent dans l'assiette et, s'adossant à sa chaise, il laissa échapper un rot.

— Tiens-toi bien, dit Cliona qui desservait. Sinon ta petite-fille va croire qu'elle vit en compagnie d'un porc.

Je ne vis pas ici, avais-je envie de rectifier. *Je ne suis que de passage.*

A dix heures, nous allâmes à la messe en remontant la route gravillonnée qui menait à l'église. Il y avait des grappes de gens sur le parvis, se saluant les uns les autres. Cliona me présenta à des femmes mal fagotées qui se crurent obligées de me faire des amabilités. Comme je m'éloignais, je les entendis chuchoter que je ressemblais à mon père. J'aperçus Liam, debout au milieu d'un groupe de garçons de son âge. Ils portaient tous – comme les garçons de mon lycée – des jeans trop grands dont les poches arrière descendaient jusqu'à la pliure des genoux. Mary Louise, la mère de Liam, m'embrassa et observa que j'avais l'air « fraîche et rose ».

Je l'avais à peine regardée la veille. Hormis ses cheveux d'un blond roux, elle n'avait pas grand-chose en commun avec Marcus. Ses traits étaient fins et son nez délicat. Comme elle était la seule à ne pas fuir mon regard, elle m'inspirait davantage confiance que les autres.

— Avez-vous vu mon père ? lui demandai-je.

— Non, répondit-elle en fronçant les sourcils. Et cela me contrarie.

Je ne pus rien ajouter car nous pénétrions dans l'église et Cliona me faisait signe de me taire.

Des vitraux représentant des personnages religieux dispensaient un peu de lumière à l'intérieur de la vaste et haute nef et projetaient des taches rouges ou bleues sur les bancs de bois sombre et lisse. Tout au fond, là où le prêtre en soutane se tenait, silencieux, se dressait quelque chose qui ressemblait à une minuscule ville antique, avec des clochers blancs sculptés et des fenêtres serties d'or. Au centre, se trouvait une porte dorée très ouvragée, comme celle d'un petit coffre au trésor. Il flottait une odeur de cierges et de mèches en train de se consumer.

Jusqu'à l'enterrement de ma mère, je n'étais jamais

allée à l'église. Je ne quittai pas Cliona des yeux afin de l'imiter et me lever, m'agenouiller ou incliner la tête quand je le devais. La foule psalmodiait dans une langue inconnue :

Ar nAthair ata i Neamh, go naofar d-ainm,
Go dtagtar do riocht,
Go nDeantar do thol,
Ar an talaimh mar a nDeantar i Neamh.

— C'est le Notre Père en irlandais, murmura Cliona quand ce fut terminé.

— Qu'est-ce que c'est, le Notre Père ? demandai-je à voix basse.

— Une prière, ma fille, répondit-elle, irritée.

Je me demandai si c'était une prière en faveur des pères. Le mien me l'aurait-il apprise si nous avions vécu ensemble ? A tout instant, je me retournais pour surveiller la porte afin de vérifier s'il n'arrivait pas.

Soudain, le prêtre demanda aux fidèles « d'avoir une pensée pour Grainne O'Flaherty, revenue au sein de sa famille ». Il fallut que Liam et les autres hochent la tête dans ma direction pour que je comprenne qu'il s'agissait de moi. Je fus d'abord vaguement choquée que l'ont pût ainsi montrer quelqu'un du doigt dans une église ; enfin l'indignation l'emporta : je ne m'appelais pas O'Flaherty mais Malley, comme ma mère, sans le *O'*. Ces gens-là, que s'imaginaient-ils ? Que j'étais une enfant enlevée par des sauvages et soudain rendue à la civilisation ? Je me recroquevillai sur mon banc et lançai un regard furibond à Cliona. Mais elle ne me prêtait pas attention.

Quand le prêtre se livra à la cérémonie de l'eau et du vin, tous les fidèles autour de moi semblèrent soudain se plonger dans des pensées profondes. Ils s'agenouillèrent sur les coussins des prie-Dieu et cessèrent de bouger ; ils penchèrent la tête sur leurs mains jointes. Les lèvres de ma grand-mère remuaient imperceptiblement à l'unisson du prêtre.

Il récitait l'histoire de la sainte Cène, mécaniquement, comme s'il l'avait apprise par cœur. J'avais vu des tableaux de la Cène au musée des Beaux-Arts de Boston. Ma mère les aimait particulièrement et admirait ces personnages réunis autour de la table. Elle aimait recevoir – aussi invitait-elle souvent ses amis à dîner et dépensait-elle des fortunes pour acquérir de précieux services de table...

Le prêtre versa du vin, puis de l'eau dans un gobelet en or qu'il tint haut devant lui.

« Jésus prit une coupe et après avoir rendu grâce, il la donna à ses disciples et dit : Buvez-en tous car ceci est mon sang, le sang de l'alliance qui est répandu pour plusieurs, pour la rémission des péchés. Faites ceci en mémoire de moi. »

Le prêtre leva la coupe au-dessus de lui et le son d'une petite cloche vibra dans l'église. Quand le silence fut revenu, je remarquai près d'un pilier un jeune garçon vêtu d'une robe qui essayait de reposer une clochette sans la faire tinter à nouveau. Après avoir bu une gorgée de vin, le prêtre essuya le bord de la coupe avec un linge blanc. Puis il éleva ce qui me sembla être une gaufrette blanche aussi large que sa paume.

« Jésus prit du pain et après avoir rendu grâce, il le rompit et le donna aux disciples en disant : Prenez, mangez, ceci est mon corps ; qui est donné pour vous. »

A nouveau, le garçon fit tinter la clochette. Le prêtre brisa la gaufrette en deux, laissa tomber des miettes dans la coupe et déposa sur sa langue ce qui restait.

Baissant la tête, il mâcha avec soin, les yeux fermés, les mains jointes devant lui.

Je jugeais cette cérémonie bien étrange et j'étais gênée de ne pas en connaître la signification. Je regardai la croix monstrueuse suspendue au-dessus du prêtre, le corps décharné et meurtri de Jésus, le sang qui coulait de ses paumes et de ses pieds. Il semblait famélique comme s'il était malade depuis longtemps. Rien à voir avec ces peintures de la Cène où il trônait au centre d'une table où abondaient les mets.

Tous – moi exceptée – s'étaient approchés de l'estrade au fond de l'église pour manger la petite gaufrette et boire une gorgée de vin. Quand ce fut terminé, je fus présentée au prêtre « Frère Paddy ». Maintenant qu'il n'était plus juché sur l'estrade, il redevenait un homme banal, bien en chair, chauve, avec un beau sourire. Cependant, comme il m'avait désignée pendant la messe, je ne me fiais pas à lui.

— Je compatis à ton malheur, mon petit, dit-il d'une voix calme en me serrant la main.

Il se tourna vers quelqu'un d'autre et ne vit pas que j'étais au bord des larmes. J'avalai ma salive et respirai profondément.

Dans un coin, à gauche de l'estrade, brûlait une rangée de bougies fichées sur un support de cuivre devant une statue entourée de bouquets de fleurs fraîches. Je me dirigeai vers elle. Elle représentait une femme aux larges cernes sombres et au regard engageant. Elle aussi, elle semblait avoir faim. SAINTE BRI-GITTE, disait la plaque. Elle aussi, elle semblait avoir faim.

— Tu veux faire une offrande ? me demanda Cliona en s'approchant de moi.

Je me retournai pour la fixer.

— Je ne m'appelle pas O'Flaherty, murmurai-je méchamment, mais Malley. Je ne suis pas d'ici, je ne reviens pas au pays, je ne suis la propriété de personne.

Cliona semblait blessée. Mais je m'en moquais. Elle méritait ma sortie !

— Il a juste voulu dire que tu étais la bienvenue parmi nous, répondit-elle. Tu peux porter le nom que tu veux. (Elle me tendit une pièce de vingt pence et ajouta en me montrant un tronc au milieu des bougies :) Fais brûler un cierge. Ton ami Stephen m'a dit que tu goûtais la poésie. Brigitte est la sainte patronne des poètes... conclut-elle avant de s'éloigner.

J'hésitai un long moment, puis glissai la pièce dans la fente, consciente du bruit qu'elle fit en tombant. Il y avait des allumettes et des bougies neuves dans un petit tiroir sous le support de cuivre. Je plaçai ma bougie au centre et allumai la mèche. Mise à part la pièce de monnaie, j'ignorais ce que j'étais censée offrir. Peut-être aurais-je dû prononcer une prière mais je n'en connaissais aucune. *Où est mon père ?* demandai-je à la sainte. La flamme du cierge dansa. Ma mère avait-elle déjà prié en ce lieu et pour qui ? Je restai là, jusqu'à ce que la cire forme une petite flaque molle et coule le long du cierge.

Quand je sortis de l'église, j'aperçus Cliona et Marcus de l'autre côté du terre-plein. Ils semblaient comploter avec le prêtre, debout sur le gravier, si ridicule dans sa soutane. Il remit une enveloppe à Cliona qu'elle décacheta. Elle lut, tandis que Marcus secouait la tête. Je m'approchai d'eux.

— Mon père est-il là, oui ou non ? demandai-je, ce qui les fit sursauter.

— Il semble que ton père ait été retenu à Dublin, répondit Cliona avec un soupir.

Le prêtre et Marcus fuyaient mon regard. J'arrachai la lettre des mains de ma grand-mère tandis que le prêtre semblait hésiter entre la complicité et la réprimande.

Chère Cliona,

J'ai regagné Dublin pour travailler au journal. Je ne suis pas prêt, pour l'instant, à rencontrer Grainne. Pendant toutes les années où j'ai rêvé de ces retrouvailles, j'ai toujours pensé que Grace serait des nôtres. Je t'en prie, explique-lui.

Seamus.

L'écriture de mon père ! Des caractères tracés avec soin : lui aussi, comme ma mère, il suivait les règles de l'ancienne calligraphie. Je contemplai longtemps ces lignes. Il n'était pas *prêt à me rencontrer.* Comme si c'était une corvée. Une interruption dans sa vie bien organisée, sans doute !

— Il ne veut pas me voir ? demandai-je.

Personne ne répondit. Je glissai la lettre dans l'enveloppe et la jetai à Cliona. Puis je m'éloignai, dans la direction opposée à celle de l'hôtel.

— Grainne ? cria Cliona.

Mais je ne me retournai pas. J'entendis Marcus lui conseiller de me laisser tranquille.

— Elle n'ira pas loin.

Allez vous faire voir, pensai-je. *Je peux partir quand je le veux.*

Je pris une route qui conduisait au-delà des falaises que j'avais vues lors de mon aventure de la veille au soir et découvris une plage qui me rappela la Plage aux Sirènes Chantantes : le même sable crissant et des monceaux d'algues fixés à des rochers recouverts de bernacles. Je me demandai si ma mère avait pensé à cet endroit de l'île quand elle agonisait dans sa petite chambre de la villa.

Après avoir contourné la pointe de l'île, la route déboucha sur des champs en friche. Il n'y avait pas de vraies habitations, seulement des huttes en pierre, éboulées. Je marchais à grandes enjambées, faisant craquer l'herbe sèche et me laissant guider par le bruit de l'océan. Je crus que mes oreilles tintaient mais très vite je distinguai des notes de musique, et au moment où je dépassais la dernière colline, j'aperçus un garçon, assis dans l'herbe, qui soufflait dans un instrument métallique. Le garçon tourna la tête et je reconnus Liam.

— Dieu te garde, Grainne, dit-il à la manière irlandaise.

Il ne semblait pas surpris de me voir – on aurait cru qu'il m'attendait à cet endroit. Cliona m'avait dit qu'il était heureux de mon retour. *Peut-être a-t-il un faible pour moi*, pensai-je. Je lui souris et m'installai à son côté. Ses cheveux noirs, lissés en arrière pour assister à la messe, retombaient maintenant sur son front. Il était mignon, presque aussi beau que Stephen. Je sentis ressurgir l'ancienne attente, une impression familière, l'attraction d'un aimant.

Nous étions au point culminant de l'île et au bord des falaises escarpées en à-pic sur l'océan. J'avais froid à la tête à cause de mes cheveux trop courts et j'avais le vertige. Liam s'allongea sur le ventre au bord de la falaise et, d'un geste, me proposa de l'imiter. Nous penchâmes la tête dans le vide pour regarder en bas. Les falaises noires plongeaient à une distance si considérable que je parvins à évaluer leur hauteur seulement en observant les mouettes. Très loin en dessous de nous, elles ressemblaient à de petits morceaux d'ouate.

— Tu ne pourrais pas venir ici la nuit sans être

accompagnée par quelqu'un qui connaît l'île, me précisa Liam. Sinon tu risquerais de tomber de l'autre côté du monde.

Comme nos bras se frôlaient, je le regardai en me disant qu'il ne me montrait cette vue que pour me draguer.

— Cela ne t'intéresse pas ? demanda-t-il.

Je regardai à nouveau en bas de la falaise où des centaines de mouettes se laissaient porter par le vent, ailes déployées, au lieu de voler.

Liam se rassit, les bras enserrant ses genoux pliés, et je m'installai auprès de lui en veillant à lui présenter mon profil le moins mal coiffé.

— Est-ce que tu te souviens de moi ? dit-il.

Ses yeux étaient d'un bleu si intense qu'ils semblaient émaillés.

— Non, répondis-je en caressant sur un rocher une rêche végétation vert pâle qui faisait penser à une chevelure. Et toi ?

Il sembla réfléchir puis, avec un sourire taquin :

— Bien sûr que non. Comment le pourrais-je ? Nous n'étions que des bébés.

— Alors pourquoi toi devrais-tu m'avoir marquée ?

— Parce que les filles ne m'oublient jamais.

— A d'autres !

Il rougit et me lança une poignée d'herbe sèche.

— Tu veux entendre un air ?

— Tu vas chanter ? demandai-je ironiquement.

— Je pourrais, mais pas pour notre première rencontre. Je suis trop timide.

Il sortit de sa poche une flûte à six trous avec un bec de plastique bleu. Il se mit à souffler dedans, quelques notes d'abord, puis tout un morceau. Il avait du talent : ses doigts couraient si vite sur l'instrument qu'on avait du mal à suivre leur mouvement. Il avait choisi un air triste et émouvant. Sa bouche me plaisait. J'attendais qu'il ait fini la pièce et qu'il m'embrasse.

— Cela s'appelle *Les falaises de Moher*, dit-il quand il eut terminé. Ce sont des falaises sur la grande terre, dans le comté de Clare. Mais cette chanson me rappelle la vue qu'on a d'ici. Et les mouettes.

Il me montra le bord de la falaise et se mit à jouer un air qui évoquait le mouvement tournoyant des mouettes portées par le vent.

— Où as-tu appris à jouer ? demandai-je.

Liam essuya sur sa manche le bec de sa flûte qu'il remit dans sa poche.

— C'est mon père qui m'a appris, dit-il. Il joue du violon avec ses amis au pub. Parfois, ils m'invitent à me joindre à eux pour les séances de l'après-midi. Quand j'aurai dix-huit ans, je pourrai aussi jouer le soir. Je joue de la flûte et parfois de la guitare.

— Tu as l'air plutôt doué, dis-je.

Il se leva et fit tomber l'herbe qui s'était accrochée aux jambes de son pantalon.

— Tout le monde est doué pour quelque chose, répondit-il.

J'espérais qu'il allait me demander quel était mon point fort afin de pouvoir lui répondre « les baisers » avant de me suspendre à son cou. Dans la même situation, ma mère n'aurait pas hésité une seconde. Je me demandai si ses lèvres étaient aussi chaudes que celles de Stephen et s'il s'écarterait de moi au dernier instant lui aussi… Au lieu de quoi, il me proposa de me faire visiter l'île.

— Comment peut-on se rendre là-bas ? demandai-je en regardant en direction du port.

— Le château de Granuaile ? J'aurais dû m'en douter. Tu portes le nom de la reine des pirates.

Je me redressai à mon tour en essayant d'avoir l'air

tentée par l'aventure, alors qu'intérieurement je craignais qu'il ne faille nager pour atteindre les ruines.

Nous redescendîmes vers le quai. Là, Liam s'approcha de l'un des longs canots noirs, à la proue effilée, et munis d'avirons.

— On ne peut se rendre au château à pied qu'à marée basse, expliqua-t-il. Nous allons prendre le coracle de mon père. Maintenant il pêche sur un chalutier, mais il y a des années de cela tous les marins-pêcheurs de l'île utilisaient les coracles. Ils harponnaient des poissons lune, aussi gros que des baleines, et les halaient jusqu'au rivage.

Je n'aurais jamais imaginé que l'on puisse se risquer en pleine mer sur une si frêle embarcation, si vulnérable semblait-il malgré son épaisse coque goudronnée. J'entendais les commentaires de ma mère jugeant ridicule ma peur persistante de l'eau alors qu'elle avait passé tant d'heures à m'apprendre à nager.

Nous traversâmes le port et Liam dirigea le canot vers la pointe rocheuse où se dressait le château de Granuaile. Il était plus vigoureux que je ne l'aurais supposé et maniait les avirons comme si l'eau ne leur offrait pas plus de résistance que l'air. Le port défilait à toute vitesse comme, en voiture, le bord d'une autoroute. Il cessa de ramer dans une petite anse sablonneuse et je descendis gauchement du bateau.

Nous grimpâmes sur une colline verdoyante trouée, çà et là, de cuvettes ensablées. Le château nous dominait de toute la hauteur de ses murailles de pierre grise qui ne soutenaient plus aucun toit. A l'intérieur, l'herbe tapissait le sol d'une vaste salle. Des escaliers aux flancs des murs conduisaient à d'étroits chemins de ronde. Quelques meurtrières permettaient seulement de jeter un coup d'œil à l'extérieur. Le mur du château que j'avais vu du bac était effondré, par la brèche ainsi créée la vue plongeait sur un amas de rochers déchiquetés et les vagues de la haute mer au-delà de la jetée. A droite, un escalier moussu menait à une autre pièce ; de minuscules fleurs blanches y poussaient entre les galets.

— C'était la chambre de Granuaile, dit Liam. L'un de ses enfants est né ici : le château fut attaqué alors qu'elle était en train d'accoucher. Ses gens vinrent la trouver pour lui demander ses ordres et son plan pour résister aux assaillants. Grainne mit son fils au monde, puis elle rejoignit les combattants en pestant contre ses hommes, incapables de se débrouiller sans elle. (Liam se mit à rire.) Elle n'avait vraiment pas froid aux yeux, ajouta-t-il.

Celle qui inspire la terreur, pensai-je. Et ma mère voulait que je lui ressemble !

Liam s'assit dans un renfoncement du mur, une ancienne cheminée sans doute. Au-dessus du lintceau, une pierre plus claire que les autres attira mon attention et je vis qu'elle était sculptée : un buste de femme, aux seins pointus, qui inclinait la tête, si bien que ses cheveux masquaient en partie son visage. Sous ses lourdes paupières, son regard semblait empreint de tristesse. La partie inférieure de son corps s'affinait brusquement et se terminait par une nageoire taillée dans la pierre.

— C'est une sirène, dit Liam. Il y a beaucoup de vieilles sculptures comme celle-là sur l'île. Quand j'étais plus jeune, je n'avais pas le droit de les regarder à cause de leur « poitrine licencieuse » comme disait notre grand-mère. Mes amis et moi, nous arpentions l'île dans tous les sens dans l'espoir de pouvoir jeter un coup d'œil à ces seins de pierre.

— Vous ne pouviez pas en trouver des vrais ?

Loin de comprendre que je le provoquais, il prit ma question au pied de la lettre.

— Oh, il y a aussi de vraies sirènes ici. Depuis des temps très reculés. Sur l'île, certains noms de famille, le mien comme celui de ton père, sont réputés appartenir à des descendants d'îliens capturés par les sirènes.

— Des sornettes, oui !

Comment pouvait-il penser que j'étais assez naïve pour y croire !

— C'est ce que l'on racontait. Moi, je m'appelle MacNamara, ce qui signifie « fils de la mer » en gaélique. Les sirènes se cachent dans des grottes et chantent d'une voix triste pour attirer des hommes solitaires. Si un homme suit une sirène, elle l'entraîne au fond de l'eau et quand elle en a fini avec lui, elle le noie. C'est de mauvais augure pour un pêcheur d'apercevoir une sirène car cela signifie qu'il va mourir noyé, à moins qu'il réussisse à la capturer auparavant.

Certains y parviennent. Les sirènes portent une petite coiffe rouge magique et si l'on arrive à s'en saisir et à la déchirer, la queue de ces créatures reprend forme humaine et elles ne peuvent retourner à la mer tant qu'elles n'ont pas retrouvé leur bonnet. C'est pourquoi la légende dit que les MacNamara et les O'Flaherty descendent d'une union avec une sirène. Quelque part dans l'arbre généalogique de ces deux familles, un homme a épousé une sirène et a eu d'elle des enfants avant qu'elle ne s'échappe. Certains racontent qu'elle entraîne l'une de ses petites filles dans la mer et que le bébé sirène ne grandit jamais.

— Comme c'est cruel, dis-je, captivée par ce conte mais sans y ajouter foi.

— La sirène aime certainement son mari, mais l'attrait de la mer est trop fort ; elle finit toujours par retourner d'où elle vient.

— Tu ne vas pas me dire que tu crois à ces balivernes !

— Que j'y croie ou non n'a pas d'importance, dit-il en haussant les épaules. C'est une histoire, voilà tout, elle ne fait de mal à personne.

— Tu as déjà vu une sirène ?

— Non, mais je pense que ta mère en était une.

— Ma mère ? Tu te souviens de ma mère ?

— De sa bizarrerie, oui, répondit Liam en rougissant. Mon père m'en parlait quand j'étais petit et je me rappelle ta mère quand elle habitait chez Grand 'Ma. Elle parlait avec un accent étrange et je n'avais pas le droit d'aller à la plage avec elle parce qu'elle nageait nue. Elle avait une longue chevelure rousse, des yeux du vert des algues ; elle regardait toujours l'océan comme s'il lui manquait quelque chose. Ce que je dis a l'air idiot mais j'étais très jeune à l'époque. Puis elle a disparu et des tas de bruits ont couru dans la famille. Mon père m'a raconté qu'après son départ, je n'arrêtais pas de pleurer car je m'imaginais qu'elle t'avait emportée au fond des mers avec elle.

Liam se tut soudain, s'étant rendu compte que je buvais ses paroles.

— Je croyais que tu ne te souvenais pas de moi.

Il cueillit une des fleurs blanches qui parsemaient le sol et en roula la tige dans ses doigts.

— Non, pas vraiment, dit-il en évitant de me regarder. Je me souviens seulement que tu m'as manqué.

J'imaginais ma mère avec ses longs cheveux roux, prisonnière d'un monde dont elle ne parlait pas la langue, et moi, toute petite, en train de crier car elle m'entraînait dans la profondeur des flots.

— J'aimerais bien me souvenir de toi, dis-je.

J'en avais assez qu'on me raconte des anecdotes que je n'avais plus en mémoire.

Liam me sourit et se déplaça pour s'agenouiller près

de l'ouverture ménagée dans la muraille. Quand il me fit signe de m'approcher, je retins ma respiration et mouillai mes lèvres avec ma langue. Ainsi à genoux, nous étions à la bonne hauteur pour contempler l'océan à travers la fente du mur. Sans me regarder, Liam me prit la main. Il n'enlaça pas mes doigts comme le faisaient la plupart des garçons mais, tel un enfant, il posa sa paume contre la mienne et glissa ses doigts entre mon pouce et mon index. Sa main était chaude et sèche, son geste naturel – rien à voir avec les manœuvres des garçons qui me faisaient du plat ! J'eus soudain le souvenir de la chaude pression d'une main aussi potelée et minuscule que la mienne, ainsi qu'une odeur de fumée, d'humidité et d'air salin. Liam me lâcha mais j'avais eu le temps de retrouver une sensation ancienne.

— Nous sommes toujours amis, dit-il. Il y a simplement eu un blanc dans notre amitié, rien de plus.

Je regardai la marée refluer. Je pensai aux mains de Stephen guidant mes doigts sur les froides touches d'ivoire.

Que signifie : *Ceci est mon corps qui est donné pour vous* ? avais-je envie de demander à Liam. Pourquoi cette phrase me ramène-t-elle à Stephen, à un baiser, aux caillots de sang et aux mèches de ma mère dans la corbeille de la salle de bain, comme des nids abandonnés...

Liam me parlait de Seamus et Cliona après le départ de ma mère.

— Ils avaient le cœur brisé tous les deux. Grand'Ma essayait d'oublier son chagrin en travaillant beaucoup et ton père aussi, mais il avait l'air désespéré. Le soir, il allait attendre le bac, pour prendre son courrier à ce qu'il prétendait ; tout le monde savait qu'il espérait vous revoir, Grace et toi, sur le quai. Un an après votre départ, il a disparu pendant des mois. Les gens d'ici souhaitaient qu'il réussisse à vous retrouver mais, quand il est revenu, Seamus était seul et il n'a dit à personne où il était allé...

— Pourtant, il ne veut pas me voir. Il a laissé un mot expliquant qu'il ne supportait pas l'idée de me rencontrer.

— Je ne pense pas que ce soit là toute la vérité.

— Alors, que se passe-t-il ?

— Je n'en sais rien.

Lequel des deux Seamus était mon père ? me demandai-je. *Celui qui regardait la mer dans l'espoir de me voir revenir ? Ou le Seamus qui s'était enfui, après avoir écrit cette lettre ?*

Quand nous rentrâmes en bateau, il faisait nuit et la lune s'était levée, traçant un chemin scintillant sur l'eau. Liam fit le tour du port et amena le coracle dans une anse près de l'hôtel. La mer était calme mais on entendait le gémissement lointain du vent qui montait et descendait régulièrement, comme le vol des mouettes le long des falaises.

— Tu entends, Grainne ? demanda Liam quand la plainte arriva à son plus haut diapason, répercuté par l'océan. Ce sont les sirènes. Elles chantent.

14
Grace

Après la soirée des Willoughby, les jours de classe et les dîners familiaux devinrent des corvées pour Michael et Grace qui n'attendaient qu'une chose : pouvoir se retrouver la nuit dans le petit pavillon des bains. Grace, fatiguée durant la journée, était pleine d'énergie le soir venu. Au lycée, elle était distraite et ses notes du premier trimestre furent si mauvaises que Cliona remit la chose sur le tapis pendant des semaines.

— Tu n'es pas sotte, mais qu'est-ce qui te trotte dans la tête pour rentrer à la maison avec de pareilles notes ? Tu ne réaliseras tes rêves de grandeur qu'en réussissant dans tes études.

Grace souriait dans son for intérieur. Le lycée ne lui importait plus, dans l'immédiat, seul comptait l'amour. Michael décrochait ses examens sans grand effort. En novembre, il apprit qu'il pouvait envisager d'intégrer Harvard l'année suivante. Grace fut la première à connaître la nouvelle.

— Je prendrai un appartement au lieu d'une chambre d'étudiant, lui dit-il, ainsi tu auras la possibilité de venir me voir chaque week-end.

Elle ne se tint plus de joie, imaginant d'avance la liberté dont elle allait jouir dans cet appartement.

Caché par une rangée d'arbres, le petit pavillon des bains était invisible de la maison et chacun étant couché, Grace et Michael s'y retrouvaient. Ils allumaient un feu et faisaient l'amour jusqu'à l'épuisement. Le bois craquait, comme si l'on avait tiré des coups de fusil, ce qui les faisait tressaillir et les jetait dans les bras l'un de l'autre. Sa vie durant, pour Grace, l'amour resterait associé à l'odeur d'une flambée de bois. Et au bruit de la mer...

Ils continuèrent à se voir pendant l'hiver sans que personne ne se doutât de rien. Cliona les surveillait moins étroitement qu'à l'ordinaire car elle fréquentait alors un certain Jacob Alper. Grace le croisait quand il venait chercher sa mère chez les Willoughby, mais elle ne lui prêtait aucune attention particulière. Les goûts de sa mère en matière d'hommes ne l'intéressaient pas. Elle se disait qu'ils n'avaient pu se rencontrer qu'au supermarché – un lieu que, d'après elle, ne hantaient que des gens d'un certain âge. Elle se réjouissait seulement que sa mère ne soit plus dans ses jambes pendant le week-end.

Au printemps, quand le factotum remit à l'eau le bateau à moteur, Grace projeta de recommencer enfin à nager. Finies les journées où elle restait cloîtrée dans cette demeure pleine de tensions. Elle allait à nouveau pouvoir plonger dans l'océan, savourer sa solitude, sans personne pour la tarabuster. Elle y songeait, allongée dans sa chambre, quand elle perçut soudain un bruit de vaisselle cassée au rez-de-chaussée, puis les cris de Mme Willoughby. Comme ce n'était pas nouveau, elle se contenta de jeter un coup d'œil par la fenêtre. Elle vit M. Willoughby se précipiter dans l'allée et partir au volant de sa voiture en faisant crisser ses pneus. Cliona la rejoignit dans leur petit appartement sous les combles et referma la porte derrière elle.

— Qu'est-ce qu'il y a encore ? maugréa la jeune fille.

Sa mère était toute rouge et avait du mal à respirer tant elle avait gravi les escaliers à la hâte.

— La pauvre femme est dans tous ses états.

Quand elle évoquait Mme Willoughby, elle disait toujours *la pauvre femme*.

— Ce n'est pas la première fois.

— Elle a dit quelque chose qui me préoccupe. Alors je suis venue te demander si c'était vrai. (Grace prit l'air étonnée.) Est-ce que M. Willoughby... Est-ce qu'il t'aurait déjà caressée là où il n'aurait pas dû ?

— M. Willoughby ? bredouilla Grace.

— La pauvre femme se figure que tu as des relations avec son mari. Je sais bien qu'elle est folle mais je voudrais être certaine qu'il ne t'a pas fait d'avances.

— Bien sûr que non, répondit Grace en réprimant à grand-peine une envie de rire.

Cliona semblait soulagée. Elle s'assit sur le lit de Grace.

— Tu n'as pas fait de bêtises au moins ? demanda-t-elle d'une voix radoucie et inhabituelle.

— Pas du tout !

— Tu sais que si jamais tu avais un problème, tu pourrais en parler à ta mère.

Le rôle de la mère compatissante ne lui convient pas, se dit Grace.

— Tout va bien, maman.

— Je tenais seulement à te dire que tu peux te confier à moi.

— Je m'en souviendrai, répondit Grace en ravalant ses sarcasmes.

Sa mère était bien la dernière à qui elle avait envie de se confier. Cliona ne comprendrait pas. Grace était jeune, amoureuse et pleine de projets d'avenir. Pas question qu'elle partage l'univers étriqué d'une mère empêtrée dans le passé.

Ce soir-là, elle attendit une heure avant que Michael ne la rejoigne dans le pavillon. En arrivant, il ne referma pas la porte derrière lui.

— Je ne peux pas rester, expliqua-t-il. Il va falloir être discrets pendant quelque temps car maman ne me lâche plus d'une semelle.

— Elle croit que je couche avec ton père !

— Je sais, reconnut-il. Elle est folle. Mais elle a raison de soupçonner quelque chose. Papa la trompe et toi, tu couches avec moi. Elle risque de découvrir le pot aux roses si nous ne faisons pas attention.

— Qu'est-ce que cela changera ? demanda Grace. De toute façon, nous partons à l'automne.

Michael la regarda étrangement.

— Ta mère risquerait de perdre son travail. Et où iriez-vous vivre, l'an prochain ?

Bien qu'elle n'ait jamais abordé la question, Grace s'était imaginée que Michael l'emmènerait avec lui à Harvard. Pour la première fois, elle eut peur. Mais elle n'en laissa rien paraître et lui sourit.

— Je peux être très discrète. L'image même de la pureté virginale.

— Tu n'auras pas besoin d'aller jusque-là, dit Michael en l'embrassant.

Elle l'enlaça, espérant qu'il céderait et resterait auprès d'elle. Mais il se dégagea.

— Maman m'attend, dit-il. Elle croit que je lui prépare une tasse de thé.

Il s'en alla.

Michael l'évita pendant deux semaines. Quand il n'était pas au lycée, il restait assis à côté de sa mère qui

152

s'était alitée, sous prétexte d'une nouvelle maladie imaginaire. Grace se morfondait, fuyant toute la maisonnée. Quand, par hasard, M. Willoughby la croisait, il détournait la tête, et Mme Willoughby la traitait de catin et de coureuse lorsqu'elle passait devant la porte de sa chambre. Grace passait la majeure partie de son temps dans l'appartement sous les toits, essayant de rattraper le travail scolaire qu'elle avait négligé jusque-là. Ce qui ne l'empêcha pas d'échouer à trois examens sur cinq. Le soir, elle faisait de longues promenades sur la plage afin d'échapper au regard soucieux de Cliona.

Le dernier jour de l'année scolaire, elle n'alla pas au lycée car elle avait mal à la gorge. Cliona étant sortie faire des achats, Grace se trouvait seule dans la maison avec Mme Willoughby ; sa mère l'avait priée de répondre si la malade actionnait la sonnette de son lit.

Grace sommeilla la moitié de la matinée et se réveilla en entendant une sonnerie lointaine et persistante. Elle descendit les escaliers de la mansarde et poussa la porte de la chambre de Mme Willoughby. Celle-ci, assise dans son fauteuil à bascule, les joues fardées d'un rose violent, une couverture en tricot posée sur ses jambes, semblait une vieille dame bien qu'elle n'eût même pas atteint quarante ans.

— Où étais-tu ? Cela fait vingt minutes que j'appuie sur cette maudite sonnette !

— Je dormais, répondit Grace, debout dans l'encadrement de la porte. Je suis enrhumée, vous savez.

— Petite salope, cesse de mentir, l'invectiva Mme Willoughby. Tu baisais avec mon mari, quelque part dans l'herbe !

— Si je rencontrais votre mari, je ne poserais même pas le regard sur lui, répondit Grace, en faisant demi-tour.

— Inutile de raconter des histoires. Michael me l'a dit.

Grace se retourna pour la toiser.

— Que vous a-t-il dit ?

— Que tu avais une liaison avec mon mari. Je suppose que tu le suces. Et les hommes adorent ça.

— C'est faux, dit-elle, complètement déroutée. Michael ne vous a rien dit de tel. Il m'aime.

— Vraiment ? demanda Mme Willoughby avec un rictus. C'est ce qu'il a prétendu ? Quel sale tour à jouer à la fille d'une domestique !

Grace se redressa de toute sa taille et se dirigea vers le fauteuil à bascule.

— Allez vous faire voir, dit-elle. (Mme Willoughby posa sa main sur sa bouche, feignant d'être scandalisée.) Si votre mari vous fuit, c'est que vous n'êtes qu'une mocheté et je n'ai rien à voir là-dedans. (Grace n'éprouvait plus aucune compassion pour cette femme.) Vous n'êtes qu'une loque ! Voilà ce que pensent votre mari et votre fils. Un de ces jours, ils vous plaqueront tous les deux.

Grace rougit en découvrant l'expression de Mme Willoughby – on aurait dit qu'elle venait de lui annoncer sa mort prochaine. Alors elle comprit soudain que Mme Willoughby se prenait pour une martyre. Et elle avait quelques raisons de le croire puisque Michael, Cliona et tous les autres habitants de cette maison la traitaient avec des égards excessifs. Grace venait de détruire quelque chose ; elle crut voir fondre sous ses yeux le peu de lucidité que conservait Mme Willoughby jusqu'alors.

— Fiche le camp ! hurla la démente en se levant et en repoussant son fauteuil.

Grace fila à toute vitesse. Comme elle refermait la porte sur elle, elle entendit se briser un objet contre le panneau. Tandis qu'elle dégringolait les marches, il y eut tout un fracas : Mme Willoughby était en train de tout casser autour d'elle, comme souvent. Mais Grace n'allait pas courir le risque qu'elle sorte de sa chambre.

Elle se précipita au dehors et courut vers la plage. Sur le ponton, elle se dévêtit et plongea dans l'eau, froide, quoiqu'il fît soleil. Elle nagea rapidement jusqu'à échauffer ses muscles. Elle finit par se détendre et regretta sa dureté envers Mme Willoughby. Elle savait ce que l'on ressentait quand les membres de votre famille vous détestaient : Cliona ne la réprimandait-elle pas constamment ? Les esclandres que provoquait Mme Willoughby ne l'étonnaient pas. Grace se conduirait aussi de la sorte si elle pensait que cela ferait évoluer sa situation.

Elle nageait depuis une vingtaine de minutes lorsqu'elle entendit les ratées d'un moteur en train de démarrer. Elle s'immobilisa et regarda en direction du ponton. Le canot à moteur fonçait sur elle, conduit par Mme Willoughby. Ses longs cheveux flottaient au vent comme ceux d'une folle. Avant d'avoir peur, Grace fut surprise de l'excitation de Mme Willoughby – pour la première fois depuis des années, elle paraissait heureuse.

Des quelques minutes qui suivirent, Grace ne se souviendrait qu'à peine. Elle plongea pour éviter l'avant du bateau qui arrivait droit sur elle. Puis quelque chose s'accrocha à ses cheveux et lui maintint la tête sous l'eau, si bien qu'elle ne pouvait plus refaire surface pour reprendre sa respiration. Elle tira sur ce qui la retenait prisonnière et entendit un bruit sourd sous l'eau. Mme Willoughby avait dû tomber par-dessus bord. Grace se mit à crawler sans se retourner ; la terreur qu'à nouveau elle s'accroche à elle et tente de la noyer. Elle s'échoua sur le rivage et se retourna, c'est alors qu'elle vit le bateau vide tourner en rond sur la mer. Persuadée que Mme Willoughby la poursuivait encore à la nage, elle entreprit de courir, les bras croisés sur ses seins nus, jusqu'à la maison. Elle verrouilla la porte d'entrée derrière elle, monta vers les mansardes, se glissa toute mouillée dans son lit et se cacha sous les couvertures comme une enfant craintive. Elle pleurait en implorant le ciel pour que sa mère revienne. Qu'allait-elle faire si Mme Willoughby faisait irruption dans sa chambre ?

Le silence régnait, aussi essaya-t-elle de se lever. Mais les murs se mirent à onduler autour d'elle, elle fut prise de violents frissons. Elle laissa retomber sa tête sur l'oreiller.

Sa mère était penchée sur elle.

— Grace ? dit-elle. Pourquoi restes-tu au lit ? Où est la pauvre femme ? Je ne la trouve pas. (Grace fondit en larmes.) Est-ce qu'elle a sonné ?

Grace fit non de la tête. Sa mère repoussa les mèches qui retombaient sur son front.

— Mon Dieu, tu es brûlante ! (Elle écarta les draps.) Pourquoi n'as-tu rien sur toi ?

— J'avais froid, dit Grace en se rendant compte trop tard de l'absurdité de sa réponse.

— Tu as la grippe. Mets ta chemise. Je vais appeler le médecin.

— Ne me laisse pas toute seule, maman. Reste avec moi, je t'en prie !

Cliona la regarda, soupçonneuse, puis son visage s'adoucit.

— Je reste, ma chérie, dit-elle gentiment en s'asseyant sur le lit à côté de sa fille. Tu iras mieux dans quelques jours...

Grace souffrait d'une pneumonie. Alors qu'elle délirait encore sous l'effet de la fièvre, Cliona lui annonça que Mme Willoughby s'était noyée. Grace sanglota comme un bébé, sans savoir pourquoi elle pleurait.

— Chut, murmura Cliona en évitant de la regarder. Cela ne sert à rien de pleurer.

Pendant deux semaines, Grace resta alitée, dans sa chambre sous les combles. Personne ne lui posa de questions. Seule sa mère montait la voir. Elle craignait qu'on ne découvrît la vérité et qu'on pensât qu'elle avait tué la femme. Elle se souvenait des vêtements oubliés sur le ponton mais quand elle fut en état de se lever, elle les trouva lavés, repassés et rangés dans sa commode. Elle se dit qu'elle avait dû les ramasser avant de se précipiter dans la maison, mais elle était incapable de s'en souvenir. Elle demanda des nouvelles de Michael à sa mère et lui dit qu'elle souhaiterait le voir.

— Il ne va pas fort, le pauvre garçon, répondit Cliona. Il est désespéré. Je pense qu'il se fait des reproches. Il m'a demandé de tes nouvelles mais cela m'étonnerait qu'il monte. Il a du mal à retrouver son équilibre.

Grace se serait volontiers glissée en bas afin d'aller à sa rencontre mais Cliona dormait sur un lit de camp dans sa chambre pour la soigner ou la surveiller peut-être. Elle désirait voir le visage de Michael et s'assurer qu'il la croyait innocente. Elle voulait lui promettre que tout allait s'arranger, qu'ils s'enfuiraient tous les deux, dès qu'elle irait mieux. Lui dire qu'ils s'appartenaient toujours l'un l'autre.

Quand elle fut autorisée à se lever, elle ne put le revoir que de brefs instants, dans la maison, et toujours en présence d'un tiers. Il évitait de la regarder mais, se disait-elle, c'était à cause de son père.

Elle avait grand besoin de réconfort. Tous croyaient

157

au suicide de Mme Willoughby mais elle se sentait une meurtrière bien qu'elle n'ait pas eu l'intention de tuer.

Elle n'osait se confier à sa mère, encore moins à Michael. Alors elle se rendit à l'église, parce qu'elle savait que les prêtres gardaient le secret de la confession. Elle choisit le confessionnal d'un prêtre qu'elle ne connaissait pas personnellement mais qui lui avait toujours semblé gentil et libéral. Comme il était irlandais, Cliona ne tarissait pas d'éloges à son égard. Dans l'ombre du confessionnal, Grace sentait son cœur coupable s'affoler. Quand le prêtre repoussa la grille et que sa silhouette se profila derrière les croisillons, elle se signa.

— Bénissez-moi mon père car j'ai péché, récita-t-elle. Cela fait longtemps que je ne suis pas venue me confesser.

— Il faut venir une fois par semaine, mon enfant, rappela le prêtre. Quels sont tes péchés ?

Grace hésitait. Elle ne pouvait pas, comme elle avait coutume de le faire avec les autres adultes, débiter à toute vitesse quelques mensonges et se montrer impertinente.

— Je pense que je suis responsable de la mort d'une femme, mon père.

Le prêtre recula légèrement.

— De quelle manière ?

— Elle m'avait attaquée dans l'eau, je me suis enfuie et elle s'est noyée. Je n'ai pas compris qu'elle était en train de se noyer. Je croyais qu'elle me poursuivait à la nage.

— Je vois, dit le prêtre. (Comme il restait silencieux, Grace retint sa respiration. Quelle pénitence imposait-on pour un meurtre ? Allait-il l'obliger à réciter des *Je vous salue Marie* jusqu'à la fin de ses jours ?) Je n'ai pas l'impression que tu sois responsable de la mort de cette femme, reprit-il. Ce fut un tragique accident.

Grace laissa échapper un soupir de soulagement. Elle commençait à comprendre l'intérêt de la confession. Elle pouvait abandonner là tous ses péchés et laisser le confesseur s'en occuper à sa place. Au fond, c'était comme lorsqu'elle laissait ses vêtements sur le rivage avant d'entrer dans l'eau.

— As-tu commis d'autres péchés ?

Grace tenta de passer en revue ce qui était considéré comme un péché. Elle n'avait aucun respect pour sa mère mais comme la plupart du temps elle évitait Cliona, elle jugea que c'était sans importance. Devait-elle avouer « des pensées impures » – une phrase apprise de la bouche des bonnes sœurs et qui s'appliquait à peu près à tout.

— Quel âge as-tu ? s'enquit le prêtre, comme le silence menaçait de se prolonger.

— Quinze ans.

— Est-ce que tu respectes le corps que Dieu t'a donné ?

— Oui, répondit fièrement Grace en pensant à la natation.

Le prêtre se racla la gorge.

— Est-ce que cela signifie que tu es toujours vierge ?

Grace rougit. Elle n'avait pas imaginé que le sujet viendrait sur le tapis, mais maintenant que le prêtre lui avait posé la question, elle voyait poindre les problèmes. Elle fut tentée de s'en tirer par un mensonge, cependant mentir à un prêtre était un péché plus grave encore que de faire l'amour.

— Non, mon père, répondit-elle.

Et elle crut l'entendre soupirer.

— S'agit-il d'un viol ?

— Non, bien sûr.

— Combien de garçons as-tu connus ?

— Seulement un, mon père.

— Tu ne dois pas céder aux tentations de la chair. Je te demande donc de cesser toute relation avec ce garçon et de te recueillir de toute ton âme.

Grace ne s'y attendait pas. D'habitude, pour sa pénitence, il suffisait qu'elle s'agenouille et débite une prière à toute allure.

— Impossible, mon père, puisque je l'aime.

Le prêtre s'étouffa.

— Ton amour pour Dieu doit passer en premier. (Sa voix avait perdu toute trace d'aimable compréhension, il parlait vite, maintenant, comme s'il crachait les mots.) Avoir des rapports avec un homme, en dehors des liens du mariage, est un péché. Je ne peux t'absoudre que si tu renonces à cette relation. Je te conseille de rentrer chez toi et de méditer là-dessus.

Il bénit Grace et fit claquer la grille. Elle resta assise dans le sombre confessionnal tant qu'elle n'y manqua pas d'air. Elle quitta alors l'église avec l'impression que tous les fidèles agenouillés en signe de pénitence l'observaient, accusateurs.

Ce soir-là, comme Cliona ne dormait plus dans la mansarde auprès d'elle, Grace écrivit « pavillon » sur un bout de papier qu'elle glissa sous la porte de Michael. Puis elle se rendit sur place, retrouvant, un peu surprise, une sensation déjà oubliée : celle du contact du sable sous ses pieds. Elle se coucha en chien de fusil sur la banquette et attendit la venue de Michael.

Les paroles du prêtre résonnaient dans son esprit. On lui avait parlé des pécheurs auxquels on refusait l'absolution ; au catéchisme, on mettait les enfants en garde contre ce risque. Grace avait toujours pensé que pareil traitement n'était réservé qu'à des personnes vraiment diaboliques mais, apparemment, il était plus facile d'être damnée qu'elle ne le croyait. Si elle mourait cette nuit-là, elle irait directement brûler en enfer.

Elle somnola, voyant en rêve Mme Willoughby, avec deux trous béants à la place des yeux et des algues qui l'étranglaient.

De temps en temps, elle se réveillait, croyant avoir entendu jouer le loquet de la porte, mais il n'y avait personne. Puis elle s'endormit pour de bon et, quand elle ouvrit les yeux au lever du jour, elle sut que *Jamais il ne viendrait* et cette pensée la glaça.

15

Cliona

Je continue à croire que si j'avais ramené Grace encore toute petite à Inis Muruch, elle vivrait en Irlande aujourd'hui. Et même si elle était retournée plus tard aux Etats-Unis, elle l'aurait fait en tant qu'Irlandaise, en choisissant d'émigrer comme moi. Mais je suis restée trop longtemps là-bas et Grace est devenue une jeune fille américaine. J'étais acculée, vous savez ce que c'est ; je ne pouvais pas rentrer chez moi sans un sou vaillant, enfin cette enfant m'est née et, à l'époque, Inis Muruch n'était pas l'endroit rêvé pour une mère célibataire. Evidemment, aujourd'hui, c'est différent. Barbara, la jeune femme qui travaille dans la boutique de Marcus, derrière le pub, est enceinte sans être mariée et, à mon avis, elle ne sait même pas qui est le père. De mon temps, ces filles-là ne pouvaient pas garder leur enfant, ceux-ci étaient élevés dans des orphelinats ou envoyés aux Etats-Unis en vue d'adoption. C'est pourquoi tous ceux qui me connaissent, y compris Marcus, pensent encore que je suis veuve. Je n'ai aucune envie d'affronter la réprobation de cette petite communauté catholique... De plus, après que Mme Willoughby fut tombée malade, je ne pouvais pas, moralement, abandonner ses enfants. Ils avaient besoin de moi comme j'avais besoin d'eux. Jamais je n'aurais pu trouver en Irlande un emploi aussi sûr.

A un moment donné, lorsque je fréquentais Jacob Alper, j'ai pensé à me marier en Amérique. Il était juif et ce n'était pas du tout le genre d'homme qu'on rencontre sur mon île. Mon père aurait eu une attaque s'il avait été au courant, mais les choses ne sont jamais allées assez loin pour que je lui en parle. S'il avait accepté de m'écouter, je lui aurais dit à quel point les juifs ressemblent aux Irlandais. Quand Jacob et moi conversions ensemble, nous avions le sentiment d'appartenir à la même famille. Mais mon père, âgé, n'avait aucune envie d'élargir son univers.

Jacob a été l'homme le plus proche de l'idéal amoureux que j'avais étant jeune. Je ne veux pas dire que je n'aime pas Marcus ; il est mon mari et jamais nous ne nous sommes querellés. Mais Jacob était passionné. Je rougis encore en pensant aux choses que j'ai intimement vécues avec lui, ces choses qui sont restées mon secret...Grace n'en a rien su, qui ne se gênait pourtant pas pour me poser des questions. Ma première expérience de la sexualité avait été désastreuse, quant à ma vie avec Marcus, elle a davantage tourné autour du travail que du plaisir. Jacob a su éveiller en moi des désirs, aussi audacieux qu'ils aient été. Il m'arrive encore de rêver de lui aujourd'hui, et je sursaute, terrifiée à l'idée d'avoir peut-être parlé dans mon sommeil ; heureusement, Marcus ronfle comme un sonneur, grand bien lui fasse !

Je me revois étendue sur le lit de Jacob, nue et découverte car nous avions repoussé nos draps, et je me souviens que je m'en moquais éperdument. Lors de nos rendez-vous, nous restions presque toujours dans son appartement à faire l'amour toute la journée, puis il me reconduisait chez les Willoughby.

Jamais je n'ai été timide avec Jacob, même au début de notre liaison. J'avais changé. Je le laissais me regarder ; moi aussi, j'explorais son corps. J'ai honte de l'avouer, j'ai de la peine à me le rappeler habillé ! Je revois en revanche ses hanches anguleuses et lisses ainsi que les poils soyeux qui partaient de son nombril et s'épanouissaient en bouclettes sur sa poitrine. Il aimait que je m'allonge, les bras relevés afin de faire courir des baisers sur tout mon corps. Plus d'une fois, il me murmura que j'étais sexy. Et ce fut la seule fois de ma vie où je le fus – sexy, je veux dire – à mes propres yeux comme à ceux d'un autre.

Je ne me sentais pas coupable en sa compagnie. J'avais une enfant, après tout, aucun risque d'en avoir d'autres et aucune raison de prétendre être un pur esprit. Ensuite, j'étais soulagée de pouvoir recourir à la confession et de laisser ce fardeau derrière moi. Moi aussi, comme tant d'autres, je m'abandonnai au péché de la chair, cependant mes sens ne m'ont jamais dominée. Je ne regrette rien, cela m'est impossible. Mais je pense que si toute cette passion vous rend le corps léger, elle vous obscurcit aussi l'esprit. Il suffit de considérer la tragédie de la première Cliodhna, mon homonyme. Noyée au fond de l'océan de son propre désir. Bien sûr, ce n'est qu'une légende, mais parfois les légendes sont plus édifiantes que la vie.

Je fréquentais Jacob depuis dix mois quand Marcus entra en scène. Il m'écrivit pour la première fois, peu après l'accident de Mme Willoughby, pour me prévenir qu'il aimerait avoir un entretien avec moi pendant son séjour à Boston. Je l'avais connu jeune homme ; son père possédait l'hôtel d'Inis Muruch et toutes les jeunes îliennes considéraient Marcus comme un bon parti. A cette époque-là, je pensais trop à mes futures études d'infirmière pour lui trouver de l'intérêt. Finalement, ce fut Brigid O'Connor qui le prit dans ses filets. Elle en eut cinq enfants avant de mourir. Mary Louise, l'aînée, faisait de son mieux pour élever ses frères et sœurs, mais par une lettre de mon père j'avais appris que Marcus comptait se remarier au terme de son année de deuil. Je n'aurais jamais cru qu'il jetterait son dévolu sur moi mais il admet aujourd'hui que, jeune fille, je lui plaisais déjà. Il soutient que j'étais trop prétentieuse pour le remarquer, ce qui est bien possible. J'avais une haute opinion de moi-même avant de m'aventurer dans le monde !

Voilà donc notre Marcus arrivant avec un bouquet de fleurs, des bonbons d'Irlande et une paire de gants de l'île d'Aran à l'intention de Grace. Il resta un mois à Boston et me téléphona tous les soirs, avant de me demander en mariage. Je n'y réfléchis pas à deux fois. Je rompis avec Jacob qui fit quelques difficultés, puis s'inclina en mesurant ma détermination. Ma fille, je le sais, a cru qu'en épousant Marcus, je choisissais la sécurité que représentait l'hôtel.

Mais il n'y avait pas que cela. Outre que Marcus est un homme aimable et non l'un de ces raseurs qui vous rendent la vie impossible, j'aspirais depuis longtemps à rentrer chez moi. Je n'avais aucun avenir à Boston : Michael allait entrer à l'université et les jumelles étaient à demi élevées. Jacob, aussi passionné qu'il fût, était écrivain et peu disposé à s'embarrasser d'une famille, même s'il m'aimait. Comme j'ai tenté de l'expliquer à Grace, on prend des décisions et on accepte des compromis dans la vie. Les propositions de mariage ne couraient pas les rues ! Je n'avais pas fait d'études et j'étais mère d'une adolescente révoltée. Marcus m'a permis de revenir au pays. Il a trouvé une mère pour ses enfants et une femme capable de le seconder à l'hôtel. Certaines unions sont fondées sur moins que cela – et ne sont pas aussi heureuses que la nôtre.

Grace refusait de voir les choses à ma façon. Me traiterait-elle d'aussi haut, aujourd'hui ? Bien que je ne l'aie pas revue en douze ans, je ne serais pas surprise d'apprendre que durant ces années écoulées, elle a rarement vécu sans un homme à ses côtés ; elle y trouvait sûrement son compte, même si ce n'était pas pour l'argent et la sécurité. La mort de Mme Willoughby l'avait chamboulée et le fait que je lui annonce notre départ pour l'Irlande n'a pas dû arranger les choses. Même après avoir guéri de la pneumonie et recouvré la santé, elle semblait très affectée par l'accident de Mme Willoughby, ce qui m'a fait soupçonner qu'il y avait derrière un peu plus que ce que les autres pensaient. Grace n'en était pas responsable, bien sûr, mais elle en savait plus qu'elle ne le prétendait. J'avais retrouvé ses vêtements sur le ponton ; toutefois je n'en ai jamais parlé, elle non plus. A dire vrai, je préfère plutôt ne pas avoir connu l'exacte vérité. Grace avait un côté mystérieux que je ne cherchais pas à approfondir.

Je ne suis pas si sotte qu'elle le croyait. Je savais qu'il y avait une idylle entre elle et Michael et qu'elle a pris fin après l'accident. Je ne lui ai jamais demandé jusqu'où était allée leur relation et lorsque j'ai découvert l'ampleur du désastre, il était trop tard. A certains égards, je suis fautive : j'étais tellement absorbée par ma liaison avec Jacob que je ne m'intéressais à rien d'autre. Mais même si j'avais compris à temps, je n'aurais pu changer le cours des choses. En ce qui concerne les enfants, après avoir élevé la mienne et ceux de Marcus, j'ai la conviction qu'on ne peut pas les empêcher de répéter les erreurs que l'on a commises. Plus on cherche à les en écarter et plus ils s'obstinent à marcher dans vos pas. Ah, que ne l'ai-je compris plus tôt, j'aurais épargné à Grace son malheur !

Quand elle apprit mes projets de départ pour l'Irlande, Grace se comporta en désespérée. Michael continuait de l'éviter, aussi n'attendait-elle aucune aide de sa part. Il n'était plus pour elle un chevalier à la brillante armure. Qu'est-ce qui la poussa à se tourner vers Jacob ? Je ne saurais dire. Sans doute n'avait-elle pas d'autre choix, M. Willoughby excepté, ce qui eût été bien pire, à mon avis.

Elle disparut alors que je faisais nos bagages. La police intervint à ma demande et Michael passa une partie de la nuit à tâcher de la retrouver au volant de la voiture qu'il avait empruntée à son père. Pas de nouvelles durant deux jours, puis Jacob me téléphona pour me dire de venir la chercher. J'étais dans tous mes états et je demandai à Michael de me conduire chez lui.

Jacob me fit entrer dans son appartement et j'aperçus ma fille ivre morte, affalée sur le lit – celui-là même où j'avais aimé Jacob. Dieu que c'était dur à vivre ! Jacob m'entraîna dans la cuisine et m'expliqua à mi-voix que ma fille s'était offerte à lui. Il n'entra pas dans les détails mais il m'assura qu'elle avait tout tenté pour le séduire.

— Je l'ai observée, Clee, et tu peux m'en croire, pour une jeune fille de quinze ans, elle en connaît un rayon.

— Tu n'as pas... commençai-je.

Mais il recula, effaré.

— Dieu du ciel, je n'ai pas ces penchants pervers ! Mais ta fille est mal partie. Elle refuse de quitter les Etats-Unis et elle est prête à tout, à se prostituer même, pour arriver à ses fins.

— Nous partons quoi qu'il advienne.

— Tu n'as pas changé d'avis ? demanda-t-il.

Je ne crois pas avoir brisé le cœur de cet homme, mais je me souviens de sa façon de me regarder à cet instant-là. Il me caressa derrière le lobe de l'oreille car c'était mon point faible – il le savait... Je continue de penser qu'il m'aimait. Sa tentative pour me charmer aurait pu influencer une femme ayant l'esprit moins pratique que moi, mais ma décision était prise. Je le priai de m'aider à descendre Grace jusqu'à la voiture.

Il fut tout juste poli ; après cet épisode, je ne le revis jamais. Maeve m'a appris qu'il est aujourd'hui un écrivain américain reconnu.

Pendant le trajet du retour, Michael était dans ses petits souliers. Je ne peux pas dire qu'il se soit conduit élégamment avec Grace les derniers jours : à ma connaissance, il ne lui a pas même fait ses adieux. C'était un trop jeune homme et ma fille aurait dû se douter qu'il était incapable de prendre soin d'elle. Elle n'a pas compris combien il se sentait coupable après la mort de sa mère. Il avait besoin de se punir et de punir Grace en même temps. Connaissant la traîtrise des hommes, je n'étais pas surprise mais désolée pour la petite, de sorte que je n'ai jamais écrit à Michael. N'est-ce pas honteux quand on pense que j'avais aimé ce garçon comme mon propre fils ?

J'ai souffert en constatant que Grace détestait l'Irlande. J'étais de retour chez moi, enfin, dans une île que je rêvais de revoir depuis dix-sept ans ! J'y revenais aussi pour le bien de ma fille qui n'aspirait pourtant qu'à repartir. Peut-être me suis-je montrée trop dure, peut-être ai-je trop exigé d'elle. Ma sœur vivait à Boston et j'aurais pu la lui confier à condition que Maeve ait accepté de s'occuper d'une adolescente aussi difficile. Il valait mieux qu'elle m'accompagne. Une fille n'a-t-elle pas besoin de sa mère ? Je ne souhaitais pas qu'elle vive dans une autre famille où elle se serait sentie une étrangère. Bien entendu, aujourd'hui je me rends compte que ni l'une ni l'autre n'étions chez nous dans la demeure des Willoughby. Je lui ai offert trop tard un vrai foyer, aussi Grace n'a-t-elle pu l'apprécier.

Inutile de se morfondre, les choses sont ce qu'elles doivent être. Si nous savions d'avance ce que nous ne comprenons que plus tard, notre monde serait un véritable Eden.

Jamais je n'oublierai l'expression de ma fille alors que nous volions vers l'Irlande. On eût dit une prisonnière que l'on emmenait vers sa cellule. J'étais nerveuse car je prenais l'avion pour la première fois et ce pauvre Marcus tentait de nous réconforter malgré la grossièreté de Grace à son égard. Si j'avais prévu que le pire serait à venir, j'aurais apprécié ce voyage en avion car nous formions encore une famille presque unie.

Dès notre arrivée à Inis Muruch, j'eus de quoi m'occuper. Tommy, le plus jeune fils de Marcus, était encore un nourrisson et Stéphanie n'était pas en âge d'aller à l'école. Les jumeaux, Connor et Marc, allaient sur leurs douze ans et il fallait les surveiller de près car ils étaient enclins à faire de mauvais coups. Je devais aussi m'occuper de l'hôtel puisque Marcus était pris au pub. Mary Louise m'aida beaucoup et nous nous entendions si bien que Grace aurait pu en prendre ombrage si je ne lui avais pas été indifférente. C'était alors le plein été et elle restait rarement à l'intérieur de la maison. Elle passait son temps à nager, nue, la nuit, ce qui provoquait des ragots – et en maillot le jour car je l'y avais contrainte. Elle n'essaya pas de se lier avec les jeunes filles de l'île, pas même avec Mary Louise, qui eût pu pourtant jouer le rôle de sœur aînée. Grace broyait du noir et écrivait des lettres à

Michael qui restèrent toujours sans réponse. Je la laissai libre de faire ce qu'elle voulait, espérant que son moral s'améliorerait à la rentrée des classes. Cependant, je la surveillais pour voir si elle ne se remettrait pas à boire. Je constatai que l'alcool ne l'attirait pas vraiment. A mon grand soulagement, car je savais à quel point les enfants irlandais apprennent précocement à aimer la boisson.

Dans les premiers temps de notre installation, Grace partageait une chambre avec Mary Louise et Stéphanie, les jumeaux dormaient sous les combles et Tommy auprès de Marcus et moi. Il n'y avait qu'un cabinet de toilette et ce fut la croix et la bannière pour obtenir de Grace une toilette plus prompte. Chez les Willoughby, elle était gâtée et avait une salle de bain pour elle seule.

Le soir où elle fut souffrante, je crus d'abord qu'elle prenait son temps comme à son habitude. Stéphanie pleurnichait devant les toilettes en se tortillant et Mary Louise frappait sur la porte.

— Que se passe-t-il ? demandai-je, alertée par le bruit.

Moi-même je toquai à la porte et criai à Grace :

— Le reste de la famille a besoin de se rendre aux toilettes, Votre Altesse.

— Fiche-moi la paix, répondit-elle d'une voix étouffée.

Pressentant que quelque chose n'allait pas, je conseillai à Mary Louise et Stéphanie d'utiliser les toilettes de l'hôtel et je priai Grace de me laisser entrer.

— Va te faire voir ! cria-t-elle.

J'entendais ses sanglots et aussi le bouillonnement de la chasse d'eau qu'elle ne cessait de tirer.

— Ouvre-moi, Grace. Tu es malade, n'est-ce pas ?

Comme elle jurait de plus belle, je descendis au

rez-de-chaussée. Marcus avait quitté le pub, Mary Louise l'ayant prévenu.

— Ta fille a un problème ? dit-il.

Je lui demandai de conduire les enfants chez ma cousine Maggie pour la nuit. Il s'exécuta aussitôt sans me poser de questions, trop content de me laisser résoudre cette crise. Bien qu'il ait toujours traité Grace avec gentillesse, elle était trop compliquée pour lui.

J'attendis dans l'entrée à l'extérieur des toilettes ; à minuit et demi elle ouvrit enfin la porte, transportant un monceau de serviettes et le tapis de bain. Elle se dirigea en traînant les pieds vers l'escalier avant de s'apercevoir que j'étais là. Les larmes avaient laissé des traînées sur son visage aux yeux rouges et gonflés.

— Que s'est-il passé, Grace ? demandai-je en posant la main sur son bras.

Elle recula et j'aperçus les caillots de sang plein les serviettes.

— Seigneur ! murmurai-je en me signant.

Sur le coup, je crus qu'elle avait tenté de se suicider, en se tailladant les poignets. Elle fondit en pleurs.

— Je n'ai pas pu arrêter ces saignements. Ce n'est pas de ma faute.

— Tu as fait une fausse couche ? Tu étais enceinte ? (Elle continua de pleurer de plus belle mais la réponse s'imposait.) Calme-toi, Grace. Cela va aller mieux maintenant. Cesse de pleurer.

Je pris les serviettes souillées, étonnée que ma fille tienne encore debout après une pareille hémorragie. Elle était blanche comme un linge et ne parvenait pas à fixer son regard sur moi. J'avais envie de la secouer comme un prunier. Pourquoi n'était-elle pas venue me trouver ? J'étais sa mère, mais elle me traitait comme une étrangère, comme une plaie, comme une domestique !

Je lui donnai une garniture hygiénique et lui fit boire du thé. Comme ses saignements ne s'interrompaient pas, je ne pus m'empêcher de repenser aux conditions de sa naissance et à tout ce que j'avais sacrifié en la mettant au monde : une grande quantité de mon sang, mon utérus et la vie dont j'avais rêvé...

Je demandai à Marcus de réveiller Eamon, le propriétaire du bac, pour pouvoir emmener Grace à l'hôpital. Je lui passai mon alliance au doigt et dis au médecin qu'elle était mariée. Ce fut là une grave erreur, je le comprends maintenant car elle a cru que j'avais honte d'elle, à tort car n'avais-je pas connu le même genre d'ennuis moi aussi ? Je craignais seulement qu'on ne la confie aux services de protection de l'enfance et qu'on ne me l'enlève. En voyant l'alliance, le médecin pensa que nous étions des îliens attardés qui avaient laissé leur fille se marier trop jeune. Après l'avoir soignée, il nous assura qu'elle pourrait avoir d'autres enfants à l'avenir. Un soulagement en quelque sorte – mais pas dans le sens où il le pensait. Marcus ne s'appesantit pas sur toute cette affaire mais je suppose qu'il a dû douter de mes capacités à élever des enfants. Et je me posais les mêmes questions : Quelle mère avais-je donc été pour me retrouver avec une fille écervelée et trop sensuelle, dissimulatrice et autodestructrice de surcroît ? Mon Dieu, priai-je à cette époque, pourquoi doit-elle répéter les errements les plus déshonorants ? Je voulais lui parler, la réconforter, mais elle se dérobait, refusant même de me regarder.

Que dois-je faire pour toi ? lui aurais-je demandé si elle avait accepté de m'écouter. J'éprouvai une impression très physique, comme si c'était moi qui venais de faire la fausse couche. J'avais accumulé méprises et malentendus. Lorsque je l'avais aimée, il était déjà trop tard. Et j'avais tellement attendu pour la ramener en Irlande qu'elle n'y avait plus sa place. J'étais responsable de sa souffrance. Et pire que tout, j'avais si bien perdu sa confiance qu'elle ne m'avait pas avoué qu'elle était enceinte.

Je la ramenai à la maison et tentai de renouer des relations sur de nouvelles bases. Mais elle se replia complètement sur elle-même. Elle rata son premier trimestre, redoubla et n'obtint pas pour autant de meilleurs résultats. Elle allait si mal que Marcus et moi envisagions de l'envoyer à l'hôpital. Elle manquait régulièrement les cours sans quitter la maison pour autant, sauf les jours où elle déambulait dans l'île. Nous la retrouvions dormant dans une anse, la tête posée sur un coussin de goémons. Elle perdit du poids, douze kilos en moins d'un an, et on eût dit un cadavre avec ses larges yeux verts, son visage blême et émacié. Je ne savais à quel saint me vouer. Tous les îliens parlaient d'elle et les enfants de Marcus en souffraient. Mary Louise remettait les mauvaises langues à leur place : personne n'était autorisé à dire du mal de sa famille, non plus que de la fille de sa belle-mère. Elle me rappelait tellement Grace à une certaine époque que j'en étais attristée.

Ce fut Seamus O'Flaherty qui sauva Grace et qui nous sauva tous. Il avait vingt-cinq ans alors et venait de rejoindre son père au terme de ses études universitaires. Comme il était un ami de Marcus et qu'il se souvenait de moi, il nous rendit visite à l'hôtel. Il était devenu un bien beau jeune homme, agréable, intelligent et doté d'humour comme son père. Il pêchait avec lui et, pendant ses loisirs, écrivait des articles pour les journaux de Galway. Je lui parlai de Grace avec les mots appropriés et lui dis qu'il nous rendrait service, s'il venait la voir de temps en temps.

Grace, Dieu merci, s'attacha à lui. Il allait se promener dans l'île avec elle en fin de journée et elle reprit du poids et des couleurs. Elle n'avait toujours pas retrouvé sa vivacité mais un jour, je l'entendis rire au moment où ils atteignaient la porte d'entrée. Ce fut un jour mémorable, le son le plus doux que j'aie entendu depuis un an. Seamus commença à lui donner des cours et elle put retourner au lycée.

Je me moque de ce que Grace a pu raconter plus tard, elle était plus amoureuse de Seamus qu'elle ne le fut jamais de Michael. Et sans Seamus, je suis sûre que nous l'aurions perdue. Même si nous n'en parlons jamais, il y a des suicides sur notre petite île.

En fin de compte et malgré tout, j'ai perdu Grace. Vu nos peu de liens, c'était comme si elle était déjà morte... Dieu me vienne en aide, je n'ai pas su être la mère dont ma fille avait besoin ! Lorsque je vois Grainne aujourd'hui, je me dis que Grace s'en est bien mieux sortie que moi. Soit, elle a menti à sa fille mais Grainne sait qu'elle l'aimait en dépit de ces mensonges. Et elle n'en doutera jamais. Elles entretenaient non seulement des relations de mère à enfant mais encore, elles étaient d'intimes amies. Je n'ai pas vécu la même chose avec ma propre mère, encore moins avec Grace puisque, malgré nous, nous sommes devenues les pires ennemies.

Je ne peux parcourir cette île le soir venu sans voir surgir ma fille loin devant moi, une forme indistincte qui reste hors de mon atteinte... Je n'ai pas su donner à Grace un père, un foyer ou simplement la certitude que je l'aimais. Mais Grainne, plaise à Dieu, aura tout ce que j'ai mis de côté et amassé, comme une miséreuse, au fond de mon cœur, pendant toutes ces années.

16

Grainne

Je dus attendre que ma grand-mère et Marcus soient endormis, puis une heure encore, afin de m'assurer qu'il n'y avait aucun bruit dans la maison. Il n'était donc pas loin de minuit quand je descendis téléphoner. Je ne savais pas comment m'y prendre pour appeler chez moi d'aussi loin. Heureusement, il y avait un annuaire dans le tiroir de la table basse et j'appris, en consultant les pages jaunes, qu'il me fallait d'abord composer l'indicatif du pays. Le téléphone sonna sept fois avant que Stephen ne décroche et j'avais beau l'appeler à l'appartement de Boston, j'avais l'impression que la sonnerie résonnait dans la salle de séjour de la villa.

— C'est moi, dis-je après avoir entendu le « allô » de Stephen. (Je parlais le plus bas possible en m'efforçant de ne pas chuchoter pour autant.) C'est Grainne.

Il y eut un déclic, suivi d'un silence, et pendant une seconde, je crus qu'il avait raccroché.

— Grainne, dit-il. (Puis il soupira et demanda :) Qu'est-ce qui ne va pas ?

— Rien, répondis-je.

Je croyais qu'il serait heureux de m'entendre et je

175

m'étais imaginée pressant amoureusement l'écouteur contre mon oreille tandis qu'il murmurerait : *Tu me manques, Grainne. Bien plus que je ne l'aurais jamais pensé.* Au lieu de quoi, il dit :

— Il y a de l'écho. J'entends deux fois tout ce que tu me dis. C'est gênant. Comment vas-tu ?

— Bien.

— Bien, bien, répéta-t-il avec un rire de gorge qui ne lui ressemblait pas. Un garçon t'a justement appelée ce soir. Il a eu l'air déçu quand je lui ai expliqué que tu avais déménagé en Irlande.

— Je n'ai pas déménagé, dis-je d'une voix brusque.

A nouveau un déclic et un silence.

— Quel est le problème ? As-tu rencontré ton père ?

— Pas vraiment, répondis-je en éloignant le combiné de ma bouche afin qu'il ne puisse pas percevoir que je m'appliquais à ne pas pleurer.

— Oh, Grainne, dit-il d'une voix douce. (Cette fois, je ne pus retenir mes larmes.) Que se passe-t-il ?

— Je veux rentrer à la maison.

A la maison – à la maison, devait-il avoir entendu, l'écho reproduisant deux fois le ton désespéré de ma voix.

— Tu es partie il y a deux jours seulement.

— Je m'en fiche, je veux rentrer.

— Que puis-je faire pour toi ?

Je t'en prie, pensai-je, *n'aie pas l'air aussi exaspéré.*

— Laisse-moi revenir à l'appartement, jusqu'à ce que je sache ce que je vais faire.

— Tu ne peux pas rester sur place, Grainne. Je vais déménager.

— Tu t'en vas ?

Et ce fut comme un gémissement.

Il m'expliqua qu'il avait trouvé un poste d'enseignant et qu'il ne supportait pas de continuer à vivre dans cet appartement, mais je l'écoutai à peine. Je sentais encore la chaleur de ses lèvres sur les miennes : j'avais été à deux doigts de le séduire...

— Je pense qu'il vaut mieux que tu restes dans ta famille, conclut-il.

— Pourquoi m'as-tu embrassée, alors ? demandai-je sans réfléchir. Si tu n'acceptes pas que je vive avec toi, pourquoi m'avoir embrassée ?

— Grainne, dit-il sur le ton qu'adoptent les adultes pour sermonner les enfants. Je ne t'ai jamais embrassée.

— Menteur, murmurai-je.

— C'était accidentel. Nous étions bouleversés tous les deux. Je suis incapable de deviner ce que tu ressens actuellement parce que je ne suis pas dans ta peau ; toi, tu viens juste de perdre ta mère. En revanche, je sais que je ne suis pas ce dont tu as besoin. Tu m'écoutes, Grainne ? Je ne peux pas t'apporter ce dont tu as besoin.

Soudain, je me vis telle qu'il devait me voir. Une petite fille naïve et amoureuse. Une emmerdeuse. Un vague reflet de ma mère qu'en réalité on ne pouvait confondre avec elle. Je me revis debout devant le brasier que j'avais allumé sur la plage en l'attendant. Mais était-ce vraiment lui que j'attendais ? Il ne pouvait que me décevoir.

— Cela va coûter une fortune à ta grand-mère, rappela-t-il. (J'acquiesçai pour lui faire plaisir, comme s'il pouvait me voir.) Grainne ? Je t'écrirai dès que je serai installé ailleurs, d'accord ?

Je respirai un grand coup et parlai d'une voix forte et claire pour ne pas provoquer d'écho.

— Non, tu ne m'écriras pas, dis-je avant de raccrocher.

Pendant un long moment, je contemplai le téléphone. A peine visible dans la pénombre, il semblait un objet étrange et inconnu. Je l'avais entendu sonner

177

un peu plus tôt dans la journée : deux sons rapprochés au lieu d'une longue sonnerie continue. Un bruit désespéré et impatient, dont l'urgence me rappelait cette sonnerie du téléphone à laquelle je n'avais jamais répondu.

— Si tu ne manges rien, dit Cliona, tu vas t'affaiblir.

J'étais à nouveau assise à la table du petit déjeuner en sa compagnie et je ne pouvais supporter l'idée de me retrouver là pendant des années.

— Je m'en fiche, répondis-je.

Je voulais tomber malade et gravement pour alarmer Stephen, mon père et tous les autres !

— Bois au moins un peu de jus d'orange.

J'avalai une gorgée de jus pour la faire taire. Puis je repoussai ma chaise et essayai de quitter la cuisine.

— Où vas-tu ? demanda-t-elle.

— Me promener. C'est interdit ?

— Te promener ? répéta Cliona en riant. Il pleut des cordes. (Je ne l'avais pas remarqué.) Mary Louise aurait bien besoin qu'on lui donne un coup de main à l'hôtel, ajouta-t-elle. Si tu n'as rien de mieux à faire...

Je haussai les épaules. Tout valait mieux que de rester enfermée dans cette maison. Cliona me regardait comme si j'étais une prisonnière qui risquait de s'enfuir à tout moment et qu'il faudrait ceinturer. Elle me surveillait. Et mon père qui ne daignait pas me voir !

— Que s'est-il passé entre mes parents pour que mon père ne veuille pas me rencontrer ?

— Inutile de te casser la tête, dit-elle en me tendant un ciré. Ton père finira bien par apparaître. Si cela doit se faire, cela se fera. Tu ne gagnes rien à t'angoisser en te posant trop de questions.

— Quelle stupidité !

Elle serra les dents et essaya de me sourire.

— Vas-y maintenant, dit-elle. J'ai dit à Mary Louise que tu irais la rejoindre.

Pendant une heure, j'aidai Mary Louise à changer les draps des chambres de l'étage. On avait plutôt l'impression d'être dans une maison de famille que dans un hôtel parce que au lieu du linge blanc et aseptisé, il y avait des draps à fleurs, légèrement usés, des meubles un peu branlants, et que chaque chambre s'ornait d'une image pieuse : Jésus désignant de la main son cœur immense, rougeoyant et ceint d'épines. On eût dit une méduse prise dans des algues.

Au début, Mary Louise ne disait pas grand-chose mais elle m'observait avec curiosité, sans la revêche expression de gardienne de prison que me réservait ma grand-mère.

— Pourquoi me regardez-vous ? finis-je par demander. Je parie que vous pensez que je ressemble à mon père.

— On te l'a assez répété ! dit-elle en souriant. En réalité, tu me rappelles ta mère. Tu as hérité de la carnation de ton père mais par ton maintien, c'est à elle que tu ressembles.

Première nouvelle. Il n'y avait eu que Stephen pour me suggérer que je ressemblais à ma mère mais il s'était interrompu aussitôt.

— Vous étiez amie avec elle ?

Mary Louise n'avait aucune affinité avec ma mère, en apparence du moins. A voir avec quelle efficacité elle retapait les lits de l'hôtel, elle avait plutôt l'air d'une femme d'intérieur, ce que ma mère n'avait jamais été de sa vie.

— Plutôt une sœur qu'une amie, répondit-elle. J'aimais beaucoup ta maman mais comme elle n'a jamais été vraiment heureuse ici, elle restait peu ouverte à l'amitié. Je pense qu'il lui en a beaucoup coûté de se retrouver soudain plongée dans notre famille. (Elle déploya le drap propre avec un bruit sec et me fit signe de tenir l'autre extrémité.) Elle a dû plus ou moins ressentir ce que tu ressens toi-même aujourd'hui.

Je n'acceptais pas la sympathie de cette femme et au lieu de saisir la perche qu'elle me tendait, je lui demandai :

— Et mon père alors ? A-t-elle été heureuse avec lui ?

Mary Louise sourit et hocha la tête comme si elle revoyait soudain mes parents ensemble. J'étais jalouse de ses souvenirs.

— Je n'ai jamais vu deux personnes aussi éprises l'une de l'autre que ta mère et ton père. Mais il y avait quelque chose de désespéré dans leur couple. Leur amour était évident aux yeux de tous mais non pas à leurs propres yeux.

— Que voulez-vous dire ?

Cela ne ressemblait pas à ma mère. Elle savait toujours quand un homme était amoureux d'elle et à quel degré.

— Moi-même, j'aime mon mari, répondit Mary Louise. Mais ce que j'éprouve pour lui ne me fait pas peur. Tandis que Seamus et ta mère étaient tellement effrayés par la force de leur amour qu'ils ne voyaient plus assez clair pour reconnaître que ce sentiment était réciproque. Quand ils se regardaient, leurs visages exprimaient une adoration mitigée de crainte. Pareille passion ne vous facilite pas la vie.

Mary Louise glissa une couette à l'intérieur d'une housse de coton propre. Elle me rappelait ma mère – par sa manière franche de dire les choses plutôt que par ses paroles. Elle non plus, elle ne me racontait pas d'histoires.

— Tout le monde ici me rebat les oreilles des qualités de mon père, lui rappelai-je. Mais ma mère l'a quitté et je parie qu'elle avait des raisons de le faire. D'ailleurs, il me fuit.

Mary Louise boutonna la housse et replaça la couette sur le lit.

— Les raisons qui poussent les gens à se quitter sont bien plus compliquées que le fait de s'aimer ou non, dit-elle. Je pense que personne – ta mère exceptée – ne pourrait expliquer ce qui s'est vraiment passé et elle n'est plus là pour le faire. Quant à ton père, je suis certaine qu'il meurt d'envie de te voir. Je le connais depuis toujours et, crois-moi, il ne désire rien d'autre au monde.

— Qu'attend-il alors ? S'il veut me voir, je suis là !

J'entendis un écho dans ma tête : *Si elle veut me voir, elle n'a qu'à laisser la porte ouverte.*

— Je te l'ai déjà expliqué, Grainne, l'amour et la crainte ne font pas bon ménage.

Elle me lança le ballot de linge sale et me fit un clin d'œil. *Avec ma mère cela se passait ainsi*, pensai-je : je pouvais poser toutes les questions que je voulais et obtenir des réponses sincères, maintenant cependant c'était au sujet de ma mère elle-même que j'avais besoin de réponses.

Mary Louise regardait par la fenêtre la rue qui passait derrière l'hôtel.

— Voici la maison de ton père, dit-elle en me montrant un cottage blanc dont les appuis de fenêtre étaient peints en rouge. C'est là que vous avez vécu tous les trois... Nous ne fermons pas nos portes, sur l'île, ajouta-t-elle.

Ce fut tout et elle m'entraîna dans la chambre suivante.

Je contournai la colline pour que Cliona ne me voie pas passer dans la rue. La maison de mon père était un petit cottage sans étage, comme les autres habitations de l'île, avec une clôture formée de poteaux réunis par du fil de fer barbelé. Dans la cour, il y avait quelques poules et un coq méfiant. Je tournai la poignée de la porte en utilisant mes deux mains afin d'étouffer tout grincement.

En entrant, je ne vis d'abord qu'une myriade de points blancs car je venais de passer du soleil à la pénombre. La maison sentait la tourbe, le charbon et la levure, comme chez ma grand-mère. Mais il y avait aussi une odeur de transpiration masculine et de lotion après-rasage qui me rappela notre appartement de Boston.

Les petits points blancs s'estompèrent et je regardai autour de moi. Je me trouvais dans une pièce qui faisait office de cuisine et de pièce à vivre, avec une cheminée à une extrémité, au-dessus de laquelle était accrochée une image de Jésus avec son cœur comme une méduse. Il y avait des livres dans tous les coins et des piles près du divan et de la table basse. Dans le mur de gauche, deux portes ouvertes donnaient sur une salle de bain et une petite pièce où l'on apercevait un lit disparaissant sous des édredons et des couvertures blanches. La chambre de mon père. A une certaine époque, celle de mon père et de ma mère. Ils avaient dû faire l'amour dans ce lit, sans retenue d'abord, puis en évitant de faire du bruit quand un bébé dormait à côté d'eux.

En voyant ce lit, je me souvins des gémissements assourdis et rythmés de ma mère que j'avais entendus pendant des années, au cœur de la nuit. A l'époque où c'était Stephen qui la faisait ainsi gémir, je

182

m'imaginais pressée contre lui tandis que ces sons magiques et incontrôlables sortaient de ma propre gorge.

J'ouvris lentement une autre porte, m'attendant presque à trouver quelqu'un derrière le battant – ma mère, mon père, moi-même. Sans aucun doute, cela avait été ma chambre. Sous la fenêtre, j'aperçus un lit d'enfant avec des barrières de sécurité amovibles, et un édredon en patchwork avec des poissons nageant le long de la bordure. Le centre du patchwork représentait une sirène dans les tons vert et bleu. Un petit disque en satin blanc lui tenait lieu de visage sous ses cheveux vert d'eau. Il y avait encore une vieille table à langer dont la peinture blanche s'écaillait et une caisse pleine de jouets : des pièces d'un jeu de construction, des poupées tricotées, des livres de contes et une collection de coquillages et de tessons de verre usés par la mer.

Je n'en gardais aucun souvenir et pendant un instant, je doutai que cette pièce ait pu être ma chambre. Mon père avait peut-être un autre enfant dont personne ne m'avait parlé ; pourtant les jouets étaient trop bien rangés, il n'y avait pas de couches sur la table à langer et quand j'écartai l'édredon, je sentis une odeur de renfermé.

L'autre partie de la pièce servait de bureau. Sur la table calée contre le mur, il y avait un ordinateur et des livres, ainsi qu'une multitude de feuillets dactylographiés qui la recouvraient presque entièrement. Des articles découpés dans des journaux et des photos étaient collés sur le mur jusqu'au plafond. Je m'approchai pour les regarder. Mon père avait rédigé tous ces articles dont certains étaient si anciens que le papier avait jauni. Des interviews de personnalités célèbres que je ne reconnus pas et de politiciens dont j'ignorais jusqu'au nom. Une enquête sur une adolescente qui avait disparu ; elle avait été vue pour la dernière fois faisant du stop alors qu'elle rentrait chez elle après son travail. Une série d'interviews de grévistes de la faim emprisonnés en Irlande du Nord. Je m'arrêtai devant cet article-là pour le lire. Je n'en comprenais pas toutes les références mais les grévistes faisaient partie de l'IRA – dont j'avais entendu parler – et revendiquaient le traitement réservé aux prisonniers politiques et non aux droit commun. L'article datait de 1981, un an après ma naissance. Certains de ces hommes étaient morts d'inanition après des mois de privation volontaire, attendant une reconnaissance qui n'était jamais venue. Je me demandai si sentir la morsure de la faim leur avait procuré une jouissance, s'ils avaient eu l'impression d'accomplir un sacrifice, s'ils s'étaient imaginé que leur estomac digérait leur corps et dévorait leurs souvenirs. Je me demandai s'ils voulaient vraiment mourir...

A la droite de ses articles, mon père avait placé des photos les unes au-dessus des autres – quelques photos de ma mère qui ne pouvait s'empêcher de sourire et de moi bébé. Tout en bas, se trouvait l'agrandissement en noir et blanc du portrait d'une petite fille jouant à la dînette dans un bac à sable. Elle faisait semblant de verser du thé dans une tasse minuscule et riait aux éclats, le visage à demi caché par ses boucles brunes. Il me fallut une minute pour me reconnaître, d'autant que cela semblait impossible : cette petite fille avait au moins quatre ou cinq ans. Comment mon père pouvait-il posséder une photo de moi prise deux ans après notre départ ? A moins que ma mère ne la lui ait envoyée.

Je me souvenais de ce bac à sable. Il se trouvait sur un terrain de jeu où ma baby-sitter m'amenait en attendant que ma mère vienne me chercher, en sortant de son travail. A l'époque, elle avait un petit ami photographe – un de ceux dont je me suis souvenue plus tard alors qu'elle l'avait oublié. Il avait pris de nombreuses photos de moi – je me le rappelai, l'œil dissimulé derrière son appareil. Il devait être l'auteur de ce portrait que ma mère avait alors envoyé de l'autre côté de l'Atlantique.

Peut-être était-elle restée secrètement en contact avec mon père. Peut-être lui avait-elle adressé des photos et écrit des lettres où elle parlait de moi – lorsque, à dix ans, j'avais gagné un concours d'orthographe ou qu'à treize ans, j'étais allée à ma première soirée. Cette hypothèse et celle qu'elle avait rompu tout contact avec lui me paraissaient aussi étranges l'une que l'autre. Si elle me partageait avec lui, pourquoi ne le partageait-elle pas avec moi ?

Mes yeux se remplirent de larmes et la photo se brouilla. J'aurais dû en vouloir à ma mère mais ce n'était pas le cas. Dans ma chambre d'enfant, tout en contemplant le cadre quotidien de mon père, je me disais : Si ma mère revenait, si je pouvais empêcher que ses tumeurs ne la rongent, je ne lui poserais aucune question au sujet de mon père. J'accepterais ce qu'elle voudrait bien me dire, sans en demander plus. Car, s'il avait fallu que je la perde pour trouver une maison vide, des photos jaunies et un père qui me fuyait, alors cela ne valait pas le coup !

Je sortis en courant du cottage et faillis trébucher sur Liam assis sous la véranda.

— Que fais-tu là ?

J'avais dû crier car il tressaillit mais ne se poussa pas pour autant.

— Maman m'a dit que tu étais là et je suis simplement venu te chercher.

— Je n'ai pas besoin que tu me surveilles.

— Je ne te surveille pas, grande sotte. Je t'invite

seulement à venir prendre le thé. Maman l'a préparé pour nous.

— Pourquoi ne me laisses-tu pas tranquille? m'écriai-je.

Liam me jeta un regard étonné. Il ne semblait pas blessé par ma question, simplement perplexe, comme si je venais de m'exprimer dans une langue étrangère.

— Parce que nous sommes amis, dit-il. Je veux que tu te sentes chez toi dans l'île.

— Je ne suis pas chez moi, dis-je en recommençant à pleurer.

Il fouilla dans sa poche, en sortit un mouchoir fripé et m'essuya rapidement le visage, sans aucune gêne, comme s'il était l'un de mes oncles et qu'il avait déjà fait ça des milliers de fois.

— Si tu en as envie, tu finiras par te sentir chez toi.

Etait-ce l'effet de ses paroles consolatrices ou le contact de ses doigts sur mon menton, mais je me sentis soudain lasse et peu désireuse de me disputer avec lui. Je ne voulais me quereller avec personne.

— J'en ai par-dessus la tête du thé, dis-je, ce qui le fit rire.

Puis il m'entraîna vers la maison de ses parents en haut de la rue.

17

Grace

Quand elle tire sur la courtepointe qui a glissé de son côté, Stephen se réveille. Il se redresse aussitôt, comme quelqu'un qui ne dormait que d'un œil, attentif au moindre bruit. Grace est en train d'entortiller le couvre-lit et les draps entre ses jambes.

— Que fais-tu ? demande Stephen en essayant de l'empêcher de s'agripper aux draps.

— Seamus, dit-elle. Je suis en train de perdre mon bébé. Je saigne. C'est Grainne qui s'en va. Retiens-là, Seamus. Je t'en supplie !

Elle pleure, les jambes serrées autour du paquet de draps.

— C'est Stephen, Grace. Je suis là. Grainne dort dans la chambre d'à côté. Tu te rappelles ?

— Tu es sourd, crie-t-elle. Ne reste pas les bras ballants. Je suis en train de faire une fausse couche.

— Mais non, Grace. Tu n'es pas enceinte. Réveille-toi, ma chérie.

Grace ouvre les yeux et reconnaît Stephen. Il pleure : à nouveau, elle lui a fait peur.

— Grainne va bien ? demande-t-elle.

Stephen hausse les épaules, puis hoche la tête. *Il a*

l'air éreinté, se dit Grace. *Comme s'il n'avait pas dormi.* Elle lâche les draps et elle le laisse les remettre en place et la recouvrir. Elle se souvient maintenant. Elle n'est pas en train de faire une fausse couche. C'est elle qui va mourir et non Grainne.

— Il fait froid ici. Le lit est tout humide.

Stephen tâte les draps autour d'elle et lui dit qu'il ne sent rien.

— Mais si, soupire Grace. (Personne ne remarque, sauf elle, l'humidité nouvelle de cette maison. Elle sent l'odeur de moisi que dégage le duvet.) Donne-moi un bonbon à la menthe.

Elle a vomi toute la matinée et sa gorge est sèche et douloureuse. Stephen lui tend un grain mentholé. Elle s'attendait à ce qu'il lui offre un de ces gros bonbons blancs et ronds que lui donnait Seamus quand elle était enceinte de Grainne.

Elle s'oblige à sortir du lit, retenant sa respiration tant elle souffre. Dans la cuisine, elle trouve la feuille que lui a laissée sa fille sur la porte du réfrigérateur.

Nous nous sommes attardés dans les chambres marines
Auprès des filles de la mer couronnées d'algues brunes et
rouges.
Puis des voix humaines nous ont réveillés, alors nous
nous sommes noyés.

Grainne ne se souvient sans doute que des vacances au bord de la mer sur des plages sûres mais elle doit encore rêver qu'elle se noie. Elle ignore qu'elle est née sur une île où l'océan nourricier est aussi une malédiction. Où les marins disparaissent chaque année, brutalement entraînés au fond de l'eau par des sirènes jalouses.

Grace ressent le désir de réveiller sa fille et de la tenir dans ses bras, comme elle le faisait lorsqu'elle lui apprenait à nager. Juste au-dessus de la surface de l'eau pour qu'elle se sente en sécurité. Mais elle-même est en train de se noyer, ses membres et sa bouche se liquéfient sous l'effet de la douleur. Elle n'aurait plus la force de soutenir sa fille qui coulerait à pic. Elle laisse sur le réfrigérateur un petit mot au sujet des courses d'épicerie et retourne se coucher.

Stephen cherche son médicament dans la salle de bain et elle se hâte de réfléchir à ce qu'elle veut lui dire car, après sa piqûre, elle aura du mal à trouver ses mots.

— J'aimerais bien savoir ce qu'elle pensait, dit-elle quand il revient avec la seringue et l'ampoule.

— Qui ? Grainne ?

— Non, ma mère. J'aimerais savoir ce qu'elle pensait.

Elle est obligée de se concentrer sur chaque mot car la douleur les lui arrache.

— Quand, mon chou ?

— De tout temps, répond Grace au moment où l'aiguille s'enfonce dans son bras – ça y est, elle sombre. Je crois que je me suis trompée. Que j'ai pris le problème à l'envers.

— En voilà des idées.

Stephen s'est allongé dans le lit à côté d'elle et il s'ébouriffe les cheveux. A-t-il déjà eu ce geste auparavant ? Ou était-ce un autre homme ? Tous les hommes se confondent avec Stephen.

— Je croyais être la plus forte, dit-elle.

Stephen embrasse son oreille et elle sent son haleine chaude et moite sur son visage.

— Tu es la plus forte, Grace.

La nuit où elle avait fait sa fausse couche, les draps de bain imbibés de sang l'avaient fait penser à Jésus, à la plaie qu'il portait au côté, aux filets de sang noir qui suivaient les lignes de ses mains. *Ce sang a été versé pour vous*, disaient les bonnes sœurs quand elle était enfant. *Jésus a saigné à votre place.* Y avait-elle vraiment cru ?

— Non, dit-elle.

Elle sombre peu à peu dans l'inconscience. Elle entraperçoit la main d'un homme, blanche comme la lune, qui se saisit de sa propre paume et l'applique contre un mur de pierre. Elle sent que sa mère la porte, ce qui est impossible car elle ne se souvient pas que Cliona l'ait jamais touchée. C'est seulement Grainne qui la soutient au-dessus de l'eau glacée et elle veut lui dire : *Remets-moi sur mes pieds, je suis plus grande que toi* ! Puis Seamus est là, à nouveau, étendu à côté d'elle dans le lit et il la serre tellement fort qu'elle peut à peine respirer – et pourtant elle sait que si elle se dégage et s'échappe vers l'océan, son corps va s'écouler hors d'elle, son sang, sa chair et ses os, jusqu'à ce qu'il ne reste plus rien de son enveloppe charnelle.

18
Grace

Pendant les cinq années où Grace vécut à Inis Muruch, quelle que fût la saison, elle n'arriva jamais à se réchauffer. Il ne faisait pas froid comme à Boston lorsque soufflait une bise glaciale, il s'agissait d'un froid humide et pénétrant qui traversait tous les vêtements qu'elle portait. Elle avait beau mettre une veste de laine huilée, des caleçons longs, deux paires de chaussettes, ses vêtements semblaient toujours un peu détrempés. Comme si elle s'était baignée habillée et qu'elle se retrouvait dans cet état intermédiaire où les vêtements sur elle n'étaient plus tout à fait mouillés ni tout à fait secs.

Tous les îliens en parlaient, l'humidité faisait intimement partie de leur vie. « Ma maison est rudement humide », disaient-ils, mais cela n'avait pas l'air de les gêner. Grace était la seule à se pelotonner près du feu de tourbe ou à étendre ses sous-vêtements près de la cuisinière en fonte pour qu'ils soient secs le lendemain matin. Elle frissonnait et souffrait du climat alors que le reste de la famille semblait parfaitement à l'aise. Elle ne parvenait à se réchauffer que lorsqu'elle nageait. Quand elle s'immergeait dans l'océan glacé, ses muscles reprenaient vie et elle sentait une douce chaleur, semblable à celle d'un feu de charbon, envahir son corps. L'insupportable humidité qui refusait de sécher la poursuivait comme une malédiction, comme le souvenir maudit du jour où elle avait jailli, tremblante, de l'eau tandis que derrière elle, Mme Willoughby se noyait.

Elle détestait cette île ; elle en connaissait le moindre pouce car en la parcourant dans n'importe quelle direction on retombait sur la barrière de la mer en moins d'une heure. Elle méprisait Marcus, ce rustre que sa mère avait épousé et rejetait ses enfants qui ressemblaient à des poupées falotes et souriantes. Leurs yeux bleus lui rappelaient constamment qu'elle ne faisait pas partie de leur famille. Elle détestait la colonie des îliens, pour elle des étrangers abâtardis par des unions consanguines, des gens qui fourraient leur nez partout, qui parlaient une langue gutturale et incompréhensible sans même bouger les lèvres. La nourriture était trop grasse, le lait avait un goût bizarre. Le ciel lâchait des paquets de pluie horizontale ou s'éclaircissait entre deux averses, mais il ne tardait jamais à annoncer un nouveau déluge. De puants vieillards la prenaient par la taille en lui susurrant des mots d'amour et lui proposaient une promenade au clair de lune. Peu importait qu'ils fussent ses grands-oncles ou des cousins issus de germains. Tout et tous la dégoûtaient, lui donnaient l'envie furieuse de mordre, de cracher et de hurler. *Je vous déteste,* aurait-elle aimé lancer à la figure de ses prétendues tantes que sa scolarité et ses mini-jupes faisaient ricaner. *Je te hais,* soufflait-elle au petit Tommy qui pleurnichait chaque fois qu'elle le regardait. Grace haïssait par-dessus tout sa mère pour l'avoir entraînée sur cette île et pour lui préférer maintenant sa nouvelle famille aux yeux bleus.

Michael lui manquait. Quand elle allait mieux, elle lui écrivait, dans l'espoir qu'il lui réponde : *Reviens à la maison*. Lorsqu'elle broyait du noir, elle se sentait humiliée. L'odeur de son propre sexe lui répugnait. Elle rêvait que Michael grandissait dans son ventre, fixé à ses organes comme le crampon des algues. Elle vomissait le matin, après le déjeuner et parfois même au cours du dîner. Il ne lui venait pas à l'esprit qu'elle était enceinte. Le soir où elle se mit à saigner, elle crut que c'étaient ses règles, jusqu'alors irrégulières, qui revenaient.

Elle se trouvait dans la chambre qu'elle partageait avec Stéphanie et Mary Louise. Stéphanie n'avait que quatre ans et faisait partie de ces petites filles invisibles et introverties qu'il est aisé d'ignorer. Mary Louise en revanche lui portait sur les nerfs. Cliona l'aimait parce qu'elle était accommodante et responsable ; et pour les mêmes raisons, Grace la détestait.

Ce soir-là, Mary Louise classait ses disques tandis que Grace, allongée sur son lit moite, contemplait les traces brunes du plafond. Elle éprouva soudain une crampe dans le bas-ventre, une compression qui se relâcha lentement.

— Quel genre de musique aimes-tu ? demanda Mary Louise.

— Pourquoi ? lâcha Grace, acerbe, et sans même tourner la tête.

— Par simple curiosité. Je me disais que nous avions peut-être les mêmes goûts.

Grace s'assit sur son lit, glissant ses doigts frigorifiés dans les poches de sa chemise de nuit.

— Comment peux-tu croire que nous avons quelque chose en commun ?

— Ne sommes-nous pas sœurs maintenant ? demanda Mary Louise en souriant. Nous avons au moins ce lien-là.

193

— Cela ne veut rien dire, rétorqua Grace en se levant.

Mary Louise la regarda et rougit.

— Tu as de la visite, annonça-t-elle en montrant à Grace le dos taché de sa chemise de nuit.

Grace se retourna et remarqua une traînée pourpre sur le motif à fleurs.

— Zut, dit-elle.

A nouveau, elle sentit une crampe et un flot de sang épais entre ses jambes.

— Tu veux une serviette hygiénique ? demanda Mary Louise.

Mais au lieu de lui répondre, Grace se précipita dans la salle de bain.

Durant l'heure qui suivit, elle se vida sur les toilettes et s'épongea vainement avec six serviettes de bain. L'hémorragie ne s'arrêtait pas. Un des caillots était si volumineux qu'elle se dit qu'il emportait avec lui un de ses organes et que pour finir, tout l'intérieur de son corps allait suivre. Elle ne répondit pas quand Mary Louise frappa à coups redoublés sur la porte et rembarra sa mère qui lui ordonnait d'une voix sèche de libérer les lieux. Au bord de la syncope, elle attendit pour quitter la salle de bain que le saignement diminue. Ce fut Cliona qui, en voyant les serviettes rougies, lui apprit qu'elle venait de faire une fausse couche.

Elle aurait voulu que sa mère la prenne dans ses bras, elle avait besoin de son pardon, que quelqu'un la réconforte, éponge le sang impur qu'elle venait de perdre et mette tout en œuvre pour la sauver, au lieu de quoi sa mère resta inaccessible. Pudeur et honte furent ses seules réactions. On eût dit que rien ne pouvait la toucher, qu'à ses yeux, Grace était toujours cet enfant qu'elle aurait préféré ne jamais avoir. Elle regarda sa fille par en dessous et lui dit simplement :

« Cesse de pleurer. » Et soudain, Grace se sentit seule au monde. Sa mère l'amena à l'hôpital et lui fit porter sa propre alliance. Dans la salle d'attente, Grace crut voir passer une émotion sur son visage, une angoisse, un sentiment de culpabilité peut-être. Mais Cliona se reprit très vite. Et Grace oublia son impression. De toute façon, ce n'était pas ce qu'elle attendait.

Pendant l'hiver qui suivit sa fausse couche, Grace ne ressentit plus rien. Elle avait perdu tout contact avec la vie à l'exception de ce froid humide qui la paralysait. Beaucoup plus tard, lorsqu'elle se remémora cette époque, elle observa que cette année-là ressemblait exactement à celle de sa mort : le temps qui s'écoulait sans but, vide et n'apportant aucune paix. Extérieurement, elle paraissait ne rien éprouver mais en réalité, elle était terrorisée ; cette peur grossissait dans son ventre comme une tumeur maligne. Elle ne mangeait ni ne dormait. Pendant la journée, elle ne se souvenait pas qu'il ait pu faire nuit ; et le soir venu, elle croyait ne pas avoir vu la lumière du soleil depuis des années. Sa mère et la famille aux yeux bleus étaient invisibles – ou peut-être était-ce Grace elle-même qui l'était, tandis qu'ils continuaient à vivre normalement. Chaque fois qu'elle se baignait, elle tentait de se noyer mais son corps de nageuse s'y refusait. Elle remontait toujours pour chercher de l'air malgré ses efforts pour rester au fond. Elle n'avait plus ni la force de mourir ni celle de vivre. Par moments, elle avait l'impression d'être possédée, que ce fœtus mort se cramponnait à son âme, l'entraînant dans les ténèbres d'une sépulture ; alors la terre remplissait sa bouche, son nez et ses yeux, comme si l'on appliquait sur son visage un tampon à l'odeur douceâtre.

Quand elle vit pour la première fois Seamus O'Flaherty, il lui sembla que le voile épais qui recouvrait son monde avait été écarté, juste assez pour permettre cette apparition. Depuis un an qu'elle vivait à Inis Muruch, il était la première personne qui ait un contour, une couleur de peau et des traits définis. Quelqu'un auquel elle pouvait prêter attention. Ses cheveux noirs, bouclés et brillants, retombaient derrière ses oreilles et dans son cou. Son visage rayonnait, comme si la lune s'était cachée derrière sa peau blanche. Ses yeux noirs étaient chaleureux, liquides et changeants, ils captaient et renvoyaient la lumière tour à tour. Quand il lui sourit, Grace sentit que la peur qui lui nouait le ventre lâchait prise et libérait la place pour autre chose.

Malgré son désir de lui parler, elle n'y parvenait pas car elle craignait, si elle ouvrait la bouche, que ses mots ne fusent en un cri originel. Le langage l'avait abandonnée et les sons qui s'accumulaient au fond de sa gorge étaient trop discordants pour qu'elle les laisse échapper. Sa mère avait dû avertir Seamus car il n'attendait pas la moindre réponse : il parlait pour deux et faisait en sorte que la situation paraisse normale.

Il l'emmena se promener sur les plages et lui conta les légendes d'Inis Muruch. Il évoqua les sirènes malveillantes que les îliens considéraient comme des pécheresses, capables de séduire les hommes et de les faire succomber à la luxure. La voix de Seamus ne ressemblait à aucune autre : elle savourait chaque mot et s'élevait comme les vagues à la fin des phrases.

— On dit que les sirènes chantent de leur belle voix triste dans l'espoir d'attirer les marins solitaires, lui raconta-t-il. Quand une sirène séduit un homme, elle l'entraîne au fond de la mer pour faire l'amour avec lui et, bien entendu, le malheureux garçon se noie. Alors elle emprisonne son âme dans une cage, dans son palais sous la mer.

Au bord des criques, Seamus fit entendre à Grace le

chant des sirènes, ce gémissement qu'elle attribuait au vent et qui ressemblait au son douloureux et inarticulé qui résonnait au fond de sa propre poitrine.

— Quand j'étais tout petit, ma grand-mère m'a raconté l'histoire de Muirgen, la beauté brune qui, séduite par un homme, quitta sa demeure marine. Si une sirène s'éprend d'un homme, l'homme a le pouvoir de l'emporter vers le rivage, alors sa queue se transforme en jambes. Muirgen tomba amoureuse de mon trisaïeul, Padraig. Ils se marièrent et eurent neuf enfants. On dit qu'ils furent heureux pendant toutes ces années, mais l'attrait de la mer était trop puissant, et un matin, à leur réveil, Padraig et les enfants découvrirent la robe de Muirgen suspendue au manteau de la cheminée comme une mue d'insecte. Padraig ne revit jamais sa femme mais on dit que dans leurs rêves ses enfants l'apercevaient, penchant sa tête à la longue chevelure noire au-dessus de leur lit.

Seamus rit et les parois de la falaise répercutèrent l'écho de son rire. Il regarda les eaux sombres. Grace entendait le ressac des vagues sur le sable.

— Une sirène présage un malheur. Le marin qui l'a vue sait qu'il va mourir noyé dans la journée. A ma naissance, ma grand-mère a annoncé à mon père que je lui porterai chance car je ressemblais à Muirgen, si bien que je n'aurais rien à craindre de la malédiction des sirènes. Voilà pourquoi je pars encore pêcher avec mon père même si je caresse d'autres rêves. Il aime à dire qu'il a besoin de moi ; sans doute parce que je suis son fils unique et que ma mère est morte en me donnant naissance. Cela ne me gêne guère car je suis attaché à la mer.

Parfois, Seamus lui parlait en irlandais, une langue pareille à un chant triste et sonore, capable de ressusciter les morts et de faire sortir de la mer les sirènes les plus dangereuses. Une langue qui rappelait à Grace le monologue intraduisible qui couvait dans sa tête.

Elle pensait que cet homme n'était pas de chair et d'os. Elle ne pouvait pas le saisir ni observer ses réactions. Il n'était qu'une voix, un visage rayonnant à la peau parfaite. Quand il marchait, on eût dit qu'il touchait à peine terre et son visage était si lumineux que Grace plissait les yeux en le regardant, comme éblouie. *Un ange*, se disait-elle. Il lui rappelait le père-ange qu'elle avait imaginé, enfant.

La nuit de la Saint-Jean, la veille du solstice d'été, Seamus l'emmena voir les feux de joie. Les îliens les avaient préparés depuis des semaines, rivalisant à qui construirait le plus beau bûcher. Ils avaient utilisé des meubles de rebut, des pneus de tracteur, du bois flotté et les montants de vieilles palissades. Il n'y avait pas d'arbres sur l'île, seulement des buissons noueux courbés par le vent. Les îliens s'étaient débrouillés pour apporter sur la plage tout ce qui pouvait brûler et quand les feux de joie furent allumés, ils étaient hauts comme des maisons. Ils craquaient, changeaient de direction et crachaient dans l'air du soir des brandons rouges. Le bruit du feu ramena le souvenir douloureux de Michael et Grace voulut s'approcher des flammes. Son compagnon la retint. Elle pensait qu'elles allaient la réchauffer, mais seul son visage la cuisait et son corps restait humide. Les langues de feu rugissaient et se tendaient vers elle, jaillissant du centre du brasier. Seamus lui fit faire le tour des feux et comme à dix heures et demie il faisait encore jour, Grace imagina que jamais la nuit ne tomberait sur l'île et que pour finir il allait faire jour vingt-quatre heures sur vingt-quatre.

Quand le soleil se fut enfin couché, Seamus traversa le port avec Grace dans un coracle, la lune brillant derrière lui comme un halo. Ils se dirigèrent vers le château ; bientôt ils foulaient de leurs pieds nus le tapis d'herbe. Il lui narra les aventures de Granuaile, la reine des pirates, qui avait gouverné l'ouest de l'Irlande à l'époque païenne. Grace connaissait l'histoire de Granuaile grâce au livre de sa mère mais à quoi bon essayer de le lui dire. Il l'entraîna dans la chambre de la reine et lui montra la sirène sculptée au-dessus de la cheminée. La queue de la sirène se terminait en deux nageoires courbes, sa chevelure retombait sur son visage en volutes de pierre. Seamus prit la main de Grace et la posa sur les seins pointus de la sirène. Il lui commanda de se signer et elle fit le signe de croix, machinalement, comme lorsqu'elle assistait à la messe. Accompagnant chacun de ses gestes, Seamus récita : « Au nom du Père, du Fils et du Saint-Esprit. Amen. »

— Cela te guérira, à ce que l'on dit, expliqua-t-il en repoussant derrière les oreilles de Grace les boucles qui masquaient son regard. De toute façon, cela ne peut pas faire de mal.

— J'ai si froid, murmura-t-elle – et sa voix vibra péniblement dans sa gorge. Je ne peux pas m'empêcher de trembler. Je ne cesse d'avoir froid.

Seamus s'adossa à la queue de la sirène. Il l'entoura de ses bras et la berça comme un bébé – sa chemise n'était pas humide mais chaude et sèche contre le visage de Grace. Puis il souffla sur les doigts de la jeune fille et les frotta entre ses propres mains brûlantes. La chaleur qui émanait de son corps sembla surnaturelle à Grace. Même lorsqu'elle faisait l'amour avec Michael, jamais il ne lui avait donné cette sensation. Seamus était aussi brûlant que les braises au centre des feux de joie. Elle se laissa pénétrer par cette chaleur jusqu'à sentir son corps se réchauffer et se réchauffer encore celui de Seamus.

Quand il la ramena chez elle ce soir-là, il s'arrêta

devant la porte pour épousseter son dos avec sa propre écharpe.

— Essaie de ne pas donner l'impression que je t'ai couchée sur l'herbe.

Grace ne put se retenir de rire. Et cet éclat de rire lui rappela ce que l'on éprouvait après avoir vomi : même si l'on a la gorge irritée et la bouche amère, on sait que le mal est parti et qu'on va l'oublier dès qu'on se sera lavé les dents.

19

Grainne

Pendant le reste du mois d'août, l'estomac vide et racorni, j'attendis l'arrivée de mon père. « Un jour ou l'autre, il viendra par le bac », m'avait dit Cliona. Je me rendais donc sur le quai chaque matin quand le bac emmenait les îliens et les sacs postaux, et le soir lorsqu'il ramenait les habitants chez eux ainsi que le courrier pour l'île.

Dans la journée, j'apprenais à Liam à nager. Il m'avait avoué qu'il ne savait pas, un jour où nous nous baignions dans une petite anse ; l'eau lui arrivant à la taille, il refusait d'aller plus loin.

— Tu ne vas pas pêcher avec ton père ? demandai-je.

Même s'il n'éprouvait aucune crainte dans son coracle, il semblait toujours nerveux dans l'eau, qui n'était visiblement pas son élément.

— Si, répondit-il. Et lui non plus ne sait pas nager.

— Comment pouvez-vous vivre sur une île sans savoir nager ?

Liam haussa les épaules. Sa poitrine bleuissait et il avait la chair de poule.

— Seamus est l'unique marin-pêcheur que je

201

connaisse qui sache nager. Ta mère était la seule îlienne à se baigner pour le plaisir. Elle, et les touristes en été.

— Vous êtes entourés de plages et personne ne nage ? Quel gâchis !

— Nous ne voyons pas les choses ainsi. La mer est notre gagne-pain, pas un terrain de jeu.

J'étais en train de battre des pieds dans l'eau et chaque fois que je l'aspergeais, Liam reculait.

— Que se passerait-il si ton coracle se retournait ? demandai-je.

— Je me noierais, j'imagine. Je n'y ai jamais songé.

— Si je t'apprends à nager, tu ne seras plus en danger. J'avais peur de me noyer jusqu'à ce que ma mère m'apprenne à nager. (C'était un mensonge, bien sûr. Je me baignais rarement quand je risquais de perdre pied.) Je vais te montrer, ajoutai-je. Tu verras, c'est très amusant.

Liam accepta mais apparemment sans beaucoup d'enthousiasme...

Le premier jour, je lui appris les rudiments de la brasse. Mais dès qu'il s'enfonçait dans l'eau, il s'affolait et reprenait pied en éclaboussant partout. J'essayai de me rappeler comment ma mère s'y était prise lorsqu'elle me donnait des leçons de natation. Je lui fis faire la planche près du bord en le soutenant de mes deux mains afin qu'il n'ait pas peur. Il accepta beaucoup mieux ce procédé.

— J'aime le bruit que j'entends quand mes oreilles sont dans l'eau. Je peux écouter l'océan.

C'était agréable de le soutenir ainsi. Cela me donnait – comme les cours de piano de Stephen – une bonne excuse pour être plus près de lui. Malgré tout, Liam ne profitait pas de ces cours pour me draguer. C'était rageant. Jamais je n'avais attendu si longtemps qu'un garçon me désire.

Je lui fis retenir sa respiration et s'asseoir sur le fond avec moi. Je tenais ses mains et l'observais. Il gardait les yeux fermés et gonflait ses joues. Ses cheveux flottaient à la surface de l'eau comme des algues noires. *C'est ainsi qu'une sirène le verrait,* me disais-je, *si elle le séduisait pour l'entraîner sous l'eau.* Il pressait mes doigts quand il avait besoin de remonter pour respirer.

Au bout d'une semaine, Liam nageait comme un chien maladroit mais, sous l'eau, il filait avec la grâce d'un poisson. Il avait l'air heureux d'apprendre à nager même si Cliona et Mary Louise pensaient que nous étions de vrais fous. Il prit de l'assurance et se mit à plonger sous l'eau, essayant de me faire tomber. Je ne protestais pas car c'était comme un petit jeu amoureux ; après les leçons, nous nous poursuivions et luttions à mains nues. Puis, comme il faisait toujours aussi beau, nous nous étendions sur les rochers pour nous sécher. Parfois, lorsque je fermais les yeux et m'assoupissais en entendant la respiration de Liam, je me disais que je n'avais jamais été aussi heureuse. Les autres jours, j'étais à deux doigts de perdre mon sang-froid. Nous étions à demi nus tous les deux sur une plage déserte et Liam ne pensait qu'à se dorer, et à rentrer ensuite pour dîner.

— Liam, lui dis-je par une chaude après-midi alors que nous étions étendus sur les rochers.

Il avait les yeux fermés et l'eau de mer en séchant avait dessiné des taches de sel sur ses joues.

— Ouais, marmonna-t-il en abritant ses yeux pour me regarder.

— Est-ce que tu m'aimes ?

Je me sentais complètement idiote mais c'était lui qui m'obligeait à lui poser une question aussi directe. Il sourit et ferma à nouveau les yeux.

— Bien sûr.

— Comme une cousine ? Ou comme une sœur ? le sondai-je. Ou comme quelqu'un d'autre ?

— Comme une amie, dirais-je, répondit-il en ouvrant un œil. Je pense aussi que tu es jolie, si c'est un compliment que tu cherches.

— Je ne cherche rien, dis-je, en me retenant de sourire.

— Alors tout va bien, dit-il.

Il referma les yeux.

— Est-ce que tu es puceau ? demandai-je.

Cette fois, il s'assit.

— Pourquoi ne te mêles-tu pas de tes affaires ? dit-il sans me regarder et en remettant son T-shirt à l'endroit.

— D'accord, répondis-je, en m'allongeant à nouveau afin que mes hanches pointent sous mon maillot de bain. Je suis simplement curieuse.

— Je suis puceau, si tu veux le savoir, dit-il en enfilant son T-shirt. Et c'est par choix car j'ai eu des tas d'occasions !

Je le crus. Il y avait un certain nombre de filles de l'île qui reluquaient Liam et je savais, pour les avoir écoutées, qu'elles n'étaient pas bégueules. En outre, tous les garçons de l'île s'imaginaient que Liam couchait avec moi. Chaque fois que nous marchions sur la route, quelqu'un lançait : « MacNamara va tirer son coup avant de prendre le thé. »

— Tu ne veux pas faire l'amour ? demandai-je.

J'étais persuadée que tous les garçons ne pensaient qu'à ça.

— Bien sûr que si. Mais j'attends le bon moment. Je voudrais être sûr d'aimer la fille.

— Tu es un romantique, le taquinai-je.

Liam haussa les épaules en rougissant.

— Je parie que toi tu n'es pas vierge, poursuivit-il.

— Pourquoi ? (Liam se contenta de froncer les sourcils.) Eh bien si, je le suis.

— Nous avons donc les mêmes principes.

— Pas vraiment, dis-je.

Je n'attendais pas le grand amour, sans doute, seulement un garçon qui sache embrasser et qui ne gâcherait pas tout. Si Stephen cette nuit-là n'avait pas interrompu son baiser, il eût été parfait. J'aurais couché avec lui aussitôt.

— De toute façon, je ne suis pas pressé, conclut Liam en se levant. Nous allons boire le thé ?

J'enfilai ma marinière de coton et mon short en espérant qu'il ne puisse pas voir mon visage. Je ne me sentais pas à la hauteur de l'idéal de Liam et je commençais à me dire qu'il ne correspondait pas au mien.

Nous rentrâmes à l'hôtel sans échanger un mot et, au lieu de regarder Liam, je me concentrai sur ma faim. Léchant mes lèvres couvertes de sel, je me dis : *C'est tout ce dont j'aurai jamais besoin.*

Quand je vis le paquet posé sur la table, je reconnus aussitôt l'écriture de Stephen. Je le pris et remontai dans ma chambre, en sentant le regard de Cliona rivé dans mon dos.

A l'intérieur de la boîte se trouvait une enveloppe rose à mon nom. Stephen avait oublié l'accent sur le *a* de Grainne. Ce papier à lettres appartenait à ma mère ; l'un de ses collègues de travail le lui avait offert pour Noël. Elle ne l'avait jamais utilisé.

Chère Grainne,

J'ai vidé l'appartement et donné la plupart des affaires de ta mère à des bonnes œuvres comme elle me l'avait demandé. *Voici quelques objets que tu aimerais sans doute conserver.*

Stephen.

P. S. Si tu revenais, tu ne serais pas heureuse. C'est ta mère qui te manque, pas moi.

Je jetai la lettre sur le lit. Il ne m'avait pas même donné sa nouvelle adresse !

La boîte contenait un dossier brun clair et, quand je l'ouvris, je vis les citations dactylographiées que j'avais laissées à ma mère quand nous habitions la villa, une trentaine de feuillets au moins – je ne me souvenais pas d'en avoir écrit autant. Il y avait aussi toutes les cartes d'anniversaire que je lui avais offertes depuis que j'avais cinq ans, les lettres que je lui avais écrites l'été où j'étais partie en colonie de vacances ainsi qu'une liasse de mes dessins d'enfant. Je n'aurais jamais pensé qu'elle gardait tous ces trucs. Ma mère n'était pas du genre à entasser quoi que ce soit, tout ce qui n'était pas indispensable, elle le jetait à la poubelle.

Je sortis de la boîte le chapelet qui avait été placé entre ses mains lors de la veillée mortuaire. On voyait les trous percés entre les côtes minuscules de Jésus. Ce chapelet était immanquablement associé à la mort de ma mère, comment Stephen avait-il pu croire que je veuille le conserver ? Je le laissai tomber à l'intérieur du tiroir de la table de nuit, pour ne pas l'avoir sous les yeux.

Au fond de la boîte, enveloppée dans du papier de soie, je trouvai la minijupe de ma mère en velours rouge. Sa jupe de *chasseuse d'hommes*. Elle la portait dans les discothèques et chaque fois qu'elle avait un premier rendez-vous avec un homme. Elle avait mis cette jupe la nuit où elle ramena Stephen à la maison.

Je savais pourquoi il me l'avait envoyée : depuis deux ans, je suppliais ma mère de me la prêter mais elle s'y était toujours refusée. « Pas ma jupe magique », me répondait-elle à chaque fois.

Je retirai mes jeans et ma petite culotte et j'enfilai la jupe en velours. Elle n'était pas aussi collante que je l'espérais mais suffisamment courte ; j'avais grandi et minci depuis la dernière fois où je l'avais essayée en cachette, lorsque ma mère se trouvait à l'hôpital pour son ablation du sein.

Je me demandais si mon père avait connu cette jupe. Pendant un court instant, je m'imaginai partant à sa recherche, vêtue de cette jupe, et me présentant à son bureau de Dublin. Quand il me verrait, il repenserait à l'époque où il avait fait glisser cette jupe le long des hanches de ma mère, avant de caresser ses cuisses nues. Ou alors il me prierait de sortir et de ne jamais revenir – comme l'avait fait Stephen.

Si Liam ne se décidait pas à m'embrasser, j'allais trouver quelqu'un d'autre pour le faire à sa place. Pas un garçon de l'île, car je me doutais que Cliona en serait aussitôt informée. Elle ne ressemblait pas à ma mère et cela m'aurait étonnée qu'elle parle de sexualité avec moi.

Un soir de pleine lune, au mois d'août, un groupe de jeunes gens de Cork descendit à l'hôtel. On me permit d'aller au pub de Marcus car Liam devait jouer de la flûte avec les musiciens que son père dirigeait habituellement. Son père était encore en mer et l'on n'attendait pas son retour avant le mois d'octobre.

Je portais la jupe de ma mère avec un bustier noir qui écrasait mes seins maintenant minuscules. Mes côtes étaient de plus en plus visibles ; la faim traçait un sillon sous chacune d'elles.

Les musiciens étaient installés à une table d'angle, sans micros ni amplis. Il y avait un maigre violoneux ; au petit accordéon, une femme qui m'annonça qu'elle était une cousine de Cliona ; deux musiciens jouant de leur flûte métallique et un géant souriant, aux joues mangées de rouflaquettes, qui tapait sur un tambour du nom de *bodhran*, comme me l'indiqua Liam. La flûte de Liam n'était pas en argent comme je l'espérais mais en bois noir et lisse et c'était une flûte à trous. On aurait dit que les instruments se pourchassaient pour former des figures de danse compliquées. Régulièrement, un ou deux îliens se levaient et frappaient le sol du pied, accompagnant de ce bruit le rythme des instruments. Chacun riait et taquinait son voisin. Les gens de l'île avaient le rire facile, je l'avais déjà remarqué ; et ils ne cessaient pas de s'adresser des clins d'œil de connivence comme si la population tout entière partageait une plaisanterie qu'elle était la seule à connaître. Certaines femmes parmi les plus âgées avaient le visage sillonné de rides comme Cliona, aussi repensai-je à l'obsession de ma mère qui s'enduisait le visage de crème et traquait l'apparition de la moindre ridule à la lumière crue de la salle de bain. Et pourtant, les rides de ces vieilles femmes ne les enlaidissaient pas. On aurait dit qu'elles portaient, décalquée sur leur visage, la carte de leur vie.

On me permit de m'asseoir à côté de Liam mais Marcus ne laissait personne commander autre chose qu'un soda pour moi. John Patrick, le joueur de bodhran, me permit de boire en douce des gorgées de son whisky chaud, une boisson sucrée qui m'enflamma la gorge. Et j'avalai la moitié de ses trois whiskys.

Les garçons de Cork commandaient des tournées de Guinness à la file. L'un d'eux, le plus séduisant de tous, ne pouvait s'empêcher de me regarder, chaque fois qu'il s'approchait du bar. Ses cheveux étaient trop courts mais ses traits délicats, comme ceux de Stephen, ses joues et son menton couverts de barbe. Je lui donnai dix-neuf ans. J'interceptai ses regards sans rougir et m'assurai qu'il m'avait vue boire le whisky de mon voisin. *La chasse à l'homme* – j'entendais la réflexion de ma mère. Il s'approcha de ma table avec une Guinness pour lui, un whisky chaud pour moi. Je posai le verre sur le banc afin que Marcus ne puisse l'apercevoir du bar.

— Bonsoir, dit-il d'une voix pâteuse. (Son accent était différent de celui des îliens, plus passe-partout.) Une sacrée séance, les gars, ajouta-t-il à l'intention des musiciens en s'asseyant sur un tabouret en face de moi.

Liam lui jeta un coup d'œil soupçonneux mais continua à jouer. J'espérais qu'il était jaloux.

— Kieran, se présenta-t-il en me serrant la main. Tu es la plus jolie petite chose de ce pub paumé.

— Grainne, dis-je à mon tour. Merci du compliment.

— Tu es américaine, n'est-ce pas ?

Tout le monde devinait que je n'étais pas d'ici dès que je prononçais autre chose que mon nom.

— Oui, répondis-je. Je viens de Boston.

— Pourquoi t'appelles-tu Grainne, alors ? demanda-t-il en vacillant un peu sur son tabouret.

— Je suis née ici.

— Tu es donc irlandaise. Tu as juste perdu l'accent.

— C'est bien possible, répondis-je en lui souriant.

— Veux-tu venir faire un tour avec moi, Grainne l'Irlandaise ?

Je sentis Liam se contracter à côté de moi.

— D'accord, répondis-je.

— Formidable, dit Kerian.

209

Il se leva et avala le reste de sa bière. Alors que j'enfilai ma veste, Liam cessa de jouer.

— Il te demande de sortir avec lui uniquement parce que tu es américaine, chuchota-t-il. Il pense que tu es une fille facile.

Je me penchai vers lui. Ses lèvres étaient humides et gonflées d'avoir joué de la flûte.

— Je suis facile, lui soufflai-je.

Ce que je venais de dire ne me plaisait pas. Le whisky était en train de me monter à la tête. Liam rougit et se détourna. Je suivis donc Kerian qui était en train de se frayer un chemin au milieu de la foule du pub.

Nous descendîmes sur la plage et nous approchâmes d'un feu de joie qui flambait haut et changeait de direction selon le caprice du vent. Kerian trébuchait un peu et moi-même, j'avais du mal à tenir debout. Ce fut un soulagement que de nous asseoir.

Il ne perdit pas de temps et m'embrassa avant que je ne le regarde. Il ne savait pas embrasser et avait mauvaise haleine, je m'allongeai pourtant à son côté. Il glissa sa main sous mon bustier et pressa un de mes seins à l'intérieur de mon soutien-gorge. Il ne toucha pas à l'autre et pendant quelques secondes, je m'affolai en pensant que je n'avais plus qu'un sein, que le second avait été retiré et qu'à la place, il n'y avait plus que de la chair recousue. Je commençai à avoir mal au cœur. Je roulai pour me retrouver au-dessus de lui et me chargeai de l'embrasser. Cela sembla lui plaire et je réussis à croire un instant que ce n'était pas si désagréable que cela. Je commençai même à m'exciter et songeai à ouvrir la braguette de son jean mais c'est lui qui glissa sa main sous ma jupe. Il gémit en se rendant compte que je ne portais pas de slip et enfonça ses doigts à l'intérieur de moi. Cela me fit si mal que le peu d'attirance que j'éprouvais pour lui disparut tout à fait. Je retirai sa main.

— Allez va, me dit-il en essayant de l'introduire à nouveau sous ma jupe.

— Arrête ! dis-je en le repoussant.

Je m'assis et tirai le velours rouge sur mes cuisses. Je pensai soudain à la coiffe rouge et enchantée des sirènes dont Liam m'avait parlé. Si un homme s'en emparait, la sirène était condamnée.

— Qu'est-ce qui ne va pas chez toi ? demanda Kerian, si méchamment que j'envisageai de m'allonger à nouveau pour ne pas l'affronter.

— Je ne veux pas, c'est tout.

— Et pourquoi donc ? dit-il en saisissant mon sein, toujours le même, et en essayant de m'embrasser.

— Ça suffit ! Tu ne me plais même pas.

C'était la vérité. Que faisais-je avec ce type ? Je souhaitais me retrouver à l'intérieur du pub, dans cette ambiance chaleureuse. Je souhaitais que Stephen fût là.

— Tu n'aurais pas pu me le dire avant ? demanda Kerian. (Il se leva et m'envoya du sable sur le dos.) Tu n'es qu'une sale petite allumeuse.

Il retourna dans le pub tandis que je restai assise près du feu, essayant de ne pas pleurer. Jupe magique ou pas, je ne serai jamais une femme aussi sexy que ma mère. Impossible d'être à la fois une vraie séductrice et une petite allumeuse.

Je me levai, fis tomber le sable de mon dos et poussai la porte du pub. J'aperçus Kieran près du bar, en train de faire des commentaires à ses copains. Il devait parler de moi car ils riaient. Je m'enfermai dans les toilettes crasseuses, allumai une cigarette, et aspirai la fumée en me regardant dans la glace. « Grainne », murmurai-je. Cela aurait dû être le nom de ma mère et non le mien.

Je sortis des toilettes et allai m'asseoir à côté de Liam. Il avait posé sa flûte sur ses genoux et fixait le groupe de Kerian, l'air furieux. Il avait dû entendre leurs propos.

Un des hommes se mit à chanter et l'assistance se tut poliment pour l'écouter. Je reconnus la chanson – c'était celle que chantait ma mère lorsqu'elle rompait avec l'un de ses petits amis, celle qu'elle m'avait laissée le dernier soir. *Va-t'en et laisse-moi si tu le souhaites...* Je voulais le dire à Liam qui écoutait négligemment ; c'était pour lui un vieil air comme les autres. Seul Stephen aurait compris. En entendant ces paroles, il aurait revu ma mère en train de flirter, puis les caillots de sang dans la salle de bain et les petits mots accrochés dans la cuisine déserte. Il n'y avait qu'à lui que j'aurais pu expliquer ma nostalgie.

Liam me prit la main sous la table. Comme dans le château de Granuaile, en pressant doucement ma paume et en souriant. Nous restâmes ainsi, main dans la main, jusqu'à ce qu'on lui demande de jouer à nouveau.

20

Grace

Seamus ne fut pas facile à séduire. Une fois que Grace fut redevenue elle-même et que le souvenir de Michael se fut estompé, elle commença à se demander ce qui se passerait si elle faisait l'amour avec le jeune homme. La chaleur qui émanait de lui l'attirait. Elle désirait que des mains inconnues caressent son corps et explorer un corps inconnu. Avec cette même assurance qui avait tant charmé Michael, elle se tournait vers Seamus. Au début, il semblait immunisé contre ses tentatives, puis il s'amusa à lui démontrer qu'elle ne pourrait pas faire sa conquête.

Elle eut la preuve qu'il avait déjà fait l'amour le jour où il la vit nue pour la première fois, sans marquer aucune surprise. Ils nageaient ensemble et elle ôta, à un moment donné, le haut de son bikini, le laissant flotter sur l'eau. Il regarda ses seins d'un air appréciateur mais sans paraître pour autant ensorcelé, puis alla repêcher son soutien-gorge sur un monceau d'algues.

— C'est toi qui as perdu ça ? demanda-t-il en lui tendant le haut du deux-pièces.

Elle se sentit idiote et furieuse à la fois. Bien qu'elle

213

ait déjà fait l'amour, Seamus avait neuf ans de plus qu'elle et la traitait en gamine.

Son corps ne semblait nullement l'impressionner. Un jour où il lui donnait un cours dans sa petite chambre, la porte restant ouverte à la demande de Cliona, Grace s'allongea sur le lit en faisant remonter sa robe bien au-dessus de ses genoux. Cessant de lire le poème de Seamus Heaney qu'il avait en main, il la regarda avec des yeux ronds.

— Ton cerveau est-il descendu dans tes jambes ? demanda-t-il. (Grace leva les genoux et observa sa réaction.) Apparemment non, répondit-il à sa place. (Il jeta le livre dans sa direction et le coin de la couverture atterrit brutalement sur ses cuisses.) Lis ce poème à voix haute et dis-moi ce que tu vas écrire dans ta dissertation.

Grace soupira et s'assit correctement sur le lit. Elle lut le poème avec un ton d'ennui en imitant l'accent irlandais.

— Rends-moi ce livre, tonna-t-il, mais il souriait. C'est un blasphème de réciter ainsi ce poème.

Parfois, il s'oubliait et la touchait, la prenant un bref instant par le cou quand ses cheveux étaient relevés ou par la taille, pour la guider le soir sur les routes sombres. Ce rapide contact l'excitait et elle se rapprochait de lui dans l'espoir qu'il l'embrasse. Mais il reculait et faisait comme si ce n'était qu'un frôlement fortuit. Ensuite, il faisait attention et elle devait attendre quelques jours pour qu'il ne se surveille plus et l'effleure à nouveau.

Un soir, la famille se réunit au pub pour célébrer les fiançailles de Mary Louise avec Owen MacNamara, un pêcheur qui jouait du violon et que Grace trouvait bien trop bel homme pour sa demi-sœur si farouche. Elle observait Seamus, lequel commandait une tournée de Guinness au bar ; il riait des paroles de

Marcus. Grace n'avait pas remarqué que Mary Louise s'était approchée, elle n'en prit conscience qu'à cette question :

— Tu es amoureuse de lui, n'est-ce pas ?

Grace avala une gorgée de soda, en croquant bruyamment un peu de glace pilée.

— Je ne vois pas de quoi tu veux parler.

— Je sais ce que cela signifie quand une fille regarde un garçon comme tu regardes Seamus O'Flaherty, répondit Mary Louise, avec son grand sourire agaçant.

— Il n'y a pas grand monde à regarder, dit Grace. Tous les autres sont aussi laids que ton fiancé !

Mary Louise se mit à rire. Quand Grace était agressive, elle semblait toujours penser qu'elle essayait de faire de l'humour.

— Ne t'inquiète pas, dit-elle. Je suis capable de garder les secrets de ma sœur.

Elle serra le bras de Grace et s'éloigna de sa table avant que celle-ci n'eût la possibilité de la rabrouer.

Plus tard, quand Seamus quitta le pub enfumé où tout le monde chantait à cœur joie, il saisit le bras de Grace et lui murmura quelque chose qu'elle ne comprit pas, ses lèvres effleurant les siennes comme des plumes encore chaudes. Puis il s'en alla. Elle aurait voulu le prendre par l'épaule, le rapprocher d'elle et lui demander de répéter ce qu'il avait dit. Mais tout se passa trop vite et elle était distraite par d'imbéciles ivrognes qui dansaient sur une table. Malgré tout, elle vécut ce geste comme un encouragement. Il allait sûrement recommencer. Mais il n'en fit rien, même la fois d'après, alors qu'elle traînait au pub, anxieuse et assoiffée. Il se contenta de lui apporter un rafraîchissement et l'envoya se coucher.

215

Maintenant que Grace allait mieux, Cliona la poussait à retourner en classe. Elle reprit les cours avant Noël, puis abandonna à nouveau le jour où M. MacSweeney, son professeur, lui donna un coup de règle sur les doigts.

— Tu ne peux pas quitter l'école simplement parce que ton professeur t'a frappée, dit Cliona. Te connaissant, je suis sûre que tu l'avais cherché.

— Je lui ai dit d'aller se faire voir.

— Grand Dieu ! Tu es donc folle ? Tu vas retourner à l'école demain et lui présenter tes excuses.

— Comment peux-tu m'envoyer dans une école où l'on frappe les élèves ?

— Ecoute-moi bien. Tu n'as rien de cassé. Il ne t'a pas battue, simplement rappelée à l'ordre. Moi aussi, j'ai reçu des coups de règle sur les doigts quand j'étais plus jeune. Et plus d'une fois, je t'ai giflée.

— Pas depuis que je t'ai retourné la claque, rappela Grace.

Cliona ne répondit rien. Elles s'étaient battues lorsque Grace avait treize ans : Cliona avait giflé sa fille qui s'était permis de jurer et Grace lui avait décoché un coup de poing sur la bouche. Elles en étaient venues aux mains et Michael avait été obligé de les séparer. Cliona n'avait plus corrigé sa fille depuis ce jour-là.

— Comment vas-tu faire pour continuer tes études ? demanda-t-elle. M. MacSweeney est le seul professeur de l'île.

— J'étudierai avec Seamus. Je déteste cette école. On nous oblige à prier entre les cours. On n'a pas le droit de faire réciter des prières dans une école publique.

— Tu n'es plus aux Etats-Unis pour le moment, Mademoiselle Je-sais-tout.

— Cela ne va pas tarder, menaça Grace.

216

Elle remonta dans sa chambre et fit claquer la porte derrière elle, ce qui réveilla Tommy.

Puisqu'elle n'allait plus à l'école, Cliona exigea qu'elle travaille à l'hôtel. Grace céda uniquement parce qu'elle y gagnait un peu d'argent – pas suffisamment pour s'enfuir très vite, mais c'était déjà un début. Elle travaillait le matin avec Mary Louise, changeant les draps et nettoyant les sanitaires. Elle disait des grivoiseries à propos des taches visibles sur les draps ; Mary Louise feignait de ne pas les entendre.

— Mary Louise, il y a une capote anglaise dans la poubelle. Tu veux voir à quoi ça ressemble ?

— Arrête, s'il te plaît, disait Mary Louise en rougissant. Nous avons encore cinq chambres à faire avant le déjeuner.

Mary Louise était vraiment bégueule – Grace aurait juré qu'elle n'avait toujours pas couché avec Owen. Elle était du genre à attendre sa nuit de noces.

Cliona travaillait à longueur de journée, donnant des ordres à tout le monde. Aucun détail ne lui échappait. Les lits devaient être bordés si serrés que les clients étaient sans doute obligés de rabattre les draps avant de pouvoir s'y glisser. Elle se montrait tout aussi intransigeante en ce qui concernait la paperasserie de l'hôtel. Un jour, en découvrant que Grace avait mal écrit un nom, elle vociféra :

— Regarde-moi ça ! Qui a retenu cette chambre ? Conroy ou Connor ? Je ne peux pas te lire si tu écris de la main gauche.

— Je me suis servie de ma main droite, rétorqua Grace. Qu'est-ce que cela peut faire de toute façon ? Tous les noms se ressemblent.

— Tu cherches à te faire virer ? demanda Cliona.

Grace referma brutalement le registre des réservations, ratant de peu les doigts de sa mère.

— Arrête de te conduire comme une patronne,

dit-elle. Nous savons toutes les deux que tu n'es qu'une domestique. Tu étais une esclave dans la maison des Willoughby et tu l'es encore dans celle de Marcus.

— Petite morveuse, s'écria Cliona en lui arrachant le livre des mains. J'avais un travail qui m'a permis de t'élever, au cas où tu l'aurais oublié ! Et je suis pour moitié propriétaire de cet hôtel avec Marcus. Je n'ai pas fait d'études supérieures, c'est un fait. Mais toi non plus. Et je n'ai pas quitté l'école après avoir couché avec ce jeune héritier américain dans l'espoir de lui mettre le grappin dessus... ! J'aimerais bien te voir me traiter encore d'esclave, parce que je te réserve quelques expressions bien choisies !

— Si tu me hais tant, pourquoi ne me renvoies-tu pas à Boston ? hurla Grace à son tour.

— Tu ne t'en iras nulle part tant que tu n'auras pas atteint tes dix-huit ans. Et d'abord, je ne te hais pas, ajouta Cliona en baissant le ton et en regardant ailleurs.

— Eh bien moi, si, je te déteste. Et je déteste cet endroit. L'an prochain, quand j'aurai dix-huit ans, tu seras peut-être plus gentille car tu te rendras compte que tu ne vas plus jamais me revoir.

Si Grace avait été plus attentive, elle aurait remarqué – pour son plus grand plaisir – qu'elle avait réussi à blesser sa mère. Mais Cliona ferma les yeux et quand elle les rouvrit, son regard n'exprimait plus qu'une profonde indifférence.

— Il vaudrait mieux que tu travailles à la boutique, dit-elle. Comme ça, tu ne serais plus dans mes jambes toute la journée.

— Si tu crois que je vais gâcher ma vie dans la boutique miteuse de ton mari ! s'écria Grace. Ou peut-être devrais-je dire de ton *seigneur et maître* ?

Puis elle quitta l'hôtel avant que sa mère n'ait pu rétorquer.

Pendant les vacances de Noël, il y eut un bal dans la salle des fêtes de l'île. Seamus accompagna Grace à ce bal mais ils ne tardèrent pas à être entourés par toutes les *tantes* qui le félicitaient pour son premier article paru dans l'*Irish Times*. Comme l'article avait été publié le matin-même, Marcus avait commandé un nombre plus élevé d'exemplaires pour que la famille de Seamus puisse se le procurer. Légèrement ivre à cause du whisky qu'un de ses oncles avait versé dans sa limonade, Grace se réfugia dans un coin près de la porte d'entrée et se mit à faire l'intéressante devant quatre jeunes gens de l'île. Aucun d'eux n'arrivait à la cheville de Seamus mais au moins, ils faisaient attention à elle. Ils la taquinaient et regardaient ses seins chaque fois qu'elle riait. C'est sur Brendan que Grace avait jeté son dévolu car il ne faisait pas partie de leur famille, cependant il était un cousin de Seamus. Il avait des mains calleuses, un torse épais et un teint rouge brique, des lèvres charnues qui appelaient le baiser. Comme Grace se penchait vers lui, il posa sa main dans son dos sans que les autres s'en aperçoivent. Elle espérait que Seamus observait leur manège mais il était en train de bavarder à l'autre bout de la salle. Quand les autres garçons sortirent sur le parking pour boire une bière, Brendan prit la main de Grace et elle le laissa l'entraîner au-dehors.

Dès qu'ils se furent éloignés des lumières de la porte d'entrée, il la plaqua contre le mur froid en béton du bâtiment et se mit à la lécher comme un veau en lui pinçant le bout des seins. Il ne savait pas ce qu'il faisait mais elle le laissa continuer et finit par poser sa paume sur son sexe.

— Seigneur ! dit-il en y écrasant la main de Grace.

Il l'embrassa si brutalement que leurs dents

s'entrechoquèrent et Grace ressentit la secousse jusque dans ses tempes. Puis, la bouche toujours ouverte, Brendan fut projeté en arrière avec une telle soudaineté que Grace pensa que c'était elle qui l'avait repoussé.

— Qu'est-ce qui te prend ? demanda Seamus. (Il tenait Brendan par le col de sa veste.) Quand je pense que ta mère se trouve dans la salle.

— Laisse-nous, Shamie, dit Brendan d'une voix geignarde en se penchant en avant pour cacher son érection.

— Si je te reprends à tourner autour d'elle, je te casse la mâchoire en deux, dit Seamus en poussant Brendan vers la porte de la salle. Si tu veux tirer un coup, va voir ailleurs.

Brendan se mit à courir vers l'entrée en riant nerveusement.

— Pour qui te prends-tu ? demanda Grace quand il eut disparu. Pour mon père ?

Elle se sentait électrisée à l'idée qu'il puisse être jaloux.

— Il semble que tu aurais bien besoin d'un père, en effet, répondit Seamus, debout à un mètre d'elle, les bras croisés.

— Je sais ce que je fais.

— J'en ai bien peur. Retourne à l'intérieur avec moi.

— On dirait que tu es jaloux, Shamie.

Grace s'avança jusqu'à ce que ses seins touchent les bras croisés de Seamus, qui recula.

— Arrête ! dit-il. (Il se trouvait maintenant sous la lampe de l'entrée et semblait furieux.) Qu'est-ce qui ne va pas chez toi ? Ce garçon ne te plaît même pas ! Tu te sers de lui, un point c'est tout. Et tu te fiches complètement qu'il se serve de toi.

— Qu'est-ce que tu en sais ? dit Grace en haussant les épaules.

S'il n'était pas jaloux, pourquoi se mêlait-il de ce qui ne le regardait pas ?

— Je sais qu'une simple aventure ne t'apportera pas ce que tu cherches.

— Peut-être que je ne cherche rien d'autre.

Seamus serra les poings et les fourra au fond de ses poches.

— Quel idéal élevé, dit-il avant de rentrer dans la salle.

Grace le suivit à l'intérieur et chercha Brendan des yeux : il était en train de danser avec une fille de l'île. Cliona lui fit signe de venir la rejoindre près du bar où elle se trouvait en compagnie de Marcus. Grace fit comme si elle ne l'avait pas vue et rentra seule à l'hôtel.

L'anniversaire de Grace tombait au mois d'avril. Le jour de ses dix-huit ans, une tempête s'abattit sur l'île, accompagnée de grêle et de vents mugissants. Cliona avait préparé un dîner de fête pour la famille et confectionné un gâteau. Les enfants de Marcus, feignant l'enthousiasme, allèrent chercher dans l'armoire les chapeaux en papier qu'ils portaient pour leurs propres anniversaires et Mary Louise offrit à Grace des boucles d'oreilles ornées de fausses perles. Grace la remercia tout en sachant qu'elle ne les porterait jamais. Marcus lui proposa un emploi au pub qu'elle refusa avec tant de véhémence qu'il quitta la table et alla s'installer devant la cheminée pour fumer. Quand Cliona apporta le gâteau avec ses bougies allumées qui fondaient sur le glaçage, les enfants entonnèrent une chanson. Souhaitant au fond d'elle-même ne plus jamais les revoir, Grace souffla les dix-huit bougies.

— J'ai du mal à croire que ma petite fille a déjà dix-huit ans, dit Cliona en faisant preuve d'une sentimentalité suspecte.

Elle sourit à sa fille mais Grace regarda ailleurs et attaqua sa part de gâteau. Cliona quitta la table pour aller faire la vaisselle et les enfants en profitèrent pour s'empiffrer. Grace rejoignit sa mère dans la cuisine et plongea les verres sales dans l'évier.

— Seamus n'avait pas dit qu'il viendrait ? demanda Cliona.

Comme c'était l'anniversaire de sa fille, elle lui parlait d'une voix mielleuse qui irritait Grace plus encore que ses réprimandes continuelles.

— Il devait venir, répondit-elle en haussant les épaules, mais cela n'a pas d'importance.

— Cette défection ne lui ressemble pas, remarqua Cliona.

Grace laissa brutalement tomber le beurrier sur une claie du réfrigérateur.

— Occupe-toi de tes oignons, s'écria-t-elle.

— Ne me parle pas sur ce ton !

— Excuse-moi, gazouilla Grace. Aurais-tu l'obligeance de me foutre la paix, ma chère mère.

— Tu ne pourrais pas être polie le jour de ton anniversaire ? demanda Cliona. J'essaie simplement de te rendre cette soirée agréable.

— Tu fêtes mon anniversaire seulement parce que tu sais que je vais m'en aller bientôt. Et tu m'envies.

— Jalouse, moi ? dit Cliona en riant. Je suis ravie de vivre ici. Et comme tu n'as même pas de quoi payer le bac, non, je ne t'envie pas d'essayer de partir pour quelque destination que ce soit.

Un coup frappé à la porte empêcha Grace de répondre. Cliona essuya ses mains sur un torchon et quitta la cuisine. Eamon venait de refermer la porte derrière lui sur la grêle et les rafales de vent, il ressemblait à un chien mouillé.

— Princesse Grace, s'écria Cliona en direction de la cuisine. Ton carrosse est avancé.

Elle proposa à Eamon d'enlever son chapeau dégoulinant de pluie, mais il lui répondit :

— Je ne peux pas rester, Clee. Nous avons besoin de Marcus sur le bateau. Paddy et Seamus ne sont toujours pas rentrés, ils sont partis ce matin sur leur coracle.

— Ils sont fous d'être sortis par gros temps, dit Marcus en jetant sa cigarette dans le feu.

Il se leva et enfila un suroît. Les enfants avaient rejoint Grace près de la porte de la cuisine et ils restaient silencieux de crainte qu'on ne les fasse sortir de la pièce.

— Tu connais Paddy, rappela Eamon. Il croit que s'il est avec son fils, aucune tempête ne pourra l'emporter.

— Montez dans vos chambres, les enfants, ordonna Cliona.

Ils quittèrent la pièce en protestant et en traînant les pieds. Les poches des jumeaux débordaient de morceaux de gâteau.

— Seamus va bien, dit Grace d'une voix assurée.

Eamon prit cela pour une question et lui répondit :

— Ne te fais pas de soucis, ma fille. Les O'Flaherty ont les sirènes dans leur camp, au cas où Dieu ne veillerait pas sur eux.

— Fais attention à toi, dit Cliona en embrassant Marcus sur la joue avant de le pousser vers la porte.

Grace s'approcha de la fenêtre et regarda les deux hommes disparaître, happés par la bourrasque.

Après avoir attendu pendant des heures leur retour, Grace finit par s'endormir. Elle rêva d'une sirène à la noire chevelure et aux seins sillonnés de veines vertes. La sirène avait pris Seamus et l'embrassait, lui insufflant de l'eau dans les poumons. Elle avait posé ses doigts palmés sur son membre et quand il eut éjaculé une écume sombre, elle l'abandonna. Son cadavre gorgé d'eau coula jusqu'au fond rocheux.

Grace se réveilla et entendit un bruit de voix dans le salon. En arrivant en bas, elle aperçut Seamus couché sur le canapé et Cliona qui enveloppait sa poitrine nue dans des couvertures. Marcus, Eamon et deux autres hommes étaient debout derrière elle, leurs cirés s'égouttant sur le tapis.

— Pourquoi ne l'emmenez-vous pas à l'hôpital ? demandait Cliona. Après un pareil séjour dans l'eau, il risque de souffrir d'hypothermie.

— Nous ne pouvons pas prendre le risque d'aller à Galway avec cette tempête, répondit Marcus. D'ailleurs, il n'est même pas froid. Vérifie toi-même.

Cliona tâta le front de Seamus, ses mains et ses pieds.

— Seigneur ! dit-elle en le recouvrant. Ce garçon est béni des dieux.

— Ce n'est malheureusement pas le cas de son père, dit Eamon.

Ils se signèrent tous les cinq.

— Il est mort ? demanda Grace.

Ils se tournèrent vers elle tandis qu'elle s'approchait du canapé et contemplait le visage blême de Seamus posé au creux des couvertures.

— Il va bien, mon petit, dit Cliona.

Elle posa sa main sur le bras de Grace, puis la retira aussitôt pour arranger nerveusement son propre peignoir.

— Je veux dire son père, précisa Grace. Il est mort ?

— Chut, répondit Cliona tandis que les hommes se dirigeaient vers la cuisine pour boire une tasse de thé. Oui, la mer l'a emporté.

Grace s'assit par terre et regarda Seamus respirer.

— Pauvre Shamie, murmura Cliona. Il n'a plus de famille maintenant.

Elle se rendit dans la cuisine pour préparer le thé. Dès qu'elle fut sortie, Grace glissa son bras sous les couvertures et prit la main de Seamus. Elle était aussi chaude que d'habitude. Et Grace resta là, sans lâcher sa main, jusqu'à ce qu'il ouvre les yeux et la voie.

Grace proposa de garder Tommy à la maison pendant l'enterrement de Paddy O'Flaherty. Elle ne voulait pas se retrouver à l'église, seule étrangère au milieu d'une famille en deuil. La douleur de Seamus lui rappelait celle de Michael – cette fois encore, elle l'éloignait de lui. Seamus allait-il se tourner vers elle désormais, comme Michael l'avait fait après avoir découvert la liaison de son père ? Pourrait-elle tirer parti de la situation pour le séduire ? Il a intérêt à se hâter, songea-t-elle, car elle n'allait pas tarder à s'enfuir. Elle était décidée à prendre sa vie en main, sans plus dépendre de sa mère ou de quiconque. Comme Granuaile, qui s'était appropriée les royaumes de son mari et de son père après leur mort.

Grace avait volé de l'argent dans la caisse de l'hôtel, vingt livres par jour, chaque fois qu'elle remplaçait sa mère à la réception pendant que celle-ci déjeunait. C'était sa manière à elle de jouer les pirates. Encore un mois et elle aurait assez d'argent pour acheter un billet pour Boston, c'était une première étape. Tout était possible, croyait-elle, dès l'instant où elle aurait quitté l'île.

Quand elle se rendit chez Seamus tard cette nuit-là,

c'était dans l'espoir de transformer sa douleur en passion. Sachant à quel point il aimait son père, elle était navrée pour lui, mais éprouver de la commisération lui donnait l'impression d'être inutile. Elle préférait le manœuvrer.

Pourtant, lorsqu'elle arriva, il ne sembla pas surpris et n'agit pas comme s'il s'avouait soudain vaincu. Il l'attendait. Il la déshabilla dans sa chambre à la lueur des bougies comme s'il l'avait déjà fait des dizaines de fois. Pour la première fois de sa vie, Grace se sentit intimidée. Comme elle hésitait à lui ôter ses vêtements, il s'en chargea lui-même.

— Ce n'est pas la première fois, l'avertit-elle.

— Je sais, répondit Seamus en écartant les cheveux qui lui tombaient sur les épaules pour mieux contempler son corps.

— Pourquoi maintenant ? demanda Grace, pour se donner de l'assurance. Qu'est-ce que tu attendais ?

Elle ne savait pas si elle était excitée qu'il la regarde, ou déçue de ne pas avoir pris l'initiative. Elle aurait aimé tout recommencer depuis le début et le dévêtir elle-même.

— Je voulais que tu m'aimes, dit Seamus, la main posée sur ses cheveux.

Il ne semblait pas abattu, il fit cet aveu d'une voix si naturelle que Grace comprit qu'il disait la vérité.

— Je t'aime, dit-elle, heureuse de pouvoir affirmer quelque chose.

Il l'embrassa et les jambes de Grace se mirent à onduler comme des élodées.

— Non, tu ne m'aimes pas, corrigea-t-il en l'entraînant avec douceur vers le lit.

Il s'allongea sur elle, son corps paraissait d'un blanc bleuté, ses muscles mis en relief par un jeu d'ombres et de lumière sous la pleine lune. Il tint les deux mains de Grace au-dessus de sa tête contre l'oreiller et la regarda dans les yeux, tout en se glissant entre ses jambes. Il resta sans bouger jusqu'à ce qu'elle ne puisse plus le supporter. Puis il la pénétra lentement, plus lentement que Michael ne l'avait jamais fait. Il éveillait en elle des sensations sans cesse retardées si bien que l'espace de temps qui les séparait lui semblait une véritable torture. Elle eut beau serrer étroitement son dos, elle avait l'impression qu'il n'était pas encore assez près d'elle.

— Tu étais là, murmura-t-il.

— Quoi ? demanda Grace, le cou arqué, en essayant de ne pas gémir.

— Tu étais là, sous l'eau, quand mon père s'est noyé. Je l'ai lâché et j'ai plongé et tu étais là – tu m'attendais.

— Non, je n'y étais pas, dit Grace.

Elle eut, par surprise, un nouvel orgasme, plus fort que le précédent et comme elle embrassait Seamus, son gémissement résonna dans la gorge de celui-ci.

Quand ce fut fini, elle sentit des larmes chaudes sur son visage et crut qu'elles venaient de lui. Mais elle le regarda : ce n'était pas lui qui pleurait...

21

Cliona

Je pensais justement à Grainne – comme je le fais à longueur de journée –, quand Liam la ramène à l'hôtel trempée et le front ensanglanté.

— Qu'est-il arrivé ? dis-je en sortant précipitamment de derrière le bureau de la réception.

Avec mon mouchoir, je comprime l'entaille qu'elle porte au front.

— Nous étions en train de nager et elle s'est heurtée à un rocher, répond Liam.

Il tremble plus que Grainne bien qu'il joue les âmes vaillantes.

— Ce n'est rien, dit Grainne, qui s'étonne pourtant de voir mon mouchoir imbibé de sang.

Je les emmène tous les deux à la maison et je téléphone à Bernie, l'infirmière de l'île, mais sa fille me répond qu'elle est partie sur la grande terre pour la journée. Je sors ma trousse de premiers secours, je nettoie la blessure qui est assez profonde pour nécessiter des points de suture. Grainne semble effrayée quand elle constate que j'enfile une aiguille.

— Tu ne peux pas faire ça toi-même, dit-elle. Il faut m'emmener à l'hôpital.

Tout en remplissant une seringue avec un anesthésique local, je l'invite à ne pas dire de sottises.

— J'ai recousu le garçon qui se trouve à côté de toi en trois endroits. Je sais ce que je fais.

Grainne n'a pas l'air de me croire et, pour la rassurer, Liam lui montre les légères cicatrices qu'il porte sur les jambes et celle qui orne son front sous sa frange.

— Grand'Ma vaut n'importe quel médecin, dit-il.

— Et mes honoraires sont moins élevés.

— Et si jamais ça s'infecte ? demande Grainne.

— Cesse de pleurnicher, dis-je. Je ne vais pas laisser ta blessure s'envenimer ni ta jolie petite frimousse s'abîmer.

Après la piqûre, elle garde les yeux fixés sur moi.

— Je te fais mal ?

— Non, admet-elle de mauvaise grâce.

A croire qu'elle aurait préféré que je ne l'anesthésie pas, ce qui lui aurait fourni de bonnes raisons de m'en vouloir !

Je rapproche bien les chairs afin qu'il ne reste qu'une mince cicatrice sur son front. Elle s'est blessée près du cuir chevelu, aussi la cicatrice ne se verra-t-elle plus dès que ses cheveux auront repoussé.

— Comment se fait-il que *tu* saches faire ce genre de choses ? demande-t-elle.

Je ne relève pas le ton supérieur qu'elle a pris pour me poser cette question.

— J'aide l'infirmière à mes moments perdus. Quand j'étais jeune, je voulais faire des études d'infirmière et cela m'intéresse toujours, je suppose.

— Alors, pourquoi as-tu fini domestique et t'occupes-tu maintenant de cet hôtel ?

— J'ai eu ta mère plus tôt que je ne le pensais.

Je lui montre dans un miroir à main la ligne noire sur son front. La blessure ne saigne plus mais l'ecchymose ne va pas tarder à apparaître. Maintenant, il me faut la panser.

— Ma mère croyait que tu n'avais aucune ambition, dit Grainne – en baissant la voix comme si elle avait conscience du côté désagréable de sa remarque.

— C'est elle qui te l'a dit ?

— Oui, un jour où je me renseignais sur toi.

Liam me passe le sparadrap. Il semble gêné, comme s'il se sentait de trop.

— C'est vrai que ta mère n'avait pas une très haute opinion de ce que j'étais devenue.

— Tu ne lui as jamais dit que tu aurais espéré avoir une autre vie ?

Comme j'ai terminé, je me tourne pour ramasser les compresses ensanglantées.

— Je n'ai pas honte de ce que je suis, Grainne. Et je n'ai jamais parlé à Grace de tout cela ; je ne voulais pas qu'elle croie avoir été un obstacle à mes projets. Cela n'aurait pas été correct vis-à-vis d'elle.

Que se passerait-il si j'avouais tout à Grainne ? Si je lui disais que j'avais été une mauvaise mère au début, que je détestais ce bébé qui m'avait ôté toute possibilité de réussite ?

— Si tu lui avais dit la vérité, peut-être t'aurait-elle aimée davantage, dit Grainne d'un air farouche.

— C'est vrai, elle ne savait pas tout.

— Quoi donc ? s'écria ma petite-fille. Que lui as-tu caché ?

— Il est trop tôt pour en parler, Grainne.

Elle se lève comme un ouragan, renverse sa chaise sur le linoléum, se précipite dans l'escalier, fait claquer la porte de sa chambre si fort que, dans la cuisine, les casseroles vibrent sur leur crochet. Tout ce remue-ménage, c'est comme de vivre à nouveau avec ma fille.

Liam me lance un regard d'excuse.

— Je suppose que cela doit dérouter, dit-il, de ne pas connaître toute l'histoire.

— Sûrement, dis-je.

Moi-même, j'ignore bien des détails et ce que je sais, je n'ai jamais eu l'occasion de l'expliquer.

J'attends la nuit maintenant, quand Marcus dort, pour préparer dans ma tête ce que j'aimerais dire à Grainne si j'en avais la possibilité.

J'ai commis des erreurs et j'ai dû en tenir compte, aménager la vie...

Les meilleures intentions ont parfois les pires résultats.

Quand ils vous tombent dessus, les événements déterminants n'arrivent jamais seuls.

Si les crises que j'ai traversées s'étaient présentées les unes après les autres, je suis sûre que j'aurais pu les résoudre. Mais, telles que les choses se sont passées, j'ai toujours été en retard d'une guerre. C'est ainsi que j'ai perdu ma fille : non pas du jour au lendemain, mais petit à petit, au fil des années.

Peu après la mort du père de Seamus, mon propre père contracta la maladie qui devait l'emporter. Depuis qu'il avait cessé de pêcher cinq ans plus tôt, il menait une vie calme. Il vivait seul dans sa maison natale et refusait de la quitter, bien qu'à mon avis son existence eût été plus agréable s'il avait habité avec Marcus et moi. Dans la journée, il gardait des moutons et chaque soir à cinq heures, il revêtait son gilet et allait au pub. Il s'asseyait à l'extrémité du bar en compagnie de ses trois compagnons de pêche qu'il connaissait depuis cinquante ans, et buvait lentement de la Guinness jusqu'à ce que son regard se voile ; puis il rentrait seul chez lui en empruntant des routes sombres et défoncées. Mon père menait une vie solitaire comme la plupart des vieux îliens mais sa solitude ne lui pesait pas. D'après lui, il était seulement patient, il attendait le jour où il rejoindrait ma mère.

Nous ne sûmes jamais exactement ce qu'il avait car il refusa de consulter un médecin. Je pensais qu'il souffrait d'une insuffisance rénale et au début je me fâchai car je savais qu'une dialyse aurait permis de prolonger ses jours, mais mon père était un homme de l'ancien temps qui croyait au destin ; si le moment était venu pour lui de partir, il ne voulait pas qu'une machine lui permette de survivre... Ma fille, puis Grainne m'ont accusée d'être fataliste, moi aussi. J'affirme fréquemment que ce qui arrive par la grâce de Dieu était écrit, bien que je n'en sois pas absolument convaincue. Parfois, j'en viens à penser que ma foi est plus une habitude qu'une réalité vécue.

Quand Grace et Seamus commencèrent à s'aimer, je passais mes journées à soigner mon père mourant. Au début, il m'en voulait, souffrant dans son orgueil que sa propre fille l'assiste dans toutes ses fonctions corporelles. Mais quand il s'affaiblit, il sembla apprécier ma présence. Il lui plaisait que je reste assise à la tête de son lit quand il dormait.

Mon père avait toujours été un homme affectueux ; lorsque j'étais enfant, il me caressait le front chaque fois que j'avais de la fièvre et je montais sur ses genoux avant d'aller me coucher. Il avait le corps chaud et solide de tous les pêcheurs et la peau de ses mains était si épaisse qu'il pouvait enfoncer la pointe d'un couteau de quelques millimètres dans le gras de son pouce avant que le sang ne perle. Malgré sa force, il était bon. Le corps de ma mère paraissait doux mais elle ne nous prenait jamais dans ses bras. Je n'avais pas envie d'enfouir ma tête dans son giron car elle nous semblait porter une armure qui nous ôtait toute envie de la toucher.

Un après-midi où j'étais assise à côté de mon père

232

et lui lisais des poèmes de Patrick Kavanagh, il ouvrit soudain les yeux et me regarda étrangement. Je sus aussitôt qu'il n'allait pas me demander de l'aider à aller aux toilettes ni de lui préparer une tasse de thé.

— Que se passe-t-il, papa ? demandai-je en refermant le livre.

— Tu me rappelles ta mère.

J'étais déconcertée. Il mentionnait rarement ma mère ; à mon avis, elle lui manquait autant qu'au jour de sa mort, en parler lui aurait causé du chagrin.

— C'est Maeve qui ressemble à maman, papa.

Maeve avait hérité de ses cheveux blonds et de ses yeux couleur d'ambre qui attiraient tellement les hommes.

— Ce n'est pas à ton visage que je songeais, reprit mon père. Mais à ton attitude, et à ta voix quand tu lis ces poèmes.

Suis-je si froide ? me demandai-je. Ma mère avait une attitude glaciale et sa voix coléreuse était celle d'une femme ennemie de la vie.

— Maman avait l'accent du Nord, rappelai-je, avec l'idée que mon père était peut-être en train de perdre la tête.

— Ce n'est pas une question d'accent, dit-il d'un ton frustré.

Il n'insista pas et détourna la tête, l'œil mauvais.

Je savais qu'il venait de me faire un compliment et que je n'aurais pas dû discuter avec lui. Il ne voyait pas ma mère comme moi. J'avais passé tant d'années à croire en sa froideur et sa sévérité que la ressemblance que me prêtait mon père m'effrayait. Pour la première fois, l'idée me traversa que mon père avait vu ma mère telle qu'elle était vraiment, alors que moi, je m'étais arrêtée aux seules apparences. Peut-être ne l'avais-je pas plus comprise que Grace ne m'avait percée à jour.

Mon père mourut vingt-trois ans après sa femme, et pourtant ce fut ma mère que je pleurai le jour de son enterrement. J'étais peinée de l'avoir à peine connue et de l'avoir perdue avant d'être mère moi-même, avant d'avoir découvert que l'on n'est jamais la mère qu'on avait rêvé d'être.

Ce fut ce manque ancien qui me poussa à me conduire envers ma fille comme je l'ai fait. Il faudra bien que je finisse par me confier à Grainne – je le sais bien. Elle le découvrira quand elle rencontrera son père, il vaudrait mieux qu'elle l'apprenne de ma bouche. La fuite de Grace et le fait que Grainne ait grandi sans son père, tout est de ma faute. J'avais emprisonné ma fille ici, comme un poisson dans un filet, et le jour où elle a pu se libérer, elle n'est jamais revenue. Comment l'en blâmer ? Marcus a beau dire que je n'ai rien à me reprocher, ce n'est pas une excuse. Lorsqu'on a des enfants, on est responsable d'eux pour toujours, voilà mon point de vue.

Je ne fus pas surprise d'apprendre que Grace et Seamus avaient une liaison, mais j'aurais préféré que cela se produise plus tard. Comment Seamus aurait-il pu résister à la beauté de Grace ? Même si sa conduite n'était pas à son honneur, ses intentions étaient pures. Il aimait ma fille de toute son âme et l'aima plus encore quand il apprit qu'elle était enceinte. Elle n'avait que dix-huit ans. Ma petite me suivait pas à pas et tombait exactement dans les mêmes embûches comme si je l'avais guidée. Heureusement, elle ne pouvait pas rencontrer meilleur garçon. Il n'hésita pas un instant à l'épouser et savait ce qu'il faisait.

C'est Grace qui a rendu les choses encore plus compliquées qu'elles ne l'étaient déjà.

Elle vint me voir un matin où Marcus était sorti.

— Je vais me faire avorter, m'annonça-t-elle.

Je compris aussitôt que j'allais la perdre à jamais.

— Tu vas t'ôter cette sale idée de la tête, dis-je. Et te marier. Je ne te laisserai pas gâcher ta vie et perdre ton âme du même coup.

Mon air déterminé la désarçonna.

— Je ne veux pas me marier. Je pars pour Boston et je me ferai avorter là-bas.

— Tais-toi ! criai-je. Tu ne quitteras pas Inis Muruch tant que tu n'auras pas épousé Seamus et mis au monde ton bébé. Tu as fait une bêtise et maintenant, tu vas prendre tes responsabilités, en bonne chrétienne. Ou alors, Dieu m'est témoin, c'est moi qui m'en chargerai.

Elle m'accusa d'hypocrisie. Elle n'avait pas tout à fait tort puisque j'étais passée par là. Dans mon cas, un avortement eût peut-être été préférable à la haine que j'ai d'abord vouée à l'enfant que j'avais mis au monde. Ce n'est pas là l'opinion d'une bonne catholique, je sais, mais elle reflète une foi qui a évolué au fil des ans ; même si je continue à sauver les apparences, Dieu me paraît manquer parfois du sens des réalités...

Mais à l'époque, je ne pensais qu'à une chose : l'enfant à venir allait tout changer. Grace allait devenir adulte et ce bébé nous rapprocherait. Si encore, elle n'avait pas aimé Seamus ! Mais elle le vénérait, c'était clair comme l'eau de roche. Seulement, elle tenait à agir systématiquement à l'encontre de mes vœux.

Je tins parole et demandai à Eamon de prévenir Marcus si Grace tentait de prendre le bac. Après une semaine d'essais infructueux, elle s'empara du canot de l'un des îliens et Seamus la rattrapa alors qu'elle faisait de grands cercles concentriques dans le port, incapable de diriger l'embarcation. Elle renonça à son projet.

Elle épousa Seamus et le jour du mariage il lui offrit un panneau de bois qu'il avait gravé lui-même, représentant Granuaile sur son coracle. Il connaissait ma fille, mieux qu'elle ne le croyait, et l'aimait plus que Michael.

Grace aurait pu connaître le bonheur avec Seamus si elle y avait mis du sien. Mais à partir du moment où je l'avais contrainte à l'épouser, elle était déterminée à se venger de moi, et de son mari du même coup. Je ne regrette pas pour autant mon intervention car si Grace s'était fait avorter, Grainne ne serait pas venue au monde ; or je sais que Grace a adoré sa fille. Elle fut une bonne mère, peu importent les décisions qu'elle a prises par la suite.

Je ne suis pas fière de ce que j'ai fait même si c'était l'amour qui me guidait : avant de mourir, je tenais à ce que Grace sache que je n'étais pas de marbre comme elle le croyait. Mais Grace est morte avant moi, sans moi, sur un autre continent. Morte en pensant précisément ce que je pensais de ma propre mère. Ou peut-être sans penser à moi, seulement à elle-même, comme elle l'a toujours fait depuis sa naissance, parce que je n'ai pas su lui prouver à temps combien je l'aimais.

Dieu me vienne en aide ! En tant que mère, plus d'une fois j'ai sottement cru que je faisais mon devoir. Aujourd'hui je serais prête à assumer l'entière responsabilité des événements si cela pouvait me ramener ma fille. Ah, si je pouvais recommencer, retrouver ce bébé rétif, au visage plat, s'époumonant sans cesse à cause de ses coliques, je chérirais chacun de ses cris ! Ce serait le nouveau-né le plus aimé depuis l'Enfant Jésus Lui-même...

22

Grace

En proie au désespoir, Grace vola le bateau de Jack Keane alors qu'elle ne savait pas naviguer et qu'un épais brouillard empêchait de distinguer la grande terre. Elle ne pensait qu'à une chose : échapper à sa mère, à ce visage glacé qui régentait sa vie. Elle était terrifiée à l'idée que si elle demeurait sur l'île, elle aurait elle aussi un jour ce même visage impénétrable à la peau épaisse et buriné par les vents marins.

Elle bloqua par inadvertance le gouvernail sur la position qui permettait de virer de bord et perdit le contrôle du bateau qui se mit à tourner en rond. Elle était prise au piège, le destin l'obligeait à retourner d'où elle venait. Enceinte. Désespérément amoureuse. Captive.

Et complètement idiote, comme le lui jeta Seamus, lorsque, dans son coracle, il aborda le bateau de Jack.

— Tu risquais de te perdre en mer et de te noyer. La mort n'est pas préférable au mariage avec moi.

Il l'installa près du feu, dans le salon de l'hôtel, afin de la réchauffer. Et après l'avoir enveloppée dans une couverture, il la prit sur ses genoux et caressa ses

237

cheveux humides. Grace pleurait silencieusement et s'accrochait à lui.

— Je ne veux pas avoir de bébé, dit-elle. Je n'ai que dix-huit ans. Je ne sais même pas comment se passe un accouchement.

Seamus la berça pour qu'elle se calme.

— C'est de ma faute, dit-il. J'aurais dû faire plus attention. Tout ira bien. Tu feras une mère merveilleuse.

En entendant cela, Grace poussa une plainte et redoubla de pleurs.

— Si tu penses avoir mal fait, pourquoi ne me laisses-tu pas me débarrasser de l'enfant ? demanda-t-elle.

Seamus se raidit.

— Je ne te laisserai pas supprimer notre enfant, s'écria-t-il. (Puis il se radoucit et tout en caressant ses tempes, murmura :) Pourquoi ne veux-tu pas m'épouser, Grace ? Je t'aime à la folie et tu ne pourras trouver meilleur mari que moi ! (Grace secoua la tête avec véhémence.) Tu ne m'aimes pas ? s'inquiéta Seamus.

Au lieu de répondre, elle enfouit son visage dans son épaule.

Elle l'aimait ou croyait l'aimer, si l'amour était vraiment ce mélange de désir et de terreur. Elle n'était jamais rassasiée de lui et il le devinait. Bien que rien ne l'y obligeât, elle était retournée chez lui presque chaque soir, depuis la première nuit passée dans ses bras. Elle sanglotait chaque fois qu'elle atteignait au plaisir et l'appelait par son nom, alors il plaquait sa main sur sa bouche pour que les voisins ne l'entendent pas crier. Un regard suffisait à la faire fondre. Même si elle appréciait de faire l'amour avec Michael, elle gardait la tête froide et prenait mentalement des notes pour le futur. Avec Seamus, elle cessait de penser. Comme lorsqu'elle nageait et que seuls importaient son corps et l'eau, dans l'amour, seuls importaient leurs deux corps. Mais parfois, elle songeait qu'être avec Seamus revenait à se noyer.

Elle avait peur du regard dur et sérieux qu'il posait sur elle lorsqu'elle était couchée auprès de lui : il semblait tramer des plans contre elle. Jamais il ne lui faisait mal, il se montrait prévenant et pourtant elle avait l'impression qu'il s'était emparé d'elle. Seamus lui avait raconté que son père croyait que les sirènes conservaient l'âme des marins noyés dans des cages sous la mer. Il avait ajouté en plaisantant que son père se trouvait maintenant dans une de ces geôles et qu'on ne le laissait sortir que trois fois par jour pour partager le repas des sirènes. Grace se sentait comme ces âmes : bien que tissée d'amour et de sensualité, la cage où elle était enfermée restait une cage ; si elle épousait Seamus, elle ne pourrait plus quitter l'île. Il aimait Inis Muruch. Jamais il n'irait vivre à Dublin en dépit de sa collaboration à l'*Irish Times*, aussi Grace allait-elle finir comme les îliennes, comme sa mère ou Mary Louise, qui, assises autour d'une tasse de thé, parlaient de leurs maris comme d'enfants indisciplinés.

— Je ne me sens pas chez moi, ici, dit-elle, au lieu de répondre à la question de Seamus.

— Cela deviendra ton foyer, assura-t-il en soupirant. Si tu le veux bien.

— Non, dit-elle, plus calmement cette fois.

— Laisse-moi un peu de temps, Grace. Nous allons avoir ce bébé et je te rendrai heureuse, tu verras.

Elle l'épousa. Parce que sa peur de le perdre était aussi puissante que sa crainte de renoncer à ce qu'elle était. Parce que jamais – ni pour personne – elle n'avait éprouvé un pareil sentiment et qu'elle redoutait de ne jamais le revivre. Parce qu'il s'était emparé

239

d'une partie de son être, qu'elle ne pourrait recouvrer et sans laquelle toute fuite devenait impossible.

Elle l'épousa car elle caressait l'espoir qu'un jour les choses changeraient et qu'elle serait capable de l'emmener loin de cette île avec elle.

Le jour du mariage, Grace s'enferma dans les toilettes pour vomir tandis que les invités continuaient à danser dans la salle de réception de l'hôtel qui puait la transpiration et la bière brune. Elle s'agenouilla et appuya son front contre les carreaux froids, en attendant que son estomac se calme. Elle avait moins de nausées que la première fois. Mary Louise, enceinte elle aussi, était malade tous les matins jusqu'à midi. Grace avait entendu les îliennes prétendre que quand on vomissait beaucoup, c'est qu'on attendait un garçon. Sans doute, le bébé de Michael, que Grace avait perdu, devait être un garçon. Sans doute celui de Seamus serait-il une fille.

Quand ses nausées furent passées, Grace s'assit sur le siège car elle ne se sentait pas en état d'affronter les invités. Elle entendit un groupe de filles entrer dans les toilettes et sentit une odeur de parfum et de poudre de riz. Mary Louise les accompagnait. Elles ne cessaient de se taquiner et de pouffer. Grace leva les pieds afin qu'ils ne soient pas visibles sous la porte.

— Je t'ai vue danser avec Francie Raferty, Margaret, observa Mary Louise. C'est le grand amour, j'ai l'impression.

— Il peut toujours courir, celui-là, se récria Margaret. Il n'a pas arrêté de tripatouiller les boutons de ma robe. Regardez mon dos, les filles. Est-ce qu'il n'a pas laissé la marque de ses sales pattes sur la soie ? (Elles éclatèrent de rire.) Pas mal cette soirée, continua Margaret. Mais moitié moins réussie que ton propre mariage, Mary Louise. Ce qui gâche tout, c'est cette garce de mariée.

— Ne dis pas de mal de ma sœur, dit Mary Louise, sans se départir de son calme.

Elle essaya de changer de sujet, de reparler de Francie, mais Margaret devait être saoule et elle ne la laissa pas faire.

— Quelle sainte tu fais ! brailla-t-elle. Jamais je ne dirais qu'une grue pareille est ma sœur. Quand je pense qu'elle a piqué Seamus O'Flaherty aux filles de l'île, qui valent dix fois mieux qu'elle ! Tout le monde sait qu'elle lui a mis le grappin dessus. Et maintenant, elle va avoir un bébé, juste après toi, Mary Louise. Elle tient absolument à être le nombril du monde, celle-là.

— Tais-toi, conseilla Mary Louise, en élevant la voix cette fois. Ce n'est pas de la faute de ma sœur si Seamus n'a jamais fait grand cas de toi !

Mary Louise quitta les toilettes en faisant claquer ses talons sur le dallage.

— Ne fais pas attention à Mary Louise, dit l'une des filles. Elle n'est pas elle-même.

— Je suis vraiment désolée pour elle, c'est tout, dit Margaret.

A leur tour, les filles sortirent des toilettes.

Ce qu'elle avait entendu n'avait pas étonné Grace. Elle savait que toute l'île connaissait son état. D'après Cliona, elle pouvait se féliciter que le père Paddy eût hâté l'entretien prénuptial afin de pouvoir les marier au plus vite. L'entretien en question s'était borné à une brochure sur Dieu et l'institution sacrée du mariage. *Si vous avez des relations avec votre mari le samedi soir*, disait entre autres la brochure, *vous ne serez pas en mesure de recevoir les sacrements le dimanche*. Pendant la messe, cette semaine-là, Seamus s'était penché vers Grace en chuchotant : « Observe les couples qui ne vont pas communier ! » Grace n'avait pas répondu.

Tout ce qui concernait la religion lui semblait ridicule, et ceux qui la professaient des gens aveugles qui récitaient des prières sans jamais obtenir de réponse. Elle aurait aimé pouvoir se marier civilement mais ils n'avaient pas le choix.

Grace se moquait éperdument des racontars mais elle était surprise que Mary Louise ait pris sa défense. Surprise et furieuse. Elle aurait dû ouvrir brutalement la porte et clore le bec à cette Margaret d'un coup bien appliqué. Elle n'avait pas besoin que Mary Louise prenne son parti, ni Cliona, ni Seamus. Elle n'avait pas besoin d'eux. Un jour, ils s'en rendraient compte !

Quand elle rejoignit les invités, Seamus l'attendait et paraissait inquiet. Il prit sa main, effleura sa joue et lui dit qu'il la trouvait bien pâle.

— Tout va bien, Mme O'Flaherty ? demanda-t-il souriant.

Grace retira sa main.

A l'église, quand le père Paddy avait demandé à Seamus d'embrasser sa femme, il l'avait regardée avec une telle intensité qu'elle en avait oublié tous ses griefs. Pendant un court instant, il avait été tout ce qu'elle désirait et elle avait accueilli son étreinte avec gratitude. Puis elle avait ouvert les yeux et, voyant l'expression de soulagement de Cliona, elle fut soudain tentée d'arracher la dentelle et le satin qui ornaient son buste et de se précipiter hors de l'église, en hurlant.

Pour leur lune de miel, Seamus emmena Grace à Florence. Ils séjournèrent dans un hôtel qui donnait sur l'Arno et passèrent leurs journées à visiter les musées et à boire trop de cappuccinos et leurs soirées à faire l'amour ; quand Seamus, exténué, s'endormait, Grace le regardait en écoutant la rumeur de la ville.

Elle aimait Florence. Il y faisait chaud et sec de jour comme de nuit et elle se gorgeait de soleil. Les Italiens étaient magnifiques et lui prêtaient attention, autant que Seamus le permettait.

Un après-midi où il faisait la sieste, elle se glissa hors de la chambre et se rendit au *mercato*, souriant aux hommes qui essayaient de lui vendre « de jolies choses pour une jolie femme ». Elle acheta une écharpe en soie vert d'algue à un vendeur avec une voiture à bras, lequel observa que cette couleur était assortie à ses yeux. Puis elle visita un petit musée riche de quatre sculptures de Michel-Ange ; elle resta longtemps en arrêt devant une Madone dont le visage exprimait une euphorie mêlée de terreur et de chagrin. Tandis qu'elle contemplait l'Enfant, un bébé monstrueux, à la figure égocentrique d'adulte, elle se demanda en se massant le ventre : *Vais-je ressentir cela, moi aussi ? Vais-je aimer mon enfant et le détester à la fois ?* Elle refusait pour son bébé les émotions contradictoires que lui inspirait Seamus. Elle était décidée à ne pas imiter Cliona, qui rendait sa fille malheureuse tout en se vantant d'agir pour son bien. Si elle-même avait une fille, elle tenait à ce qu'elle porte le nom de Grainne qui déterminerait sa force. Personne, pas même Grace, ne risquerait de l'étouffer.

Alors qu'elle rentrait à l'hôtel, Grace rencontra Seamus, qui traversait le pont à grands pas.

— Où étais-tu ? demanda-t-il rageusement.

Elle croisa les bras et recula.

— En quoi cela te regarde-t-il ? répondit-elle.

Seamus ne dit rien, puis il éclata de rire et la serra dans ses bras.

— Désolé, murmura-t-il.

Grace vit que l'homme qui lui avait vendu l'écharpe les regardait. Elle ne répondit pas à l'étreinte de Seamus.

— J'ai cru que tu m'avais quitté, avoua-t-il en la serrant plus fort. Je ne veux pas me comporter ainsi, Grace. Promets-moi de ne pas me quitter.

Seamus semblait tellement vulnérable ! Comme le vendeur d'écharpes lui faisait un clin d'œil, Grace le prit dans ses bras et lui dit en souriant :

— Ne sois pas idiot. Tu sais bien que je t'aime.

Le 29 octobre, Mary Louise mit Liam au monde, aidée de la sage-femme de l'île et de Cliona. A sa demande, Grace resta assise à l'extérieur de la chambre, serrant la main de Seamus chaque fois que Mary Louise criait.

— Je veux que tu m'emmènes à l'hôpital de Galway, murmura-t-elle. Là-bas, ils me donneront des calmants.

— Et l'accouchement naturel, alors ? demanda Seamus en souriant.

— Je m'en contrefiche, répondit Grace tandis que Mary Louise maudissait Owen qui lui conseillait de respirer comme il convenait.

Quand ce fut terminé et que la maison commença à se remplir de visiteurs, Mary Louise insista pour que Grace soit la première à prendre Liam dans ses bras. Depuis le mariage de Grace, elle lui témoignait une affection pesante. Grace la supportait car elle s'ennuyait à mourir ; sur cette petite île, une femme enceinte n'avait rien de précis à faire. Mais chaque fois qu'elle affectait d'écouter le babil de Mary Louise, elle se promettait de ne pas finir comme elle : prisonnière d'une vie tracée d'avance par les générations précédentes. Les hommes étaient couvés comme des nourrissons, incapables d'autonomie, et les femmes devaient veiller à tout sans jamais rien exiger en retour.

Grace prit le bébé emmailloté et lui jeta un regard mauvais.

— Tu voulais un garçon, dit-elle.

Mary Louise se mit à rire.

— Quoi qu'il arrive, oublie cette histoire de respiration, conseilla-t-elle. J'ai été à deux doigts d'étrangler Owen à la fin : il me soufflait dans la figure en croyant se rendre utile. Il aurait mieux fait de rester au salon.

Elles entendirent Owen expliquer à Seamus dans la pièce à côté :

— Ce n'est pas si terrible que ça. Il faut simplement se débrouiller pour qu'elle continue à respirer en évitant l'hyperventilation.

Mary Louise leva les yeux au ciel.

— Dépêche-toi d'accoucher, Grace, dit-elle. Si c'est une fille, nous la marierons à mon Liam.

Grace lui rendit le bébé. Il n'était pas question que sa fille épouse un îlien – ils passaient du giron de leur mère à celui de leur femme, en espérant être aussi choyés par l'une que par l'autre. Sauf Seamus qui, n'ayant pas eu de mère, avait appris à s'en sortir tout seul.

— Mon Dieu ! Il a déjà faim, dit Mary Louise en jetant un regard terrifié au bébé qui commençait à vagir.

— Comment le sais-tu ? demanda Grace.

— Observe sa bouche. Il l'ouvre et la referme comme un poisson qu'on viendrait de sortir de l'eau. Vite, Grace, va chercher ta mère pour qu'elle me montre ce que je dois faire. Et expédie les hommes au pub. Ainsi, ils ne seront plus dans nos jambes.

Le matin du 24 décembre, Grace ressentit les premières douleurs. Au début, elles ressemblaient

245

tellement aux crampes de sa fausse couche qu'elle réveilla Seamus en larmes.

— Je crois que le bébé est en train de mourir, dit-elle. Fais quelque chose, Seamus ! Je vais perdre mon bébé.

Il alla chercher Mary Louise et Cliona qui calmèrent les appréhensions de Grace en lui certifiant que c'était normal. Seamus demanda à Eamon de les emmener sur la grande terre bien qu'il neigeât et que la mer fût mauvaise. Dans la cabine qui empestait l'essence, Grace se cramponna à Seamus comme si elle était en train de se noyer. A chaque douleur, elle avait la tentation de plonger par-dessus bord, dans l'espoir que la mer glaciale engourdirait son ventre. Elle repoussait Seamus et, l'instant d'après, s'agrippait à nouveau à lui.

— Je suis là, murmurait-il à son oreille. Tout va bien, Grace. Je suis là.

A l'hôpital de Galway, les choses ne se passèrent pas comme prévu. Grace avait beau suivre les instructions des infirmières et supporter patiemment les conseils de Seamus, le bébé n'arrivait pas. Quand le médecin vint la rejoindre, il lui annonça que l'enfant se présentait par le siège et qu'ils allaient être obligés de pratiquer une césarienne.

Ils l'emmenèrent, allongée sur un chariot, à travers les austères couloirs de l'hôpital jusqu'à la salle d'opération. Seamus marchait d'un pas vif à côté d'elle afin de ne pas lâcher sa main. Grace pensait à sa mère. N'était-ce pas là ce qui lui était arrivé ? « Du sang et des scalpels », voilà comment Cliona avait toujours décrit son accouchement, comme si la naissance de Grace ressemblait davantage à un accident tragique qu'à un événement heureux.

— Je vais mourir ? demanda-t-elle avec un filet de voix à Seamus.

Il fit un signe de dénégation bien que pâle comme un linge.

— Ne dis pas une chose pareille, répondit-il. Je ne te laisserai pas mourir, tu peux me croire.

Puis il ne fut plus là et Grace se retrouva étendue sous de vives lumières tandis qu'une femme portant un masque posait sur sa bouche et son nez un instrument en forme de poire. Grace sentit que sa langue absorbait l'air empoisonné et elle sombra : elle tombait au fond d'une eau épaisse et sa dernière impression fut qu'elle ne savait pas nager.

Lorsqu'elle se réveilla après la césarienne, elle crut un instant que tout cela n'avait été qu'un cauchemar et qu'elle ouvrait les yeux à Scituate, trois ans plus tôt, couchée au côté de Michael. Mais c'était Seamus qui se tenait près de son lit.

— Tout va bien, Grace, dit-il. Nous avons une petite fille.

Ensemble, ils écartèrent le pansement qui lui couvrait l'estomac et regardèrent la rangée de points de suture noirs qui ressemblaient à des pattes d'insecte, perçant sa peau.

— C'est tout ? demanda Grace avant que Seamus ne l'embrasse.

Les muscles de son ventre étaient légèrement meurtris mais la douleur se réveilla quand elle tenta de bouger.

L'infirmière entra dans la chambre en tenant Grainne enveloppée dans une couverture rose et duveteuse. Grace connut un instant de frayeur. Qu'allait-elle bien pouvoir faire de cette chose ? Mais elle se rasséréna en découvrant le petit visage rose ; elle posa ses lèvres sur le nez minuscule et parfait de sa fille.

— Pardonne-moi d'avoir désiré me débarrasser de

toi, murmura-t-elle, si bas que Seamus ne l'entendit pas.

Plus tard, Cliona vint les rejoindre : elle souriait et apportait un vase empli de roses.

— Comment s'est passée la première tétée ? demanda-t-elle.

— Parfaitement, répondit Grace. Je n'ai eu aucun problème. Je pense qu'elle m'aime.

Seamus s'assit sur son lit et la prit par l'épaule.

— Bien sûr qu'elle t'aime, dit-il en l'embrassant.

— J'ai l'impression qu'elle va être un bébé facile, dit Cliona en les regardant tous les trois du coin de l'œil. Toi, en revanche, tu ne me laissais pas une minute de répit.

Grace fronça les sourcils et serra sa fille contre elle.

— Tu me l'as déjà dit, rappela-t-elle avec rage.

— C'était quand même une joie, ajouta Cliona en rougissant.

Seamus serra le bras de Grace et, penché vers le bébé, lui murmura quelque chose en irlandais.

— Qu'est-ce que tu fais ? demanda Grace.

— Je lui chante la berceuse que mon père me chantait, répondit Seamus.

— Tu ne peux pas la chanter en anglais ? s'irrita Grace.

— Je n'ai encore jamais essayé, dit Seamus en éclatant de rire.

Cliona sortit de la chambre pour aller tarabuster les infirmières. Grace donna le sein à sa fille et fut tout excitée de la voir téter. Grainne était aussi chaude que Seamus.

— Elle est belle, n'est-ce pas ? souffla-t-elle.

— En effet, dit Seamus. (Puis il approcha sa bouche de l'oreille de Grace et chuchota à son tour :) Je suis fier de toi.

Grace, qui pourtant mourait d'envie de l'embrasser, se dégagea et lui dit :

— Tu me serres trop fort.

23

Grainne

Septembre arriva, accompagné de pluies et d'un vent froid – et je n'avais toujours aucune nouvelle de mon père. Cliona m'annonça que j'allais rentrer à l'école de l'île avec Liam. Je ne voulais pas retomber dans la routine habituelle des devoirs, des cours de gymnastique, ni porter un uniforme – ici, les élèves en portaient un. Si j'acceptais d'aller à l'école, cela revenait à dire que, désormais, je vivais là.

— Tu as quinze ans, me dit Cliona. Tu dois être scolarisée, un point c'est tout.

Elle ne semblait pas en colère mais avait adopté un ton glacial, comme si elle désirait se montrer forte et impassible.

— A quoi cela sert-il que je fréquente cette école alors que je vais bientôt partir ? rétorquai-je.

J'avais dû lui parler durement car elle tressaillit et sembla soudain malheureuse.

— D'accord, Grainne, dit-elle en me tournant le dos.

La victoire avait été trop aisée. Debout dans la cuisine, j'hésitai sur la conduite à suivre. Cliona semblait m'avoir oubliée et regardait par la fenêtre la pluie qui tombait sur le port ; à voir son expression, on aurait cru que quelqu'un venait de s'y noyer.

— Je n'irai pas, répétai-je, en partie pour savoir si elle m'écoutait.

— J'ai entendu, répondit-elle en ouvrant le robinet de l'évier pour faire la vaisselle. Fais ce que tu veux.

Je quittai la cuisine, gravis l'escalier d'un pas lourd et m'enfermai dans ma chambre.

Elle avait beau dire qu'elle voulait me tenir lieu de famille, elle n'agissait pas dans ce sens. Même ma mère, qui me passait à peu près tout, m'aurait obligée à aller à l'école. Je commençai à penser que ma grand-mère n'avait nullement envie que je reste auprès d'elle.

Dès que les cours reprirent, Liam n'eut plus une minute à lui. Il passait ses journées en classe et le soir, croulait sous les devoirs. Il préparait un examen important et étudiait un plus grand nombre de disciplines que moi lorsque j'étais au lycée.

— Vous, les îliens, vous prenez l'éducation au sérieux, lui dis-je un après-midi où j'étais allée lui rendre visite. C'est étonnant, pour une bande de marins-pêcheurs.

Liam monta sur ses grands chevaux.

— Nous ne sommes pas des péquenauds ignorants, figure-toi, répondit-il. Nous possédons le meilleur système éducatif d'Europe.

— Je plaisantais, Liam. Inutile de t'offusquer.

— Les Américains pensent que les Irlandais sont idiots et attardés.

— Non, tu te trompes. (Comme il se contentait de hausser les sourcils, j'ajoutai :) Bon, tu as raison mais moi, je ne le pense pas. Et je te prie de m'excuser.

— Ce n'est pas grave, marmonna Liam en essayant de me sourire à nouveau. On dîne ensemble dimanche, d'accord ? Il faut que je me remette au travail maintenant.

251

Je me sentais si seule, sans Liam, que j'en venais à regretter ma décision de ne pas aller à l'école. Je passais mes journées à parcourir l'île jusqu'à ne plus tenir sur mes jambes. J'écrivis dix lettres à Stephen mais elles étaient toutes si puériles et geignardes que je les déchirai. J'aurais voulu m'exprimer comme une femme, afin que Stephen en lisant ma lettre imagine mon corps tel qu'il était au début de l'été et désire que je vienne le rejoindre. Je savais que je n'avais plus rien d'attirant maintenant, que je n'étais plus qu'un cadavre ambulant avec une cicatrice sur le front. Quand je me regardais dans la glace, je trouvais que je ressemblais à une prisonnière, crevant de faim et attendant que son père arrive par la mer et la délivre. J'allais attendre l'arrivée du bac tous les soirs, comme mon père l'avait fait à une certaine époque, dans l'espoir de me voir revenir, mais je commençais à me dire que lui ne viendrait jamais.

Parfois, je me réveillais, terrifiée, au milieu de la nuit. Couchée dans le noir, j'essayais d'évoquer le visage de ma mère mais n'y parvenais jamais tout à fait. Ses traits se confondaient avec ceux de Cliona ou de Mary Louise. Je commençais à retrouver des rêves et des souvenirs de ma toute petite enfance, les seuls souvenirs où ma mère ne figurait pas. Quand Cliona avait soigné mon front, elle s'était trouvée si proche de moi que j'avais senti l'odeur de levure que dégageait sa peau et je m'étais soudainement rappelé qu'elle me prenait sur ses genoux quand j'étais petite. Nous étions sur la plage ; elle me montrait comment souffler sur un moulinet pour faire tourner et chatoyer ses ailes dorées au soleil. J'avais du mal à souffler aussi fort qu'elle et j'observais ses lèvres serrées. Dans mon souvenir, elle n'était pas sévère et secrète comme à présent et je l'appelais *Grand'Ma*.

Je me souvenais aussi d'un homme au visage d'une

pâleur lunaire qui me chantait quelque chose. La chanson n'était pas en anglais, mais je la comprenais alors ; aujourd'hui j'aurais été incapable de la traduire. Et je me revoyais aussi jouant sous une table dans le pub avec Liam, les jambes des adultes formant une sorte de barrière autour de nous. Le rire de ma mère fusait au-dessus de nos têtes, au milieu de la fumée des cigarettes.

Un jour où je me promenais, il se mit à pleuvoir à grosses gouttes et je me réfugiai dans l'église pour attendre la fin de l'averse. Le temps variait d'un instant à l'autre : pas un nuage dans le ciel et subitement le déluge. Parfois il pleuvait alors que le soleil continuait à briller. Je trouvais cela déprimant et l'interprétait comme si le ciel était en train de mentir...

L'église était vide et je me dirigeai vers l'aile droite en faisant le moins de bruit possible. Tous les bancs portaient des plaques dédiées à des morts. Certains noms m'étaient familiers : MacNamara, O'Malley, O'Flaherty. Je jugeai étrange d'être, d'une certaine façon, apparentée à la plupart de ces gens. J'étais retournée à la messe chaque dimanche avec Cliona mais sans jamais pénétrer dans cette partie de l'église. Nous nous asseyions du côté gauche, sous un vitrail qui représentait une mère et son enfant. Notre banc portait le nom des parents de Cliona.

J'aimais aller à la messe même si je n'y comprenais rien et ne pensais pas à Dieu comme j'étais sans doute censée le faire ; au bout de quelques offices, le rituel m'était devenu familier. Je connaissais les mots par cœur, ainsi que les gestes, et cela me rassurait, comme lorsque je récitais des poèmes dans ma tête. Quand le prêtre préparait le pain et le vin, il s'y prenait toujours de la même manière : il retirait le linge drapé par un mouvement d'avant en arrière, le pliait avec soin, découvrait les coupes et posait chaque chose devant lui comme s'il y avait eu un plan sur l'autel pour guider ses gestes. Cela me rappelait les soirées, quand j'aidais ma mère à dresser la table. Et le tour de passe-passe que j'effectuais maintenant à chaque repas pour faire glisser ma nourriture dans ma serviette.

— Bonjour, Grainne, dit une voix dans mon dos, ce qui me fit sursauter.

C'était le père Paddy. Il n'était pas vêtu comme lors de la messe, il ne portait pas non plus sa soutane mais une salopette et des bottes en caoutchouc comme les marins. Je me sentis coupable comme si je venais de pénétrer sans autorisation dans une propriété privée.

— Il pleuvait... commençai-je, mais il m'arrêta de la main.

— Tu es toujours la bienvenue ici, dit-il.

Je ne voulais pas qu'il s'imagine que j'étais venue prier et me pose des questions auxquelles j'aurais été incapable de répondre.

— C'est un endroit agréable où venir quand on le souhaite, reprit-il.

— Je suppose, murmurai-je.

— Ton père vient souvent ici, dit-il en regardant les verrières colorées au-dessus de nous. Quand il était enfant, il aimait par-dessus tout ces deux vitraux.

Je suivis le regard du prêtre et contemplai les gigantesques panneaux de verre faiblement éclairés. Chacun d'eux était divisé en petites parcelles qui constituaient des silhouettes de personnages, comme dans un patchwork minuscule.

— Le vitrail de gauche représente les sept péchés capitaux, m'expliqua le père Paddy. Et celui qui se trouve à côté, les sept vertus. En as-tu déjà entendu parler ?

— Non, répondis-je, même si je me souvenais vaguement que ma mère avait déjà mentionné le sujet devant moi, avec ironie.

— Le premier personnage en haut – cet homme qui bombe le torse – incarne l'orgueil. Le gros personnage en train de boire, la gourmandise. Le couple se disputant représente la colère. Le gars qui n'a pas l'air de s'en faire, c'est la paresse ; celui qui regarde pardessus la clôture, l'envie. L'homme maigre soutenant une bourse pleine est un grippe-sou, il évoque l'avarice. Enfin, le couple d'amants symbolise la luxure. Au bas du vitrail, le diable pousse avec sa fourche tous ces pécheurs vers l'enfer. (Le père Paddy me sourit en me faisant un clin d'œil.) Je n'aimerais pas être dans le lot, conclut-il.

Je ne savais s'il me taquinait ou non. Quand j'avais du mal à me lever le matin, ma mère frappait sur sa tasse de thé avec une petite cuillère et me criait : « La paresse est un péché mortel ! » Je croyais qu'elle inventait cela de toutes pièces. Lorsqu'elle rentrait de son premier rendez-vous avec un homme, je lui posais la question rituelle : « Amour ou luxure, maman ? ». Elle souriait, la bouche enflée à force d'avoir embrassé son futur petit ami, et répondait : « *Luxure* ». La première fois où elle est sortie avec Stephen, elle m'annonça : « Luxure mais amour potentiel. » Nous ne considérions pas la luxure comme un péché. Ma mère ne croyait pas au péché. Elle était athée d'ailleurs.

Et pourtant, à une certaine époque, elle savait ce qui se déroulait à l'église, elle connaissait les prières et les histoires auxquelles se référait le prêtre, tout ce que moi-même je ne comprenais pas.

— Ce vitrail représente les sept vertus, continua le père Paddy. Aider ceux qui sont dans le besoin, vêtir ceux qui sont nus, se pencher vers les malades – ta grand-mère est la parfaite incarnation de cette vertu. Ensuite, visiter les prisonniers – est-ce que tu aperçois ce petit visage jetant un coup d'œil derrière les barreaux de sa cellule ? Puis, sur le registre inférieur :

nourrir ceux qui ont faim, réconforter l'orphelin de père et faire la toilette des morts. Toutes ces qualités te conduisent chez saint Pierre, aux portes du paradis.

Le petit être affamé du vitrail ressemblait à ma mère dans son peignoir violet lorsque son cou était si mince que sa tête paraissait trop lourde et fragile. L'orphelin de père était un enfant. Pourquoi me faisait-il penser à moi ? Pourquoi perdre son père était-il pire que de perdre sa mère ? Je ne voyais pas très bien en quoi se livrer à la toilette des morts pouvait être une vertu. Il était bien plus difficile de se pencher sur les malades comme j'avais vu Stephen le faire un jour depuis les portes vitrées du cottage.

— Pourquoi y a-t-il des poissons ? demandai-je en montrant les poissons sculptés en dessous de chaque vitrail, de telle manière qu'ils semblaient nager.

— Ils représentent le Christ, répondit le père Paddy.

— Et qu'en est-il des sirènes ?

Il me sembla que le père Paddy se retenait de rire.

— Je crains que les sirènes ne fassent pas partie de ma juridiction, répondit-il. Il vaudra mieux que tu poses cette question à ton père.

— Encore une chose, mon père, dis-je en sachant que c'était ainsi que je devais m'adresser à lui, même si je me sentais un peu ridicule.

— Oui ?

— Que signifie ce moment de la messe où vous dites : « Ceci est mon corps qui est donné pour vous » ?

— Ah… commença-t-il en joignant ses mains dans le dos comme il le faisait parfois pendant la messe. Jésus sait qu'il va mourir. C'est pourquoi il réunit ses disciples pour la sainte Cène, juste avant d'être crucifié. En mourant, il se sacrifie pour nous – il souffre afin que nous n'ayons pas à souffrir.

— Mais ça ne marche pas, me récriai-je. Les gens souffrent quand même.

— Je ne parle pas de la souffrance quotidienne mais de celle des âmes qui ne connaissent pas la rédemption.

— Alors c'est à ça que vous croyez, vous, les catholiques ? Que Jésus vous emmène au ciel ?

— Ce n'est pas tout, ajouta-t-il. Nous croyons aussi que Jésus nous montre comment mener une vie vertueuse.

— Voilà ce que croient mon père et Cliona ?

— Oui. Les gens de ta famille sont de bons catholiques.

— Ma mère ne l'était pas.

— Je ne sais pas si ta mère avait la foi, Grainne. Je la connaissais très mal.

— Moi non plus, je ne suis pas certaine d'être croyante.

Je lui lançai un regard noir afin de voir s'il allait se mettre en colère. Mais il se contenta de sourire.

— Je ne pense pas qu'à quinze ans, tu puisses déjà savoir à quoi tu crois. Et j'imagine que toute la difficulté est là.

Je crois en ma mère, eus-je envie de répondre. Mais je ne dis rien. Je croyais en la personne que j'étais du temps où je vivais avec elle. Mais maintenant, je n'étais plus sûre de rien.

Les vitraux s'illuminèrent soudain, dessinant un motif bleu et rouge sur le crâne brillant du père Paddy.

— Il ne pleut plus, dis-je. Il faut que je rentre.

— Viens me voir, si tu as besoin de parler, Grainne. Je suis un peu bavard mais je sais aussi écouter.

— D'accord, répondis-je tout en sachant qu'il y avait peu de chances pour que je revienne.

Il pouvait répondre à des questions portant sur les vitraux et les prières mais il n'était pas à même de me dire ce que j'avais besoin de savoir. Par exemple, qui j'étais et ce que je faisais là. Ou pourquoi mon père, le seul à pouvoir répondre à mes questions, ne venait pas me voir.

Je quittai l'église et m'engageai sur la plage sous un chaud soleil qui ne faisait que souligner à quel point mes vêtements étaient encore humides et froids.

Maman, est-ce que je peux rentrer à la maison maintenant ? dis-je, sans réfléchir. Comme si j'étais simplement partie en colonie de vacances, afin de lui prouver que j'étais courageuse et indépendante, et qu'à la fin du séjour elle me récompense en reprenant sa place à mes côtés.

Mon corps continuait à se transformer. Un matin, alors que j'agrafais mon nouveau soutien-gorge, que j'avais pourtant choisi de la plus petite taille, les bonnets remontèrent sur mon buste et se balancèrent sous mes clavicules. Je n'avais plus de seins, seulement deux protubérances sous les mamelons pas plus grosses que des prunes. On eût dit que l'on avait prélevé la chair de mes seins et recousu les mamelons pardessus. J'avais aussi des problèmes de circulation. Quand je marchais, mes doigts et mes orteils devenaient violacés et se couvraient de taches d'un blanc maladif. « Tu as un problème veineux », me disait Cliona avec inquiétude. Je portais une telle épaisseur de vêtements qu'à mon avis, elle ne pouvait pas deviner à quel point j'étais maigre. Je me disais qu'à la fin, mes vêtements allaient glisser, tomber au sol comme la cape d'une sorcière, et que je me dissiperais dans l'air.

Quand arriva l'anniversaire de Liam, à la fin du mois d'octobre, j'eus des étourdissements et Cliona parla de m'envoyer chez le médecin. Je refusai en prétextant que j'avais seulement pris froid. Elle se doutait que je ne mangeais rien et continuait néanmoins à poser des assiettes de nourriture devant moi. Le chien des voisins avait appris à attendre derrière notre porte et je lui donnais en cachette tout ce que j'avais réussi à entortiller dans ma serviette.

Bien que mon anniversaire tombât la veille de Noël, Cliona voulut le fêter en même temps que celui de Liam. Elle mettait en avant que les choses se passaient ainsi lorsque nous étions petits. Mary Louise espérait qu'Owen, le père de Liam, pourrait assister à la soirée d'anniversaire car il lui avait signalé par radio qu'ils étaient sur le chemin du retour. Pour une raison que j'ignorais, cette nouvelle me rendait nerveuse alors que Liam en était tout excité. Il m'accompagnait tous les soirs sur le quai dans l'espoir d'apercevoir le chalutier.

Le matin du 29 octobre, je fus réveillée par un bruit insolite, comme si des vagues déferlaient sur le toit de la maison. Regardant au-dehors, je compris que c'était le vent qui, chargé de pluie, fouettait la toiture et secouait les lignes électriques de l'île. Nous étions privés d'électricité, ce qui signifiait que je ne pouvais pas prendre de douche chaude, mais Cliona prépara le repas et le gâteau d'anniversaire sur la cuisinière à gaz de l'hôtel.

Mary Louise me prit à part dans la cuisine de la maison pour m'offrir ma carte d'anniversaire en privé. A l'intérieur de la carte, elle avait inscrit l'adresse et le numéro de téléphone de l'*Irish Times*.

— Avec cela, tu pourras joindre ton père, dit-elle.

Je ne répondis rien. Je possédais déjà le numéro de téléphone du journal, que j'avais trouvé dans l'annuaire. J'avais essayé d'appeler mon père mais à chaque fois quelque chose me retenait d'aller jusqu'au bout. Un jour, j'étais allée assez loin pour obtenir la réceptionniste au bout du fil mais je n'avais plus su quoi dire quand elle m'avait demandé « Quel poste, s'il vous plaît ? ».

— Grainne, reprit Mary Louise d'une voix douce. (J'étais incapable de la regarder.) Attendre ne suffit pas toujours à atteindre ce que l'on veut. Parfois, l'inertie amène à passer à côté de ce que l'on recherche.

— Tu devrais dire cela à mon père, répondis-je en fourrant la carte dans la poche arrière de mon jean.

— Je vais t'expliquer quelque chose, Grainne. En Irlande, murmura-t-elle, il vaut mieux ne pas dépendre des hommes et oser faire le premier pas.

Puis elle me quitta pour rejoindre la famille.

Liam et moi, nous soufflâmes les bougies ensemble. Je ne répondis pas quand Cliona me demanda quel souhait j'avais formulé. *Une famille,* voilà le mot qui me vint spontanément à l'esprit, bien que la pièce fût déjà pleine de gens qui m'étaient soi-disant apparentés. Pour moi, *famille* était simplement un autre mot pour désigner ma mère.

Au moment où Cliona découpait le gâteau, Eamon pénétra dans l'hôtel, tout mouillé, et les cheveux en bataille à cause du vent. Il annonça qu'il avait perdu le contact radio avec le chalutier d'Owen.

— Inutile de se faire du souci pour l'instant, continua-t-il. Je voulais simplement vous dire qu'Owen ne rentrera pas à temps pour assister à la soirée d'anniversaire. Je pense qu'ils se sont mis à l'abri quelque part dans une anse pour échapper à la tempête.

Mary Louise décida de rentrer chez elle pour attendre à côté de la radio. Liam me dit que je pouvais les accompagner mais Cliona prétendit m'en dissuader.

— Tu ne pourras rien faire là-bas, si ce n'est être dans les jambes de ta tante. Reste ici, je veux te parler.

— Fiche-moi la paix, répondis-je en la repoussant. Je vais aller attendre le père de Liam.

Je m'endormis sur le canapé de Mary Louise. Quand j'ouvris les yeux au milieu de la nuit, je vis que Liam était assis sur une chaise face au feu. Il tisonnait le charbon, le visage rouge à la lueur des flammes, et les joues mouillées.

— Liam, murmurai-je. (Il ne se retourna pas pour me regarder.) Tu as peur ?

Il s'essuya avec la manche de son pull et ajouta une pelletée de charbon. Le feu crépita de plus belle et de minuscules morceaux de charbon tintèrent sur la grille.

— Rendors-toi, Grainne, dit-il.

Je réussis à somnoler et rêvai que je me trouvais sur un coracle au milieu d'un océan déchaîné. Je fus projetée par-dessus bord, une sirène m'attendait dans les flots. Je l'attrapai par le cou et posai ma joue sur sa douce chevelure flottante. Elle m'entraîna vers des eaux claires et chaudes de sorte qu'au début, je crus que nous remontions vers la surface, puis de l'eau pénétra dans mes poumons et je compris alors que j'avais atteint le fond de la mer.

A l'aube, Liam me réveilla et m'annonça qu'il apercevait le chalutier en train d'entrer dans le port. Nous nous précipitâmes vers le quai, au milieu de la brume, qui sentait la marée basse, et du crachin. Un groupe d'îliens attendait déjà sur place en compagnie de Cliona, de Marcus et de Mary Louise. Quand le chalutier bleu accosta, les femmes s'avancèrent à la rencontre de leurs maris. Je restai en arrière.

Liam était en train d'attacher les cordages à une bitte d'amarrage afin de stabiliser le chalutier. Les pêcheurs, qui semblaient exténués, quittèrent le bateau l'un après l'autre. Ils avaient le même visage rougeaud et le même nez que les îliens que je connaissais, et des barbes hirsutes. Les femmes serraient leurs maris dans leurs bras et chaque fois qu'un couple se trouvait réuni, je regardais l'homme qui suivait dans l'espoir de reconnaître le père de Liam dont j'avais vu des photos. Deux hommes montèrent les marches, puis un dernier marin. Ils étaient si mouillés et habillés si chaudement que je pouvais l'avoir raté. A nouveau j'observai les marins l'un après l'autre. Le père de Liam n'était pas parmi eux.

— Il n'est pas là, dis-je, la gorge serrée.

J'entendis des voix dans ma tête qui se mêlèrent en une plainte unique et lugubre, semblable au mugissement du vent, et qui rappelait le chant des sirènes.

— Cliona, dit Marcus en touchant l'épaule de sa femme avant de lui montrer du doigt le bout du quai.

Elle regarda à son tour dans cette direction, le visage dur et d'une pâleur mortelle. Mary Louise restait debout au bord du quai, oscillant au gré du vent, sa robe mouillée battant derrière elle. Les marins lui criaient de reculer. En voyant sa bouche ouverte, je compris que le son que j'avais cru entendre dans ma tête n'était autre que le hurlement qu'elle poussait.

— Dieu tout-puissant ! dit Cliona en se signant. La mer a emporté Owen.

Elle nous laissa et s'engagea sur le quai. Elle tira Mary Louise en arrière et la soutint en posant ses larges mains sur les frêles épaules de ma tante. Elle lui dit quelque chose que je n'entendis pas. Mais ma tante se redressa un peu et elle cessa de crier.

Dans la faible lumière du petit jour, Mary Louise, les cheveux défaits, ressemblait un peu à ma mère. On aurait cru que c'était sa fille que Cliona tenait par l'épaule, sa force contrebalançant la douleur de l'autre. J'avais envie de les rejoindre. Mais c'était la mère de Liam et non la mienne. Et Owen, le joyeux père de Liam, qui jouait du violon, était mort. Je ne me souvenais pas de lui car je ne l'avais pas revu depuis que j'avais trois ans...

Liam prit le bras de sa mère et aida Cliona à l'entraîner loin du bateau. Son visage avait beau rester impassible, je savais qu'il devait être anéanti et je fus étonnée de le voir marcher aussi calmement alors qu'il était désormais orphelin de père. Je m'attendais à ce qu'il se sauve à toutes jambes et disparaisse dans le brouillard. Mais il pénétra avec sa mère dans la voiture des îliens et avant que je sache ce que je faisais, ce fut moi qui me mis à courir, aveuglée par la pluie qui me piquait les yeux, fuyant loin des voix qui criaient mon nom...

24
Grace

— Ecoute, Grainne, murmura Grace. (Elle s'agenouilla près de sa fille qui était en train de creuser dans
le sable.) Ce sont les sirènes, elles chantent.

Grainne se releva, posant une de ses mains sur
l'épaule de sa mère pour conserver son équilibre. Elle
tendit le cou et écouta avec cette concentration que
Grace aimait tant ; elle utilisait tout son corps pour
mieux capter le son, semblait-il.

— Si-ènes, répéta-t-elle, en ouvrant grand ses yeux
noirs comme du jais.

— Les sirènes sont des dames qui vivent au fond de
la mer, ma chérie.

— Soli, dit Grainne, la tête dressée en direction du
vent.

— Oui, c'est joli, corrigea Grace en écartant les
boucles noir bleuté qui retombaient sur le front de sa
fille.

Grainne s'accroupit à nouveau et recommença à
creuser le sable avec sa pelle, levant lentement chaque
pelletée, puis tapotant le dessus pour l'égaliser. Grace
regardait l'enfant : tous ses gestes étaient gracieux et
appliqués. Elle étudiait chaque situation avant de

s'adonner à une occupation. Elle touchait ou goûtait les choses qu'on lui offrait avant de les accepter. Elle reniflait ses propres doigts plusieurs fois par jour comme pour définir la nature des traces invisibles qui s'y étaient superposées. Elle était rarement désappointée et jamais impatiente. Grace l'enviait.

Dès la première fois où Grace avait tenu sa fille dans ses bras, elle aurait voulu ne jamais la lâcher. La peau chaude et douce du bébé ne ressemblait à rien de ce qu'elle connaissait déjà. Pendant la première année, elle aurait aimé ne partager Grainne avec personne. Mais elle ne pouvait aller nulle part sans être aussitôt entourée par les figures fureteuses des îliennes. Mary Louise venait la voir avec Liam ou bien elle courait en poussant devant elle la voiture d'enfant pour la rattraper sur les routes de l'île. Et chaque fois que Grace rencontrait l'une des femmes de l'île, celle-ci s'emparait de Grainne sans y avoir été invitée.

— C'est la fille de Seamus ? demandait Mme Keane. Oh, quel beau bébé ! C'est tout le portrait de son père... Elle ne vous ressemble pas du tout, Grace.

Grace prit l'habitude de murmurer à l'oreille de Grainne ce qu'elle ne pouvait se permettre de dire tout haut.

— Comment Mme Keane peut-elle être encore plus laide que son mari ? La prochaine fois qu'elle te prend dans ses bras, crache-lui dessus, Grainne.

Les yeux du bébé pétillaient et elle écoutait avec attention la voix de sa mère.

Seamus avait beau dire que Grainne était très attachée à sa mère, Grace était jalouse de voir à quel point le bébé idolâtrait son père. Quand il lui parlait en irlandais, Grainne riait et gazouillait comme s'ils étaient tous les deux en grande conversation. C'était leur langage à eux, et Grace détestait cette intimité.

— Je t'apprendrai l'irlandais, proposa Seamus un jour.

Mais Grace fit celle qui n'avait pas entendu.

— Ton père est plein de charmes, Grainne, mais c'est un manipulateur, dit-elle à sa fille qui sourit aussitôt.

— Pourquoi lui dis-tu des choses pareilles ? demanda Seamus, furieux. Tu vas la troubler.

— Je lui dis tout ce que je pense.

— Et c'est ce que tu penses de moi ?

— Seulement quelquefois, répondit Grace avant de l'embrasser.

Pendant la journée, Grainne réchauffait Grace – son corps chaud sentait bon le talc, une odeur dont Grace ne se lassait pas. La nuit, c'était Seamus qui lui communiquait sa chaleur – comme si un feu couvait dans sa poitrine – et lui donnait à croire avant de s'endormir que sans lui, elle ne pourrait vivre.

Seamus ne la quittait que lorsqu'on lui demandait un article qu'il ne voulait pas refuser. Le reste du temps, il gagnait chichement sa vie en partant pêcher sur le bateau de son père. Il ne voulait pas renoncer au journalisme, malgré les supplications de Grace. Elle n'aimait pas qu'il s'en aille car il n'y avait qu'à ce moment-là qu'elle songeait à le quitter.

Souvent, on l'envoyait en Irlande du Nord – où l'on se battait – afin d'interviewer les milices paramilitaires et les prisonniers qui poursuivaient une grève de la faim en signe de protestation. Quand il rentrait de ces expéditions, il avait l'esprit ailleurs. Pendant plusieurs jours, il se montrait distant, Grace paraissait ne plus exister, il marmonnait et jurait pour lui-même ou enfouissait son visage dans les cheveux de Grainne, l'air malheureux.

— Pourquoi faut-il que tu ailles là-bas ? demanda Grace un jour où il refermait l'étui de son appareil photo. C'est dangereux. Tu risques de te faire tuer.

— Je suis journaliste, répondit-il. Il faut bien que quelqu'un écoute ce que ces gens ont à dire et en fasse part à l'opinion publique.

— Pourquoi est-ce toi qui devrais t'en charger ?

— Je suis irlandais, Grace. C'est mon pays – et ce sont mes compatriotes qui font la grève de la faim en prison. Nous sommes libres, toi, Grainne et moi. Eux ne le sont pas. Le moins que je puisse faire c'est de les aider à exiger leur libération.

Grace n'avait guère l'impression d'être libre ! Quand Seamus était absent, l'île devenait sa prison. L'amour qu'il éprouvait pour son pays lui portait ombrage. Elle désirait qu'il l'aime autant que ces militants anonymes et violents. Elle aurait voulu le voir renoncer à tout pour elle comme elle-même – croyait-elle – l'avait fait. Quand il la laissait seule, elle avait peur d'être tentée de disparaître. Peur même de se débrouiller pour avoir réellement disparu à son retour.

Les soirs où Seamus était là, il bordait sa fille dans son lit et lui chantait des berceuses. Au moment où la petite luttait contre le sommeil, il posait sa main sur son front.

— Je peux fermer les yeux ? demandait Grainne, qui parlait maintenant d'une voix chantante.

— Oui, répondait Seamus. Ferme tes petits yeux.

— Et si je les ouvre ? demandait-elle en bâillant.

— Je serai encore là, promettait Seamus.

En les écoutant, Grace éprouvait toujours un immense sentiment de culpabilité. Chaque fois qu'elle fermait les yeux le soir, elle s'imaginait les rouvrir à mille lieues d'Inis Muruch.

Elle avait pris l'habitude d'aller au pub avec Mary Louise dès que Seamus s'absentait. Owen et les autres musiciens jouaient pour les touristes et la foule des estivants rendait l'île presque attrayante. Mary Louise et Grace laissaient les deux petits dans leur poussette et ils dormaient sereinement en dépit du bruit. Grace buvait des whiskys chauds jusqu'à ce que la salle se brouille devant ses yeux et qu'elle se transforme en un lieu excitant, riche de possibilités. Elle passait sa main dans ses cheveux et retournait aux inconnus les regards admiratifs qu'ils lui lançaient.

Un soir vers minuit, elle flirtait dans un box avec un jeune Norvégien aux yeux clairs ; il avait posé sa main sur sa cuisse et lui faisait la cour dans un anglais approximatif, quand soudain Mary Louise les interrompit, annonçant que Grainne avait faim. L'homme s'excusa et fila à toute allure en apprenant que Grace avait un enfant. Celle-ci s'approcha de la poussette et découvrit que les deux enfants dormaient à poings fermés.

— Qu'est-ce que c'est que cette histoire ? demanda-t-elle à Mary Louise.

— Que faisais-tu avec cet homme ? Qu'en pensera Seamus quand il l'apprendra ?

— Nous étions simplement en train de bavarder. Et Seamus n'est pas là ! Qui va le lui raconter ?

— La première personne qu'il croisera en descendant du bac, chuchota Mary Louise.

— J'ai le droit de parler avec qui je veux, rétorqua Grace. Cela ne regarde personne.

Mary Louise soupira et tapota le bras de Grace. Vu son expression, Grace aurait parié qu'elle s'imaginait qu'elle s'était seulement montrée amicale envers le marin. Elle l'aurait volontiers giflée. Mary Louise était vraiment naïve.

— Je ne voulais pas que les gens se fassent des idées, c'est tout, reprit-elle.

Grainne se réveilla et appela sa mère. Grace la prit dans ses bras.

— Je suis en train d'organiser notre fuite, murmura-t-elle à l'oreille de sa fille.

Grainne se mit à rire et répéta les paroles de sa mère, son intonation montant et descendant à la façon des vagues, exactement comme celle de son père.

Au mois d'août, quand les nuits devinrent chaudes, Seamus et Grace prirent l'habitude de confier leur fille à Cliona et de marcher jusqu'à des plages retirées d'où ils pouvaient contempler le coucher du soleil. Si Grace fermait les yeux et oubliait les bêlements des moutons, elle pouvait presque croire qu'ils se trouvaient ailleurs et que derrière eux s'étendait un pays bien plus vaste que cette île minuscule. Elle se souvenait du jour où Seamus lui avait rendu la lumière et où elle avait pensé qu'il apportait la réponse à toutes les questions.

Un soir, ils allumèrent un feu à l'abri des falaises avec du bois flotté et les pieux d'une clôture en mauvais état. Grace resta là à regarder le sombre océan et à écouter le grésillement de l'écume des vagues. Debout derrière elle, le torse plaqué contre son dos, Seamus la serra dans ses bras.

— Comment peux-tu dégager tant de chaleur ? demanda Grace en tendant son cou en arrière pour qu'il puisse l'embrasser.

— Je n'ai pas chaud, répondit-il en riant. C'est toi qui as toujours froid.

— C'est bien possible, murmura Grace.

— Sais-tu pourquoi la sirène est tombée amoureuse de mon arrière-arrière-grand-père ?

— Parce qu'il savait embrasser ?

Seamus sourit, le visage niché dans ses cheveux.

— Parce que son corps était la chose la plus chaude qu'elle pût trouver hors de l'océan.

Sa voix l'attirait comme un puissant charme, alors elle se retourna vers lui et l'embrassa avec une telle passion qu'il en gémit.

— Dis-moi que tu es heureuse, murmura-t-il. (Grace hocha la tête comme un automate.) Si je te lâche, vas-tu repartir dans ta demeure sous la mer ?

Grace appuya son visage contre sa poitrine.

— Je n'en sais rien. Aurai-je le droit de t'emmener ?

— Bien sûr. Je te suivrai partout, dit Seamus en emprisonnant ses doigts dans les siens pour la retenir.

— Mais nous n'allons jamais nulle part.

— Je t'emmènerai à Dublin la semaine prochaine.

— Ce n'est pas de cela dont je voulais parler.

Seamus embrassa son oreille et elle sentit son corps s'embraser comme un feu attisé.

— Tu ne nous a pas laissé assez de temps, dit-il. Tu es plus heureuse de jour en jour, je le vois bien. Attends encore un peu.

Grace voulut lui répondre qu'elle aurait beau rester des siècles sur cette île, elle n'y serait jamais heureuse. Mais Seamus l'embrassait avec une telle fougue qu'elle renonça à lui avouer quoi que ce soit.

Ils se dévêtirent et après avoir étendu une couverture sur le sable, Seamus lui fit l'amour si lentement et pendant si longtemps que Grace crut devenir folle. Il lui sembla que les sirènes modulaient dans la crique un chant langoureux dont le rythme s'accordait aux mouvements de Seamus. Cependant, lorsqu'il posa sa bouche sur la sienne, elle comprit que c'était elle qui gémissait, si fort que les falaises renvoyaient l'écho de sa plainte amoureuse.

Seamus partit à nouveau pour Belfast et lui envoya une lettre qui contenait un poème qu'il avait recopié de son écriture nette, presque féminine.

Je m'en fus dans la noiseraie, la tête en feu,
Je coupai une baguette de noisetier, je l'écorçai,
A un fil, j'accrochai une baie ;
Quand les blanches phalènes se mirent à voler,
Que la lumière des étoiles vacilla comme elles,
Lançant la baie dans le courant,
Je pris une truitelle moirée d'argent.

J'abandonnai la truite au sol,
M'apprêtant à ranimer le feu,
Alors quelque chose frémit sur le sol,
Et j'entendis prononcer mon nom :
La truite s'était muée en fille chatoyante,
Des fleurs de pommier ornaient ses cheveux,
Elle m'appela par mon nom, s'élança
Et s'évanouit dans l'air brillant

Je suis las d'errer par monts et par vaux,
Pourtant, je découvrirai où elle s'est enfuie,
Je baiserai ses lèvres et retiendrai ses mains ;
Je foulerai les hautes herbes mouchetées
Et cueillerai jusqu'à la fin des temps,
Les pommes d'argent de la lune
Du soleil les pommes d'or.

— Il va nous suivre, Grainne, dit Grace en repliant avec soin la feuille de papier. (Grainne était en train de jouer avec le service à thé de poupée, cadeau de Cliona pour son second anniversaire.) Où que nous allions, il nous suivra.

— Je sais, répondit Grainne en versant un thé imaginaire dans une tasse à part, qu'elle réservait maintenant aux sirènes.

25

Grainne

La mer n'avait pas emporté pour toujours le corps d'Owen MacNamara mais l'avait englouti, puis rejeté. Les hommes du chalutier avaient découvert sur un îlot inhabité son corps déchiqueté comme si les créatures marines l'avaient trituré puis abandonné là. Ils le transportèrent sur la grande terre et le confièrent aux pompes funèbres qui apprêtèrent sa dépouille en vue des funérailles. Je l'appris en écoutant les messes basses de Cliona et de Marcus qui n'évoquaient la chose que lorsqu'ils me croyaient endormie. Cliona semblait sans cesse au bord des larmes bien que cela ne lui ressemblât pas. Deux jours après la tempête, tous les îliens en état de se déplacer se retrouvèrent sur le quai pour attendre le bac qui ramenait le cercueil d'Owen.

Au moment où le bateau longeait le château de Granuaile avant de virer pour entrer dans le port, les cloches de l'église se mirent à sonner si fort que le sol vibra sous nos pieds. Les hommes, le visage livide et sévère, tirèrent le cercueil hors du bateau et le portèrent dans la maison de Liam. Il y eut une veillée au cours de laquelle Mary Louise et ses enfants restèrent assis auprès du cercueil ouvert tandis que chaque îlien s'agenouillait près du visage boursouflé et caoutchouteux d'Owen. Autour de la bière, il y avait des monceaux de couronnes, avec des rubans bleus portant les inscriptions *A mon père, A mon mari bien-aimé, A notre capitaine*, et, autour de la tête du défunt, trois cierges allumés, posés en demi-cercle. J'écoutais avec effroi les îliens diret à Mary Louise et à Liam ce qu'on n'avait pas osé me dire. Les gens avaient peu parlé lors de l'enterrement de ma mère, sauf pour faire des remarques incongrues, comme par exemple, « son visage est plein et ravissant ». En voyant Liam hocher la tête chaque fois qu'on lui présentait des condoléances, je me souvins d'avoir répondu à la collègue de travail de ma mère :

— Si elle a les joues pleines, c'est qu'on les a bourrées de coton.

Elle avait bafouillé et s'était précipitamment tournée vers Stephen.

Dans la maison de Liam, les gens riaient et buvaient dans la cuisine et certains hommes rapportaient des anecdotes amusantes au sujet d'Owen. Les femmes ne retenaient pas leurs pleurs et se suspendaient à Mary Louise.

— Tu es seule maintenant, lui disaient-elles, Dieu te garde !

C'était la vérité bien sûr, mais j'étais étonnée de ces remarques faites à la cantonade. Mary Louise se contentait d'approuver, avec un sourire rassurant. Les assistants en profitaient aussi pour rappeler à Liam qu'il était désormais le chef de famille.

— Il faudra aussi que tu le remplaces au pub, lui dit Marcus. Ton père savait mettre de l'ambiance, mon garçon !

Je pensais que toutes ces allusions allaient raviver le chagrin de Liam mais, au contraire, il remerciait. Que

273

se serait-il passé si les personnes présentes s'étaient comportées ainsi le jour de l'enterrement de ma mère ? Si elles avaient fait des commentaires sur son affreuse perruque ? Si elles m'avaient rappelé ma condition d'orpheline et si l'une d'entre elles avait observé : « J'ai cru comprendre qu'elle n'avait même pas fait ses adieux à sa fille. »

Je ne trouvai rien à dire pour réconforter Liam mais lorsque je lui serrai la main, je pris sa paume dans la mienne, exactement comme il l'avait déjà fait avec moi. Il ne sembla rien remarquer et serra la main suivante.

— Pourquoi a-t-on recouvert les miroirs ? demandai-je à Cliona quand elle s'approcha de moi.

— Ce n'est qu'une vieille superstition, chuchota-t-elle. Certains croient que si l'on se regarde dans un miroir juste après un décès, on risque d'apercevoir le visage du mort au lieu du sien.

Je me rappelai avoir coupé mes cheveux devant le miroir de la salle de bain de la villa avant de répéter mon nom jusqu'à avoir l'impression d'être une inconnue à mes propres yeux. J'aurais tout donné alors pour apercevoir dans le miroir le visage de ma mère.

— C'est une croyance catholique ? demandai-je, ce qui fit rire Cliona.

Je n'arrivais pas à m'habituer au fait qu'on puisse s'esclaffer pendant une veillée mortuaire.

— Pas du tout, Grainne, répondit-elle. Nous, les Irlandais, nous sommes de fervents catholiques mais aussi de fieffés païens.

Le grand-père de Liam – un homme frêle qui jusque-là était resté assis sans rien dire – pouffa de rire dans mon dos.

Après la cérémonie funèbre, les îliens se placèrent en rang derrière les hommes qui portaient le cercueil et le cortège gravit la colline jusqu'au cimetière. Je n'avais jamais très bien su combien Liam avait de frères et sœurs mais maintenant j'observai que cinq enfants accompagnaient Mary Louise, tous des garçons, vêtus de noir et placés en ordre décroissant – comme des poupées identiques. Liam aidait à soutenir le cercueil. Il était aussi grand que les autres hommes mais plus fluet.

Devant la tombe, le père Paddy dit une prière qui commençait ainsi : *Quand je marche dans la vallée de l'ombre de la mort, je ne crains aucun mal car tu es avec moi.*

Le prêtre avait prononcé la même phrase pour l'enterrement de ma mère. Je comprenais maintenant que, dans cette prière, il parlait au nom du mort. Devant la tombe de ma mère, j'avais cru que c'était moi qui marchais dans la vallée de l'ombre de la mort. Et j'avais frémi parce que ma mère n'était plus là.

Le reste de la prière du père Paddy me parvint étouffée – je ne percevais plus qu'une pulsation, comme si je l'entendais sous l'eau.

Les hommes firent glisser le cercueil dans la fosse et le recouvrirent d'abord de terre, puis d'une couche de pierres et de coquillages.

— Combien de temps Papa va-t-il rester là-dedans ? demanda le plus jeune frère de Liam, ce qui déclencha à nouveau un torrent de larmes dans l'assistance.

Les gens pleuraient sans plus de retenue qu'ils n'avaient ri un peu plus tôt dans la cuisine. Mary Louise prit le petit garçon dans ses bras et lui chuchota quelque chose à l'oreille.

Ils pourront tous revenir sur la tombe, pensai-je, *pour les anniversaires ou chaque fois que le manque se fera trop intense. Ils vont planter des fleurs et placer une stèle.* Ma mère avait été enterrée dans un cimetière du sud de

275

Boston, sans pierre tombale. Même si je l'avais voulu, j'aurais été incapable de retrouver sa sépulture. Je ne pourrais pas la montrer à mon père.

Cliona me prit par l'épaule et voulut m'offrir un mouchoir. Je reculai et m'essuyai les yeux avec la main, regardant les larmes sur ma paume. Comme le soleil m'éblouissait, je crus voir des gouttes de sang.

Le matin suivant, je plaçai dans un sac des sous-vêtements propres, la sculpture représentant Granuaile et mon passeport, au cas où il me faudrait prouver mon identité à mon père. Je portais au doigt la bague de fiançailles de ma mère. Quand Cliona quitta la maison pour accueillir des clients de l'hôtel, je me faufilai dans la cuisine et dérobai quarante livres dans le pot qui contenait l'argent pour les achats d'épicerie. J'étais un peu fiévreuse et j'avais des vertiges, aussi avalai-je quatre aspirines, puis je quittai la maison par la porte de la cuisine afin que Cliona ne puisse m'apercevoir de l'hôtel.

Quand j'arrivai au bac, ce fut le fils d'Eamon qui m'aida à monter à bord. J'en fus soulagée : il venait de rentrer de la grande terre et ne me connaissait pas assez pour me poser des questions indiscrètes. Je m'installai sur un cageot, le dos appuyé contre le bois humide de la cabine. Juste avant l'heure du départ, une famille américaine embarqua avec nous. Je les reconnus car ils étaient descendus à l'hôtel : le mari et la femme avaient à peu près l'âge de ma mère et ils étaient accompagnés de leur fille d'une dizaine d'années, une enfant morose et peu commode.

Dès que le bateau se fut éloigné du quai, Eamon sortit de la cabine et vint s'asseoir à mon côté. Je pensais qu'il allait me passer un savon mais il se contenta de couper un quartier de pomme avec son couteau de poche et de le mâcher calmement.

— C'est ton père que tu vas voir ? demanda-t-il après avoir mangé la moitié de la pomme.

— Non, répondis-je aussitôt. Je vais juste faire quelques courses pour Cliona.

Eamon hocha la tête et retira d'un coup de langue les petits éclats de pommes de sur sa moustache.

— Tu as sans doute l'intention de prendre le train à Galway, dit-il. Si tu leur fais un grand sourire, ces Américains t'emmèneront en voiture jusqu'à la gare.

Il se redressa, s'approcha du couple, leur dit quelques mots que je n'entendis pas et la femme me sourit pour me signifier que c'était d'accord.

— Merci, dis-je, soudain à deux doigts de pleurer.

Pourquoi cet homme, auquel je n'avais jamais dit le moindre mot gentil, se sentait-il tenu de m'aider ? Il me fit un clin d'œil et me tendit ce qui restait de la pomme avant de disparaître à l'intérieur de l'habitacle. Je jetai dans l'eau grise la pomme, qui avait déjà bruni au contact de l'air.

L'Américaine s'approcha de moi en tanguant sur les lattes inégales du pont.

— J'ai cru comprendre que vous étiez une îlienne, dit-elle. Nous sommes venus passer quelques jours en Irlande mais nous vivons à Boston, aux Etats-Unis.

Au lieu de lui dire d'où je venais exactement, je lui répondis avec l'accent chantant de Cliona :

— Oui, je suis née ici. Vos vacances vous ont-elles plu ?

C'était tellement convaincant que même moi, j'arrivais à y croire !

La femme me posa une foule de questions stupides. Est-ce que j'allais à l'école ? Parlais-je gaélique ? Avais-je déjà vu une sirène ? Elle parlait très fort, accentuant chacun de ses mots, et je crus que c'était à cause du bruit du moteur et du vent. Mais lorsque nous eûmes accosté, elle continua de s'époumoner, comme si j'étais dure d'oreille ou ne comprenais pas l'anglais. Nous empruntâmes la rue principale pour rejoindre leur voiture de location, son mari traînant derrière lui une valise à roulettes.

— Je vais mettre votre sac dans le coffre, me proposa-t-il.

J'avais oublié que cela s'appelait un coffre – sur l'île, tout le monde disait la « malle ». Il réussit à caser mon petit bagage au milieu d'une quantité de sacs de voyage verts.

— Je veux ma poupée irlandaise, exigea la fillette.

Il fouilla dans le coffre et lui tendit une poupée dans sa boîte.

— J'ai l'impression que nous avons passé la semaine à faire des courses, me dit-il avec un clin d'œil.

Je roulai les yeux avec un air complice – une réaction automatique chez moi. Les petits amis de ma mère, Stephen y compris, avaient l'habitude de me confier ce qu'ils pensaient de certaines manies féminines : la passion des achats, les piles de coton à démaquiller dans la salle de bain ou les porte-serviette en argent sur la table. Ils semblaient croire que n'étant pas encore femme, je m'étonnais tout autant qu'eux de ces mœurs. J'avais toujours joué le jeu car c'était là quelque chose que je pouvais partager avec eux, alors que ma mère ne le pouvait pas.

Je m'assis à l'arrière avec leur fille qui ne m'avait toujours pas adressé la parole.

— Montre-lui ta poupée, suggéra la mère en se tournant vers nous.

De mauvaise grâce, la petite fit pivoter la boîte de mon côté pour que je voie la poupée sous le film en plastique de l'emballage. Elle avait des cheveux roux, des yeux verts et portait une robe de velours vert sur le corsage de laquelle était brodé un motif identique au chaton de la bague de ma mère. Elle m'était curieusement familière comme si quelqu'un s'était inspiré de ma mère, ou de Mary Louise, pour fabriquer une poupée.

— Elle s'appelle Meghan, dit la petite fille.

Elle reposa la boîte et les yeux de la poupée se fermèrent : on aurait dit qu'elle était enfermée dans un minuscule cercueil de plastique.

— Tu la laisses dans la boîte pour qu'elle ne s'abîme pas ? demandai-je. (La petite fille sourit et acquiesça.) Moi aussi, je faisais la même chose, ajoutai-je avec mon tout nouvel accent.

— Comment vous appelez-vous ? dit-elle en se dégelant un peu.

— Grainne, répondis-je en croyant entendre la voix de ma mère.

— Comme la dame du château ? La reine des pirates ?

— Oui, c'est à cause d'elle que je porte ce nom.

— Quel joli nom, intervint la mère. Vous êtes une descendante de cette reine ?

— C'est ce qu'on dit, répondis-je – bien que personne n'ait jamais mentionné pareil fait devant moi.

— C'est merveilleux d'en savoir autant sur sa famille, dit la mère. Moi, j'ai été adoptée et l'on m'a dit que mes parents naturels étaient originaires d'Irlande. Notre séjour a été trop court cette fois-ci pour que je puisse faire des recherches à leur sujet. J'ai quand même pris cette brochure, ajouta-t-elle en fouillant dans son sac. C'est une demande pour une recherche généalogique. Vous avez de la chance de vivre au milieu de votre passé.

De la chance ? Je me sentis soudain honteuse d'affecter de parler avec l'accent irlandais et de me vanter d'appartenir à une grande famille alors que cela n'avait jamais été le cas.

— Est-ce que c'est sérieux ? demanda la mère.

— Quoi donc ?

Je commençais à avoir mal au cœur et sa voix m'arrivait affaiblie, comme si elle s'éloignait de moi.

— Ces demandes de recherche généalogique. Est-ce que c'est sérieux ou simplement un attrape-nigaud pour touristes ?

— Je n'en sais rien, dis-je. (J'ouvris ma vitre et exposai mon visage fiévreux à l'air frais.) Ma mère est morte, ajoutai-je.

Personne ne m'entendit sauf la petite fille. Elle s'accrocha à la boîte qui contenait sa poupée et me regarda, les yeux écarquillés, attendant de voir quel mauvais tour j'allais lui jouer.

Dans le train, je rencontrai un garçon. Il s'installa sur le siège en face de moi et étala ses bras maigres sur la largeur de la tablette qui nous séparait.

— Cela vous plairait-il d'avoir un peu de compagnie ? demanda-t-il dès qu'il fut assis.

Ses cheveux gras étaient coiffés en une queue de cheval qui faisait peine à voir. Ses dents étaient d'un jaune brunâtre, ainsi que l'intérieur de ses lèvres. Il avait, comme moi, des yeux d'un noir d'encre.

— Pourquoi pas, répondis-je en m'efforçant de le regarder dans les yeux.

Il sortit de sa poche un paquet de tabac, roula deux cigarettes et m'en tendit une. Je tirai sur la cigarette et la fumée s'infiltra dans mon cerveau en même temps qu'elle envahissait mes poumons.

Il parla pendant un long moment, me sembla-t-il. La fumée me brouillait l'esprit si bien que je n'entendais que des bribes, qui me parvenaient par intermittence, comme le bruit des vagues, puis je sombrai à nouveau. Les rares mots que je lui entendais prononcer semblaient n'avoir aucun lien entre eux. Je dus lui répondre. L'inviter à s'asseoir à côté de moi et laisser le goût âcre de sa bouche envahir la mienne. Ce fut peut-être même moi qui ouvris sa braguette, bien que j'eusse seulement conscience de glisser mes doigts dans l'ouverture.

— Seigneur ! glapit-il en reculant. (Il pressa mes doigts violacés entre ses paumes.) J'ai cru que tu venais de flanquer un poisson dans mon pantalon. Jamais je n'ai vu des mains aussi froides que les tiennes.

— C'est parce que je suis morte, entendis-je une voix répondre.

Son sourire se figea.

— Quoi ? dit-il en laissant retomber mes mains.

Il quitta son siège en remontant la fermeture Eclair de son pantalon. A l'autre bout de la voiture, un couple âgé m'observait. *Pute*, disaient clairement leurs regards.

— Tu n'es qu'une petite merdeuse, lança-t-il.

Sans le lui dire, je me demandai quel était son problème. Il parcourut l'allée centrale en bombant le torse, ouvrit brutalement les portes qui donnaient sur le wagon-restaurant et les laissa se refermer bruyamment derrière lui.

Il avait laissé son paquet de tabac et ses feuilles de papier à cigarettes. Pendant le reste du trajet, je roulai des cigarettes informes, dont j'inhalais la fumée en faisant rougeoyer l'extrémité, et pressai mes doigts glacés contre mon front en feu.

A Dublin, je marchais dans des rues envahies par une foule de gens qui avançaient à toute allure et qui louvoyaient sur le trottoir à la façon experte des Bostoniens. A la réception de l'*Irish Times*, l'hôtesse appela quatre postes différents espérant découvrir où diable ce Seamus O'Flaherty pouvait bien se trouver.

— Désolée, murmura-t-elle, la main posée sur l'écouteur, c'est mon premier jour ici.

Je m'assis sur un siège rembourré, les oreilles bourdonnantes.

— Non, il n'est pas là aujourd'hui, m'annonça finalement l'employée. Il est parti à Belfast.

— Encore ? dis-je.

C'est à Belfast qu'étaient emprisonnés les grévistes de la faim au sujet desquels il avait écrit un article, quand j'étais bébé.

— Dans le Nord, ils se débrouillent pour que les journalistes ne chôment pas ! dit la femme. (Puis elle me regarda avec attention et demanda :) Ça va, mon petit ?

— Quand doit-il rentrer ? dis-je en me levant.

Je dus m'agripper à son bureau tant la tête me tournait.

— Demain. Voulez-vous que j'appelle quelqu'un d'autre ?

Je quittai le hall sans lui répondre. Il n'y avait personne que je puisse appeler.

Dehors, il s'était mis à pleuvoir. Je restai debout un court instant, puis m'appuyai contre le mur de l'immeuble, me laissai glisser jusqu'à me retrouver assise sur le trottoir. J'enserrai mes genoux dans mes bras. Je ne pouvais me rendre nulle part ailleurs, ni poser d'autres questions. J'allais donc rester assise là et attendre. J'essayai de me souvenir des poèmes affichés sur le mur de ma chambre à Boston mais tout ce qui me revint en mémoire ce furent les paroles prononcées le jour de l'enterrement. Je posai mon front dans le creux de mes bras et fermai les yeux, ce qui fit disparaître les petits points brillants qui gênaient ma vision.

J'avais dû m'endormir car, lorsque je sentis une main sur mon épaule et que j'ouvris les yeux, il faisait nuit. Liam était penché au-dessus de moi et son visage inquiet était éclaboussé de gouttes de pluie.

— Tout va bien, Grainne? demanda-t-il en m'aidant à me relever. Pourquoi es-tu assise sous la pluie?

— J'attends mon père, dis-je.

Ma voix semblait étrange bien que j'aie abandonné l'accent de Cliona.

— Quand doit-il rentrer?

— Demain. (Je pressai mes pouces sur mes paupières dans l'espoir d'y voir plus clair.) Comment t'es-tu débrouillé pour venir à Dublin?

— J'ai fait du stop.

Il semblait fatigué. Je reconnus dans les cernes sombres sous ses yeux l'empreinte qu'avait laissée sur lui la mort récente de son père – Stephen aussi avait les yeux cernés quand je m'étais approchée de lui pour l'embrasser. Je me dégageai du bras de Liam posé sur le mien.

— Je n'ai pas besoin que toute l'île me suive à la trace!

J'avais du mal à articuler. Liam écarta les petites mèches sur mon front et de l'eau dégoulina sur mes tempes.

— Tu veux toujours être la plus forte, reine Grainne? murmura-t-il.

Comme il regardait ma bouche, je crus qu'il allait m'embrasser. Je ne m'y attendais pas et sentis mes jambes flageoler. Mais avant que je tente un geste, il m'entraîna loin de l'immeuble et nous nous mîmes à marcher sous la pluie.

— Il faut que nous trouvions une chambre, dit-il. Tu risques d'attraper la crève si tu restes avec tes vêtements mouillés.

Il m'emmena dans une humide pension de famille, située au-dessus d'un marchand de fritures. La femme qui nous montra la misérable chambre me regarda d'un air désapprobateur. Dès qu'elle nous eut laissés seuls, Liam me fit quitter mes vêtements, la tête pudiquement tournée de l'autre côté, et me tendit sa chemise en coton. J'avais les doigts tellement gourds que j'eus bien du mal à la boutonner.

Quand je fus couchée, il borda mes couvertures et éteignit la lumière. Mon oreiller sentait légèrement le vinaigre. J'observai sa silhouette indistincte tandis qu'il ôtait ses chaussures et son jean, puis se glissait dans le lit jumeau à côté du mien. Il alluma une cigarette, illuminant un court instant ses joues ivoire. Je regardai le bout incandescent s'approcher tour à tour de sa bouche et du cendrier.

— Liam ? murmurai-je.

— Oui ?

Il faisait si sombre dans la pièce que j'avais l'impression qu'il pouvait lire mes pensées.

— Merci d'être parti à ma recherche.

Ce n'était pas ce que j'avais voulu dire mais bien que Liam ne l'ignorât pas, il me répondit comme si de rien n'était :

— J'avais besoin de quitter un peu l'île. L'ambiance était vraiment irrespirable. Ces derniers jours, on aurait dit que tout le monde avait la peste.

Je savais ce qu'il entendait par là. Depuis qu'Owen s'était noyé, les îliens n'étaient pas seulement tristes mais malades. Malgré leurs rires, ils ne s'étaient pas contentés de rentrer chez eux après les condoléances, ils avaient pris la mort sur eux. Elle leur collait à la peau.

— Comme c'est étrange, reprit Liam. Pendant toute mon enfance, chaque fois que mon père partait en mer, on me disait qu'il pouvait y rester. Des îliens se noient chaque année et parfois, tous les hommes de la famille disparaissent en même temps. Papa récitait toujours une prière avant le repas qui précédait sa campagne de pêche et demandait à Dieu de le ramener sain et sauf dans son foyer. J'aurais donc dû m'y attendre, tu comprends ? Mais je n'ai jamais vraiment cru que cela pourrait lui arriver à lui.

Liam se tut un court instant et s'essuya le nez dans son drap.

— Tu as de la chance dans un sens, ajouta-t-il. Ta mère a d'abord été malade et tu as eu le temps de lui dire au revoir.

Quand il dit cela, mes oreilles se bouchèrent à nouveau. Les bruits de la pièce me parvenaient ralentis et amplifiés comme sous un écran d'eau. L'oreiller sous ma joue était froid et trempé de larmes.

— Liam ? dis-je d'une voix épaisse qui résonna dans mes oreilles. Est-ce que tu as déjà eu l'impression de te noyer ? Tu ne peux pas remonter à la surface, ton corps s'emplit d'eau si vite que tu sais qu'il n'y aura bientôt plus en toi une once d'oxygène et de vie, mais tu n'es pas dans l'eau. (Je m'arrêtai, haletante, pour respirer l'air enfumé de la chambre. *Est-il possible qu'on ne sache plus comment faire pour respirer ?* voulais-je demander à Liam. Etait-ce ainsi que ma mère et son père avaient fini par mourir ?) Tu te noies, murmurai-je. Mais tu n'es absolument pas dans l'eau…

Je me tus car Liam, après avoir repoussé les couvertures, se glissait dans le lit à côté de moi. Il pressa son corps contre le mien, si fort qu'il me fit mal aux hanches. Je pris sa main et la posai sur ma poitrine, me préparant d'avance à ce qui allait arriver. Mais il retira sa main, rampa par-dessus moi, s'allongea à nouveau, mon dos contre son torse. Il prit mes mains dans les siennes et les posa sur mon estomac.

— Reste tranquille, Grainne, murmura-t-il. (Je cessai de bouger et laissai la chaleur de son corps envahir le mien.) Tout va bien, répéta-t-il dans l'obscurité.

Je ne désirai qu'une chose : le croire. Je ne dormis pas mais restai allongée sans bouger contre lui, écoutant le rythme de sa respiration, qui devenait plus précipité, puis se calmait à nouveau, ses cheveux fins frôlant mon oreille.

Le lendemain matin, alors que nous revenions vers l'immeuble de l'*Irish Times*, j'observai la cohue des gens qui se rendaient au travail. Comme à Boston, on aurait dit une chorégraphie compliquée, une valse de porte-documents, de talons claquant sur le trottoir et de visages peu avenants ou inexpressifs. Je cherchai mon père dans l'incessant défilé des hommes en costume. Leur ressemblait-il ? Etait-il comme tous les pères de mes amies : bien élevé, secret et distrait ?

Je me rendis compte soudain que Liam me regardait.

— De quand date ton dernier repas ? demanda-t-il.

— Pourquoi ? dis-je en faisant un immense effort pour continuer à marcher droit.

— Tu as l'air drôle.

J'essuyai la sueur qui perlait au-dessus de mes lèvres.

— Je vais bien.

Il secoua la tête, nullement convaincu, me prit la main et m'entraîna dans un café qui se trouvait de l'autre côté de la rue.

— Assieds-toi, dit-il. Tu peux regarder par la fenêtre pour voir si Seamus arrive. Je vais te chercher un sandwich.

Les murs bruns encrassés par la fumée de cigarette tanguaient autour de moi ; je réussis cependant à fixer mon regard sur la porte de l'immeuble du journal. J'imaginai mon père descendant d'un bus à impériale comme d'un bateau, le visage tanné par la mer, ses vêtements sentant le feu de bois et le poisson. Tel qu'avait dû être le père de Liam à chaque retour d'un voyage en mer – avant de revenir sur l'île enfermé dans un cercueil.

Liam revint avec deux croque-monsieur et du thé.

— Prends ça, dit-il.

Comme il me regardait, je mordis dans l'un des toasts sans quitter la porte des yeux. J'avais beau mâcher, le morceau de pain de mie refusait de se briser. J'avalai et la nourriture descendit dans mon estomac comme une boule de glaise. Mon visage brûlait et mon cuir chevelu me démangeait de façon insupportable.

— Excuse-moi, dis-je, avant de me précipiter dans les toilettes pour dames.

Je vomis le sandwich, puis je fus prise de nausée pendant plusieurs minutes, terrifiée à l'idée que ces spasmes ne s'arrêteraient pas et que je ne pourrais plus respirer. Quand mon estomac se fut calmé, je m'aspergeai d'eau au-dessus du lavabo sale et m'essuyai avec une serviette en papier. Je rejoignis Liam, me faufilant entre les tables.

— Je ne l'ai toujours pas vu, dit-il. Jésus ! s'écria-t-il en se levant, le regard fixé sur moi. Tu es livide. Est-ce que tu es malade ?

En prenant bien garde de bouger mes lèvres le moins possible, je lui répondis que j'allais respirer un peu d'air frais dehors. J'ouvris la porte du café et plongeai dans le vent froid. J'éprouvai soudain une telle paix que je me dis que j'allais parfaitement bien. Mais au moment où je faisais demi-tour pour rentrer dans le café, le trottoir vint brutalement à ma rencontre et je sombrai dans l'obscurité.

— Réveille-toi, Grainne, me suppliait Liam. (Je voulais lui demander de parler moins fort car sa voix stridente me vrillait les tempes.) Réveille-toi !

J'ouvris les yeux et vis non pas Liam mais un autre homme penché vers moi. C'était mon père et il avait l'air d'un pirate avec ses longues boucles noires et argentées attachées en catogan sur la nuque et cette courroie en cuir qui ceignait son épaule et passait sous son autre bras. Je crus au début qu'il portait une épée, puis je vis qu'il s'agissait d'un appareil photo. Des rides se formaient autour de ses yeux quand il souriait, ce qui me surprit.

Il me souleva dans ses bras, sans effort, et je me dis que c'était un rêve ou le souvenir de l'époque où j'avais trois ans.

— Bonjour, petite fille, dit-il d'une voix basse et chantante.

La dernière chose à laquelle je pensai avant de sombrer à nouveau fut que son corps était anormalement chaud.

26

Grace

Grainne avait trois ans et demi lorsque Grace rencontra l'homme qui lui permit de quitter l'île. Max était un riche touriste américain, voyageant en Europe sur son yacht ; il débarqua à Inis Muruch comme un roi tonitruant et grossier, exhibant des billets de cinquante livres, offrant des tournées à toute la clientèle du pub. Les îliens lui reprochaient son ostentation quand il ne pouvait les entendre mais acceptaient ses chopes de bière avec des sourires amicaux.

Dès qu'il eut vu Grace, il ne la quitta plus des yeux. Elle prit bien garde de ne pas l'aguicher trop ouvertement dans le pub mais se débrouilla pour feindre de le rencontrer fortuitement au cours de ses promenades dans les endroits déserts de l'île. Il lui rappelait M. Willoughby : un homme accoutumé à payer le prix pour obtenir ce qu'il voulait. Elle le soupçonnait de vivre sur un héritage car il n'évoquait jamais son métier. Elle n'éprouvait rien pour lui, mais la cour qu'il lui faisait flattait son orgueil. Il l'intéressait à cause de son bateau et de sa fortune ; elle savait qu'elle n'allait avoir aucun mal à l'accaparer et le séduire.

Avoir à nouveau un but, si simple et si facile à atteindre, l'exaltait.

En l'espace d'un an, un mur s'était peu à peu dressé entre Seamus et elle, fait du silence entêté de Seamus et de ses propres sarcasmes. Ils en souffraient mais chacun d'eux était convaincu que seul l'autre l'avait érigé. Grace insultait Seamus et brisait la vaisselle mais il refusait de se disputer avec elle. Il l'observait calmement et quand, exténuée, elle éclatait en sanglots, il quittait la maison. Il rentrait tard, après avoir passé la soirée au pub, mais ne revenait jamais ivre, ce que Grace eût préféré car elle eût pu alors le traiter de haut. Mais il se glissait dans leur lit, les yeux brillants, et dès qu'elle sentait la chaleur de son corps, elle oubliait ses griefs. Ils se meurtrissaient en faisant l'amour et au réveil, ils ne parlaient jamais de leurs hanches douloureuses ni de l'amertume de leur bouche aux lèvres gonflées. Pendant la journée, ils se croisaient comme des fantômes aveugles et concentraient toute leur attention sur Grainne, s'occupant d'elle chacun à leur tour, comme s'ils étaient déjà séparés. Quand Seamus était absent, Grace se demandait pourquoi elle avait accepté de l'épouser. Elle s'en voulait de lâcher prise quand elle se retrouvait au lit et de manifester son amour en l'exhibant comme une plaie béante. Elle savait qu'il fallait qu'elle s'en aille, assez loin pour que la force d'attraction du corps de Seamus ne puisse plus la ramener à lui.

Un après-midi où son mari était parti pêcher avec Owen, Grace traversa le port à la nage et monta à bord du yacht de Max. Celui-ci l'attendait. Ils firent l'amour sur la dure couchette de sa cabine privée. Par comparaison avec Seamus, coucher avec Max revenait à être étendue sous un cadavre : le corps de Max était froid et collant, son ventre aussi flasque qu'une méduse. Ils fumèrent, allongés et nus sur les draps ;

Grace lui présenta Seamus comme un homme ignorant et borné, alors Max grommela qu'elle méritait mieux que ce rustaud. Quand il proposa à Grace de l'accompagner en Espagne, il crut en avoir eu l'idée lui-même. Grace pourrait emmener sa fille, lui dit-il, il y avait de la place pour elle. Grace plongea du bateau à la nuit tombante et se laissa flotter jusqu'aux abords de l'hôtel. En se rhabillant avant d'aller chercher Grainne à l'hôtel, elle était très excitée, comme un prisonnier qui aurait enfin réussi à scier le premier barreau de sa geôle.

Dans le pub, il y avait une soirée en l'honneur des jumeaux, Conor et Marc, qui allaient avoir dix-sept ans et devaient partir pour l'Angleterre la semaine suivante. Cliona riait, encadrée par les garçons qui la dépassaient maintenant d'une tête. Dressée sur la pointe des pieds, elle remettait de l'ordre dans leurs cheveux et semblait très fière – comme si, songea Grace avec dégoût, c'étaient ses propres fils. *Eux, ils quittent l'Irlande avec sa bénédiction*, chuchota Grace pour elle-même, *parce que ce sont des garçons et que les hommes de l'île ont tous les droits.*

Grainne était en train de jouer avec Liam au pied du bar. Quelqu'un avait dû leur offrir des biscuits au chocolat et la bouche de la petite était barbouillée de paillettes brunes.

— Tu veux une pinte, Grace ? proposa gaiement Marcus, en actionnant le robinet de la Guinness qui laissa échapper un chuintement.

L'air ravi, il contemplait sa famille qu'il croyait sans doute solide comme un roc.

— Non merci, Marcus, répondit Grace. Viens ma chérie, ajouta-t-elle en se penchant vers Grainne pour essuyer sa bouche avec un mouchoir en papier qui se déchira tant son menton était poisseux de chocolat.

— Allez ! insista Marcus. Une chope ne te fera pas de mal.

Il posa le bock de bière brune sur la grille pour que la mousse retombe.

— Je t'ai dit que je n'en voulais pas, rappela Grace d'un ton brusque.

Le sourire de Marcus disparut, il haussa les épaules, secoua la tête et se dirigea à l'autre extrémité du bar pour rejoindre Cliona et les jumeaux. *Il ne m'a jamais aimée*, se dit Grace. *Je faisais simplement partie du lot quand il a passé commande de sa femme par la poste.* Elle se félicitait que demain Marcus et tous ceux qui lui ressemblaient ne puissent plus jamais la regarder avec inquiétude.

Cette nuit-là, elle se glissa dans le lit de sa fille et lui murmura qu'elles allaient partir à l'aventure.

— Qu'est-ce que c'est l'aventure ? demanda Grainne.

Sa petite voix imitait les inflexions des îliens, elle montait et descendait comme les vagues.

— Cela signifie que nous allons quitter l'île et voyager dans des endroits merveilleux.

— Comme mes oncles ?

— Eux ne vont qu'en Angleterre. Cela ne te plairait-il pas de voir le monde entier ?

— Grand Dieu, oui, répondit Grainne qui, ces derniers temps, adoptait les expressions de Cliona avec une précision qui épouvantait Grace. Papa vient avec nous ?

— Pas tout de suite. Mais quelle est ta meilleure amie ?

— Maman, dit Grainne en bâillant.

— Et tu es la meilleure amie de maman. Pourquoi aurions-nous besoin de qui que ce soit d'autre ?

Grainne s'endormit avant de pouvoir répondre, sa chaude respiration embuant le cou de sa mère.

A l'aube, encore à demi endormie, Grace sentit que Seamus se levait, puis elle l'entendit prendre une douche et s'activer dans la cuisine. Elle resta allongée comme une enfant, au matin de Noël, qui a envie de jaillir du lit tout en craignant qu'il ne soit encore trop tôt. Elle remonta la couette sur son visage car dès que Seamus n'était plus là, le lit redevenait glacial. Elle attendait qu'il vienne l'embrasser avant de partir et quand elle l'entendit revêtir sa veste, puis tourner la clef dans la serrure, elle l'appela d'une voix inquiète :

— Seamus ?

Il entra dans la pièce, coiffé de son chapeau, avec son harnachement de reporter sur l'épaule. Il partait à nouveau pour Belfast. A son retour, Grace se serait envolée. Comme les rideaux étaient tirés, la pièce était trop sombre pour qu'elle distinguât les traits de son mari.

— Tu ne me dis pas au revoir ? demanda-t-elle.

Comme Seamus ne répondait rien, l'excitation de Grace retomba et à nouveau elle se sentit piégée, pareille à une infirme paralysée sur son lit. Il s'approcha rapidement d'elle, la couvrant un instant de son ombre, et l'embrassa avec passion. L'instant d'après, il était parti et bien qu'il n'ait rien dit, la pièce sembla soudain silencieuse. Pourquoi, alors qu'elle le quittait, avait-elle l'impression que c'était lui qui l'abandonnait ? Elle envoya valser les couvertures et essaya de se concentrer sur ce qu'elle voulait emporter avec elle.

Grace avait prévu de s'enfuir tard dans la nuit, à un moment où il n'y aurait plus personne pour l'intercepter. A l'heure du dîner, alors que tout était prêt pour son départ, Mary Louise passa chez elle avec Liam.

— Ne peux-tu pas revenir demain, suggéra-t-elle, dans son embarras. Grainne n'est pas très bien et j'aimerais la coucher tôt.

— Elle n'a pas l'air souffrante, dit Mary Louise en regardant Grainne prendre la main de Liam pour l'entraîner dans sa chambre.

Grace ravala sa rage.

— Je voulais juste que Liam puisse lui dire au revoir, ajouta Mary Louise.

Grace essaya de lui fermer la porte au nez mais elle s'était déjà glissée à l'intérieur de la maison.

— Comment sais-tu que je m'en vais ? demanda-t-elle. Ta vie est tellement assommante qu'il te faut m'espionner ?

— Ne te mets pas en colère, Grace. Certains signes ne trompent pas. Je ne suis pas aussi stupide que tu le crois.

— Tu en as parlé à quelqu'un ?

— Non. Cela ne servirait à rien. Personne ne peut t'arrêter, quand tu as décidé quelque chose.

— Tu penses que je suis une garce d'abandonner mon mari ? demanda Grace en imitant ce qu'elle croyait être la voix haut perchée de Mary Louise.

— Non, répondit celle-ci en examinant les photos sur le mur du living : les photos du mariage des parents de Seamus auprès de celles du mariage du fils. Je pense que tu es ainsi, que tu ne peux pas te ranger. A partir du moment où tu dépends de quelqu'un d'autre, tu t'imagines que tu es en prison. (Mary Louise se retourna pour la regarder.) Tu tiens ça de ta mère.

Grace eut un rire méchant.

— Je ne ressemble pas à ma mère, dit-elle. Elle est encore plus casanière que toi.

— Tu ne l'as pas connue quand elle avait ton âge.

— Toi non plus.

— En effet, mais on m'a parlé d'elle. Et je vois bien qu'elle n'a pas vraiment changé. Elle non plus, elle ne tient pas en place. Mais elle a fait d'autres choix.

Grace approuva mais demanda à Mary Louise de partir. Pour qui se prenait-elle ? Comment pouvait-elle prétendre comprendre Grace ou sa mère ? Mary Louise cria à Liam qu'il était temps de rentrer. Les deux enfants les rejoignirent, main dans la main, et se mirent à pleurnicher en disant qu'ils voulaient jouer encore un peu.

— Tu vas me manquer, Grace, murmura Mary Louise. Même si je sais que tu ne peux pas en dire autant de moi.

Grace avait envie de lui demander : *Pourquoi as-tu toujours été aussi bêtement gentille avec moi alors que de toute évidence je te détestais ?* Mais elle connaissait d'avance la réponse naïve de Mary Louise : *Parce que tu es ma sœur.* Elle la regarda descendre le chemin avec son fils et s'offrit le luxe de faire claquer la porte derrière eux.

Quand Grace arriva sur le quai à minuit, Cliona attendait, courroucée, à côté du yacht.

— Seigneur ! s'écria Grace. Qu'est-ce que *tu me veux* encore ?

Son projet de s'enfuir secrètement était contrecarré par tous ces adieux. Cliona tira Grainne de sa poussette et la grand-mère et la petite-fille se mirent à faire leur numéro habituel : elles s'embrassèrent, s'étreignirent, poussèrent des cris au moment où elles se séparaient, puis se jetèrent à nouveau dans les bras l'une de l'autre. Grace observait ce manège avec répugnance.

Aussi loin que remontaient ses souvenirs, jamais sa mère ne l'avait touchée, si ce n'était pour la gifler.

— Que vas-tu faire maintenant ? demanda-t-elle. Soudoyer Max ? Tuer le capitaine ? M'enfermer dans l'église jusqu'à ce que je promette d'être une gentille fille ?

— Non, Grace, répondit Cliona avec un soupir. (Elle reposa Grainne sur le quai.) Je suis lasse de me battre avec toi.

Max monta sur le quai, l'air honteux, et transporta les sacs de Grace et la poussette sur le pont du bateau.

— Pourquoi es-tu venue alors ?

Le visage de Cliona était aussi dur et impassible qu'à l'ordinaire.

— Ne t'imagine pas que Seamus te rejoindra, dit-elle. Il est trop orgueilleux pour cela.

En entendant les propos de sa mère, Grace éprouva la même crainte que celle qui l'avait envahie le matin même, au moment où Seamus partait. *Il me suivra,* se dit-elle. *Et ensuite, tout sera différent.*

— Epargne-moi tes sermons, dit-elle. J'ai déjà eu droit à ceux de Mary Louise. Comment se fait-il que toute l'île soit au courant de mon départ ? Si tel est le cas, je suis étonnée qu'ils ne soient pas tous là à poireauter sur le quai.

— Ils savaient tous que tu partirais un jour ou l'autre, répondit Cliona. Tu détestes Inis Muruch et cela n'échappe à personne. Depuis cinq ans, tu n'as pas cessé de faire la tête.

— Je ne faisais pas la tête.

— Si, bien sûr. Personne n'a jamais pu te rendre heureuse, sauf cette petite. (Grainne les observait avec une inquiétude qui vieillissait son visage de bébé.) J'espère que tu trouveras le bonheur. C'est tout ce que j'avais à te dire.

— Non, ce n'est pas tout. Comme d'habitude, tu essaies de fiche en l'air mes projets !

Cliona recula pour la laisser monter sur le bateau.

— Je ne pense pas que tu nous écrives pour nous dire où tu t'es installée...

— Non.

— C'est bien ce que je pensais, murmura Cliona.

Pendant un bref instant, ses épaules s'affaissèrent et elle parut plus âgée, puis elle se redressa et referma d'un coup sec le premier bouton-pression de son ciré.

— Eh bien, au revoir. Cela m'étonnerait que tu restes longtemps avec cet homme, dit-elle en montrant Max qui attendait comme un personnage de mélodrame. Il ne semble pas avoir grand-chose dans la tête.

Elle fit demi-tour avant que Grace ne puisse lui répondre et remonta la jetée de sa démarche élégante, les pans de son ciré agités par le vent.

— On y va ? demanda Max.

Grace ferma un instant les yeux pour ne plus voir la silhouette de sa mère, qui poursuivait sa route sans se retourner, puis elle tendit Grainne à son compagnon par-dessus le bastingage de bois.

Au moment où le yacht quittait le port et longeait le château de Granuaile, dont la pleine lune argentait les tourelles, Max emplit de vin le verre de Grace et porta un toast à leur évasion réussie.

— J'ai cru que j'allais être obligé de me battre avec cette harpie, plaisanta-t-il.

Grace ne lui répondit pas. Elle regardait le château en songeant à la sirène sculptée dans la pierre et à la main de Seamus se posant doucement sur la sienne. Elle se revoyait petite, ajoutant un couvert de plus dans la cuisine, dans l'espoir d'embarquer avec Granuaile.

— Tu es sûre de vouloir partir ? demanda Max.

— Absolument, répondit-elle en se penchant vers lui d'un air provocant pour l'embrasser.

Il grogna de satisfaction et posa sa main sur ses fesses.

— Seigneur ! hurla-t-il.

Grace était en train de glousser quand elle se rendit compte soudain qu'il regardait derrière elle. Elle se retourna et aperçut Grainne en équilibre instable sur la rambarde, penchée vers l'eau rugissante.

— Recule, bébé, cria-t-elle en se précipitant vers elle.

Mais Grainne laissa échapper un rire musical et passa par-dessus bord.

— Arrêtez ce satané bateau ! hurla Max en grimpant à l'échelle qui accédait au pont du pilote.

Avant même qu'ils aient allumé les projecteurs, Grace avait plongé et elle nageait sous la surface de l'eau, les bras tendus, tâtonnant à l'aveuglette dans l'océan glacial. Elle parvint à saisir un petit corps, le remonta avec elle et sans lâcher Grainne revint vers le bateau. Le capitaine souleva Grainne, et Max aida Grace à remonter sur le pont.

— Est-ce qu'elle respire ? cria-t-elle en repoussant Max.

Grainne se mit à tousser et, les mains tremblantes, Grace l'enveloppa dans une des couvertures du bateau.

— Devons-nous faire demi-tour ? demanda le capitaine.

Max semblait hagard.

— Non, répondit-il. Elle va bien, n'est-ce pas, Grace ?

Grace lui tourna le dos et lui demanda de la laisser seule. Elle déshabilla sa fille et la frotta vigoureusement avec une serviette au monogramme du yacht. Grainne contemplait l'eau, l'air calme et détaché.

— Ne recommence jamais à sauter d'un bateau, s'écria Grace. Tu aurais pu te noyer, comprends-tu ? Tu te serais noyée si je n'étais pas allée te chercher !

— La dame m'a dit de le faire, pleurnicha Grainne.

Pendant un court instant, Grace crut qu'elle voulait parler de Cliona.

— Quelle dame ? demanda-t-elle.

— La sirène. Je voulais nager avec elle. Elle m'a tirée.

— Les sirènes n'existent pas, Grainne. C'est moi qui t'ai sortie de l'eau.

— Non, regarde ! insista Grainne en montrant la mer sombre du doigt.

Grace fixa l'endroit et crut voir plonger une forme bleutée et arquée, probablement un dauphin. Ou un requin, se dit-elle en frissonnant et en serrant sa fille contre elle.

— Je me moque de ce que tu as vu, reprit-elle. Ne va jamais dans l'eau sans moi.

— Elle nous suit, dit Grainne en se trémoussant pour échapper à sa mère et regarder l'océan derrière le bastingage.

— Arrête ! lui intima Grace.

— Elle est toute seule, dit Grainne. Je vais chanter pour elle.

Elle commença à chanter avec l'accent de l'île la berceuse irlandaise que lui avait apprise son père. Grace ignorait si les paroles étaient exactes – pour elle, ce n'était qu'un jargon. Mais Grainne chantait avec confiance et on eût dit que sa triste complainte apprivoisait la mer.

Grace se mit à pleurer.

— Je suis désolée, Grainne, murmura-t-elle en serrant sa fille, debout devant elle. Nous allons nous en sortir, ma petite chérie. Nous serons seules toi et moi un certain temps. Mais il ne va pas te manquer long-temps, je te le promets.

Elle berça sa fille bien après que l'île eut disparu et Grainne continua de chantonner faiblement, encore et toujours le même air, comme un écho, et Grace finit par ne plus distinguer si c'était sa fille qui chantait ou si cette mélodie montait de la mer...

27

Grainne

J'étais couchée dans le lit de ma mère, blottie dans un coin, ma joue brûlante posée contre le mur froid. J'avais conscience d'une présence masculine que je ne pouvais pas voir mais, à cause de l'odeur musquée de transpiration, je pensais qu'il s'agissait d'un des amants de passage de ma mère. J'entendais la voix de ma mère provenant du coin sombre de la pièce ; elle lisait un poème que j'avais recopié dans l'un de mes cahiers.

Partons, toi et moi,
Maintenant que le soir est étendu de tout son long sur le
ciel
Comme un malade anesthésié sur une table...

— Maman ! criai-je.
Elle s'approcha de moi, son visage à peine distinct à la lumière bleutée de la veilleuse dont je ne me servais plus depuis que j'avais cinq ans. Elle s'assit sur le lit ; il n'y avait aucun homme avec elle : nous étions seules toutes les deux.
— Cela va mieux ? demanda-t-elle.
Ses cheveux pendaient sur ses épaules, comme des

boucles ensanglantées autour de son cou. Je voulus me lever mais je ne pouvais bouger.

— Maman, dis-je, sans être certaine d'avoir réellement réussi à prononcer ces mots. Nous n'avons pas beaucoup de temps.

Le poème posé devant elle était tapé à la machine sur une feuille blanche en colonnes nettes, elle en reprit la lecture.

Oserai-je
Troubler l'univers ?
Une minute suffit à prendre des décisions
Qu'une minute suffira à annuler.

— Non ! dis-je. (Je pleurais mais ma mère continuait à sourire.) Tu vas mourir !

Elle se redressa et disparut comme si je venais d'aborder là un sujet tabou.

Je me levai, remarquant que je portais la chemise de Stephen qui sentait la marée basse, ainsi que les chaussures de sport de ma mère couvertes d'une croûte de sable. Je quittai la pièce et me retrouvai dans le cottage de Singing Beach. Sur la natte de sparterie, des cheveux coupés, entremêlés d'algues et de méduses rouge sang, traçaient un chemin qui menait à la chambre de ma mère et de Stephen. Je le suivis en glissant sur ces débris.

J'ouvris doucement la porte, craignant ma prochaine découverte. Ce n'était pas leur chambre mais une salle d'hôpital dotée d'un grand lit à barreaux en métal gris et de boutons rouges clignotant sur les murs. Je m'allongeai sur le lit pour attendre ma mère. Une femme qui semblait être ma grand-mère mais qui ne me reconnut pas se mit à brancher des tuyaux dans mon corps et attacha mes jambes aux barreaux du lit avec des liens de sécurité.

— Je ne suis pas malade, dis-je.

Mais au lieu de m'écouter, elle introduisit dans mes narines les embouts d'un tube à oxygène. Une aiguille était plantée dans mon bras et je voyais la seringue pomper mon sang.

— Où est ma mère ? demandai-je.

J'entendais ma respiration haletante et mon haleine s'échappait de ma bouche comme un brouillard marin dans l'air ambiant.

— Tout va bien, Grainne, chanta la femme.

Elle se pencha vers moi avec une aiguille et se mit à recoudre à l'aide d'un fil noir et visqueux une entaille ouverte dans ma poitrine.

— Arrêtez ! criai-je.

Et aussitôt que je l'eus repoussée, elle disparut ainsi que ma blessure.

Il y avait un téléphone à côté du lit. Je le pris et composai le numéro de notre appartement à Boston. Le téléphone ne cessait de sonner mais derrière cette sonnerie, j'entendais le rire de ma mère et les ahans cadencés d'un homme.

— Je devrais répondre, entendis-je dire Stephen, de cette voix épaisse qu'il avait quand il faisait l'amour avec ma mère et que je les écoutais dans la chambre voisine.

— Continue, gémit ma mère.

— Grainne ! s'écria Stephen en plein orgasme.

Et je faillis laisser tomber le téléphone.

Je sentais la chaleur humide de ses lèvres à travers l'écouteur.

La sonnerie insistait, semblable au son aigu d'une flûte qui me perçait l'oreille.

Quand je raccrochai, Stephen et ma mère entrèrent dans la pièce, l'air inquiet et honteux. Ma mère abaissa les barreaux du lit avec un claquement sec et s'assit à mon côté. Elle avait apporté une serviette et se mit à frotter mes cheveux humides avec des gestes apaisants.

— Ne va jamais dans l'eau sans moi, me gronda-t-elle.

— Maman, dis-je.

Je pleurai si fort que le lit était détrempé comme si une vague l'avait un instant submergé.

— Chut, dit-elle. Nous aurons le temps de parler de tout ça quand tu iras mieux.

Je repoussai la serviette pour pouvoir la regarder.

— Mais tu es mourante ! m'exclamai-je. Stephen t'a emmenée à l'hôpital.

Elle rit, regarda Stephen qui partagea son hilarité.

— Ne dis pas de bêtises, reprit-elle. Ce n'est pas moi qui suis en train de mourir.

Elle fut prise d'une quinte de toux grasse. Son visage devint cramoisi et une chose semblable à une méduse gicla hors de sa gorge sur le lit.

— Tout va bien, Grace, dit Stephen en s'approchant d'elle pour la soutenir.

Il embrassa le lobe de son oreille tandis que les cheveux de ma mère se clairsemaient soudainement ; les boucles cuivrées tombaient de ses épaules avec la régularité drue de la pluie.

Elle utilisa la serviette pour ramasser ce qu'elle avait expulsé sur le lit. J'aperçus dans l'échancrure de son peignoir un sein qui pointait et vu la manière dont son peignoir retombait de l'autre côté, je savais qu'à cet endroit il ne restait plus que de la peau froncée et des points de suture. Elle avait vomi son sein.

— Ceci est mon corps, dit-elle en levant la serviette ensanglantée devant elle. Qui est donné pour vous.

— Je t'en prie, maman, ne t'en va pas, dis-je en tendant le bras vers elle. (Je ne pouvais pas l'atteindre à cause des courroies qui m'entravaient.) Je t'en prie, reste avec moi.

Ma mère sourit comme si tout allait bien, comme si ce n'était qu'un vague caprice et qu'il suffisait de me changer les idées.

— Si tu fermes les yeux, dit-elle, je te lirai quelque chose.

Dès que j'eus fermé les yeux, il me sembla que je ne pourrais jamais plus les ouvrir, et ce fut une voix d'homme qui poursuivit la lecture, et non la sienne, une voix qui semblait venir de très loin.

Chaque fois que je perds courage
Je ne puis m'empêcher de penser à toi quand tu étais jeune,
Et la marée montante ainsi que des milliers de voiles
Emplissent l'océan insondable.

Je me débattis contre mes liens et, dès que je fus libérée, me retrouvai sur une plage obscure où la mer démontée se fracassait sur le rivage. Je perçus la voix de ma mère qui venait de l'océan et me précipitai vers elle, le sable crissant sous mes semelles de caoutchouc.

— Maman! criai-je.

Je ne pouvais la voir, j'apercevais seulement la courbe bleutée d'une dangereuse créature dans l'eau.

Elle chanta ces vers pour moi.

Je les ai vus partir vers le large en chevauchant les vagues
Coiffer la chevelure blanche des vagues rabattue par le vent
Alors que le vent chassait devant lui l'eau noire et blanche.

Je plongeai dans une vague qui se brisa en deux sur mes épaules comme une planche de bois. Je tentai de nager vers la voix de ma mère mais le bruit de l'océan dans mes oreilles me désorientait. Un autre rouleau déferla, qui m'enfonça sous l'eau, et le courant m'aspira vers le fond comme si des mains avaient saisi mes chevilles. Je levai les bras, ma mère me localisa et me ramena au rivage. J'étais étendue sur la grève, le dos douloureux, et crachais sur le sable une eau foncée mêlée d'algues. Le poème continuait à résonner à mes oreilles. Ce n'était plus la voix de ma mère, mais celle, plaintive et vaguement familière, d'un homme qui semblait pleurer en lisant.

> *Le rivage de la peine, avec ses récifs*
> *recouverts du varech de la douleur,*
> *est invisible et les vagues incessantes*
> *se brisent à mes pieds avec un froissement soyeux.*

Quand j'ouvris les yeux, ce n'était plus ma mère mais Liam qui était penché sur moi, au clair de lune.
— Tu as une coupure au-dessus de l'œil, dit-il en pressant doucement la manche de sa chemise sur mon front. Je crois me souvenir que tu avais affirmé que l'on ne pouvait se noyer lorsqu'on savait nager, plaisanta-t-il en caressant ma joue de son autre main.
Ma mère est là, voulus-je lui dire, mais il se laissa tomber à côté de moi et m'embrassa. Ses lèvres au goût salé m'empêchèrent de lui répondre.
Alors que nous étions étendus là, nos bouches jointes, et que les mains de Liam couraient sur ma peau, j'entendis à nouveau la voix de ma mère.

> *Cela aurait-il valu la peine, après tout,*
> *Après les tasses, la confiture d'oranges, le thé,*
> *Alors que nous bavardions, toi et moi, en faisant tinter*
> *la porcelaine,*
> *Cela aurait-il valu la peine pendant que l'on y était,*
> *D'aborder en souriant le sujet,*
> *De réduire l'univers à la taille d'une balle,*
> *De la faire rouler vers quelque question affligeante,*
> *De dire : « Je suis Lazare, ressuscité des morts,*

Revenu tout te dire, je vais tout te dire »... ?
Si, posant un oreiller près de sa tête,
Quelqu'un lui disait : « Ce n'est pas du tout ce que
j'entendais par là.
Ce n'est pas cela du tout. »

Lorsque j'ouvris les yeux, je vis mon père tenant un mince cahier près d'une lampe qui tamisait dans la chambre d'hôpital une lumière jaune. Ses cheveux étaient en désordre, des boucles noires et argentées retombaient sur ses tempes. Il lisait à haute voix :

Pourquoi n'a-t-elle pas duré la marée d'équinoxe
plus précieuse pour moi que pour les oiseaux,
et comment ai-je pu perdre son aide
alors que la douleur m'éloigne imperceptiblement du
rivage ?

Il leva les yeux, constata que j'étais réveillée et me sourit – et je me vis alors, bougeant et ondoyant dans le miroir sombre de ses yeux.

— Je suis en train de mourir ? demandai-je d'une voix faible qui se fit âpre en passant ma gorge sèche.

— Bien sûr que non, dit-il. Tu es sous-alimentée et anémiée mais, si tu prends bien soin de toi et si tu manges, tu seras sur pied dans quelques jours.

Je me mis à pleurer en désirant renouer le fil de mon rêve, et nager assez vite pour rattraper ma mère.

— Maman est partie, lui dis-je.

— Je sais, Grainne.

— Je ne lui ai pas dit au revoir, murmurai-je.

Le visage de mon père se brouilla derrière mes cils mouillés par les larmes ; nous étions séparés comme par un écran d'eau. J'en profitai pour me confesser à lui en silence.

— Ta mère n'était pas du style à faire ses adieux, dit-il. Elle préférait s'enfuir sans se faire remarquer, comme la marée, et revenir au moment où on l'attendait le moins.

— Mais elle n'est jamais revenue vers toi, rappelai-je.

Et je l'imaginai plein de désillusion en train de contempler la mer.

— Je sais, reconnut-il en posant sa main chaude sur mon front comme s'il voulait me rassurer par ce geste.

— Pourquoi n'es-tu pas venu me voir ?

— J'en suis désolé, Grainne. J'en mourais d'envie mais je craignais que ce soit comme la dernière fois.

Et je le vis alors, plus jeune, le regard plus confiant, prenant la tasse pleine de sable que je lui tendais, puis me photographiant, le visage masqué par son appareil. L'un des petits amis de ma mère parmi d'autres – de ceux qui étaient là, puis s'en allaient, sans que cela n'ait d'importance, sans laisser de souvenirs précis, sans lien avec l'étroite famille que nous formions elle et moi.

Mon père, Seamus O'Flaherty, était assis à côté de moi, ses mains pianotant sur ses genoux. Il avait de longues mains brunes et calleuses et une tache d'encre sur son index droit. Ses jointures, comme les miennes, étaient plus larges que ses phalanges comme chez toutes les personnes osseuses.

Tandis qu'il revenait sur son passé, les mots que j'entendais se transformaient à mesure en un récit fabuleux. Je regardais ses mains mais je voyais celles de ma mère, posées avec douceur sur ma tête avant qu'elles ne deviennent de pâles imitations de cire, liées par un chapelet... Les mains de ma mère telles qu'elles devaient être lorsqu'elle avait mon âge.

Il était une fois une belle jeune fille qui grandit sans père,
avec pour seule famille une mère qui l'aimait avec rudesse,

une fille qui ne vibrait qu'à la caresse de la mer ou à la caresse des garçons qu'elle ensorcelait. Une fille qui réservait un couvert à table à l'intention d'une reine des pirates imaginaire, d'un esprit qu'elle imaginait aussi impétueux que le sien.

De l'autre côté de l'océan vivait un jeune homme qui n'avait pour famille qu'un père ; sa mère était l'âpre terre qu'il habitait et l'océan environnant. Un homme amoureux des légendes de son île qui observait le flux et le reflux des marées dans l'espoir de surprendre les femmes magiques de la mer.

Quand ils se rencontrèrent, la fille était mince comme un fil et ses yeux étaient ternis par la tristesse. Elle avait été enlevée à son foyer et transplantée en un lieu où sa langue semblait étrange, où son corps tremblait de froid. Elle ne savait que nager. Ses mains ne connaissaient que les gestes de la passion. Elle avait déjà perdu un enfant et craignait de se perdre elle-même.

Quand il vit cette fille pour la première fois, l'homme savait tirer sa subsistance de la mer et tisser des histoires qui sonnaient comme des chansons. Il connaissait son île et déchiffrait les signes annonciateurs de la tempête. Il parlait le langage de ses ancêtres. Il voyageait par monts et par vaux et savait traduire la vie des autres sur le papier. Cependant, il ne pouvait vivre ailleurs que dans le pays qui était le sien.

Ils s'éprirent l'un de l'autre – elle aima son corps, lui aima son âme. La chaleur de l'homme la rappela à la vie, sa voix la retint sur les bords de l'abîme. Il la nourrit de cette terre et de cette langue qu'il aimait. Elle faisait montre d'une telle violence qu'il crut qu'elle était l'une de ces créatures marines dont il avait rêvé, enfant. Chacun d'eux trouva chez l'autre ce qu'il ne pouvait créer en lui-même : une compagne pour remplir le vide de son existence, un amant qui l'occuperait avant son retour à la mer.

Dès qu'ils furent mariés, leur amour sombra dans la

crainte. Elle avait peur qu'il ne l'emprisonne, il avait peur qu'elle ne l'abandonne. Chacun d'eux attendait de l'autre qu'il changeât...

Ils eurent un enfant : une petite fille avec des yeux profonds comme la mer, semblables à ceux de son père par la couleur, à ceux de sa mère par la passion. L'enfant avait en partage la réserve de son père et sa fascination rêveuse pour le langage ainsi que l'exigence abrupte de sa mère. Elle était eux sans l'être, elle exaltait les qualités de chacun et les dépassait, échappant à leur compréhension. Ils reportèrent sur leur fille l'amour qu'ils ne pouvaient se témoigner : un mélange de douleur et de joie, comme s'ils risquaient de la perdre à tout moment.

La jeune femme n'apprit jamais à aimer l'île de l'homme. D'année en année, l'île lui semblait plus petite, plus froide, ce n'était plus qu'une geôle et non le paradis. Elle quitta son époux comme il avait toujours eu l'intuition qu'elle le ferait – s'échappant discrètement de nuit, comme une sirène se laissant glisser au fond de la mer. Peut-être espérait-elle qu'il la poursuivrait, bien qu'elle l'en sût incapable. Elle l'abandonna sans regret, parce que son amour pour lui était moins fort que ses penchants. Elle emmena leur fille, ignorant – ou bien le savait-elle ? – qu'un jour elle la renverrait vers son père.

Pétrifié de douleur et soutenu par de vains espoirs, l'homme attendit. Il attendit le retour de la jeune femme, espérant qu'ils changeraient l'un et l'autre et qu'ils pourraient alors être heureux ensemble. Il attendit trop longtemps.

Quand il traversa l'océan pour retrouver sa famille et enquêter sur elle, en bon journaliste qu'il était, sa petite fille avait cinq ans. C'est là une partie de l'histoire qu'il est le seul à connaître.

Il s'approcha de son enfant dans un parc de Boston alors qu'elle jouait dans un bac à sable, sa baby-sitter assise sur un banc non loin d'elle. La petite jouait à la dînette avec un service à thé en plastique, orné de fleurs. Il dit à la baby-sitter qu'il était un ami de sa mère et demanda à la petite fille la permission de se joindre à elle.

— Tu es le petit chéri de ma mère ? demanda-t-elle en lui jetant un regard soupçonneux, caractéristique des enfants élevés en ville.

— Je l'ai été, répondit-il.

Elle remplit une tasse de sable, la posa sur une soucoupe qu'elle lui tendit poliment dans un geste plein de grâce. Elle servit une deuxième tasse qu'elle posa avec respect à côté d'elle, et une troisième pour elle.

— Quelqu'un va venir nous rejoindre ? demanda l'homme en songeant aux repas qu'ils avaient partagés tous les trois quand il croyait encore à leur bonheur.

— Cette tasse est pour mon papa, annonça la petite fille.

Elle prononçait tous ces mots avec le même soin comme si elle prêtait autant d'importance aux uns et aux autres.

— Et où est ton père ? demanda l'homme – qui criait intérieurement : Regarde-moi, Grainne, je suis là, juste devant toi.

— Il est en mer, répondit-elle, faisant semblant d'avaler une gorgée de sable. C'est un pirate, alors il est très occupé. Je garde toujours une tasse de thé pour lui. (Elle le regarda, soudain inquiète.) Ne le dis pas à maman, ajouta-t-elle. Elle serait fâchée.

— Et comment le reconnaîtras-tu quand il viendra ?

— Oh, il est très beau, répondit-elle de cet air patient que les enfants réservent aux adultes. Et en plus, il porte une tenue de pirate.

Sa voix avait perdu les inflexions mélodieuses de l'île.

Tout en la regardant servir l'invité absent – remplir une minuscule assiette avec de l'herbe et du gravier et la poser à côté de la tasse à thé –, il se souvint d'une histoire que lui avait racontée son propre père lorsqu'il était enfant au sujet

311

des dernières instructions que Jésus avait données avant sa mort.

« Conservez une place pour moi à votre table, avait dit Jésus, pour le jour où je reviendrai parmi vous. Et si un étranger se présente, offrez-lui ma part – car chaque fois que vous repoussez un étranger, c'est moi que vous repoussez. » Son père, fidèle aux traditions de l'île, avait toujours mis un couvert de plus à la table du dîner. Et lui, lorsqu'il était enfant, avait imaginé sans le lui confier que ce couvert était destiné à la femme qui sortirait de l'onde pour se joindre à eux.

Je suis un étranger, songea-t-il en voyant les petites mains remplir à nouveau la tasse du père imaginaire. Elle n'est plus ma fille si je ne vis plus avec elle.

Ses yeux étaient toujours aussi sombres mais à la lumière de la ville, ils ne lui rappelaient plus les profondeurs de la mer. Il se souvint de cette façon qu'ils avaient de se regarder : ils apercevaient le reflet de l'autre dans le minuscule miroir arrondi de leurs pupilles. Désormais, elle ne se reconnaissait plus dans ses yeux. Il prit une photo d'elle avec son appareil pour capturer à jamais son image.

Cette nuit-là, il resta dans l'obscurité, face à la fenêtre de leur salle de séjour, et observa sa femme et sa fille qui se racontaient, joyeuses, leur journée. Il jeta un coup d'œil sur la plaque de la sonnette portant le nom de jeune fille de sa femme. Il pouvait sonner, faire irruption dans leur vie, abandonner derrière lui son pays, sa langue, tout ce qui le définissait. Il pouvait essayer de vivre dans une ville où il suffoquerait, troquer les plages pour un bac à sable, et les tourbières pour des parcs aux chemins dallés.

Ou bien il pouvait enlever sa fille, lui réapprendre à aimer sa patrie, à parler comme la mer alentour. La regarder grandir sans sa mère…

Finalement, il ne fit rien de tout cela. Car il ne pourrait jamais réaliser ses désirs, conserver à la fois ses racines et sa famille. Il le savait pour avoir ainsi contemplé les deux femmes de sa vie et compris qu'elles ne lui appartenaient plus. Finalement, il s'en revint vers l'île aux Sirènes, Inis Muruch, la seule à se livrer à lui. Chaque soir, il dressa le couvert pour une famille de trois personnes.

Il s'en revint avec la certitude qu'un jour il reverrait sa fille. Alors il serait tenu de lui expliquer pourquoi il avait été absent de sa vie. Il savait qu'il ne pourrait pas répondre à ses questions comme sa mère l'eût fait d'une manière directe, mais qu'il s'aiderait des mythes et des mystères de sa propre langue. Pourtant jamais aucune explication ne serait suffisante.

Je ne suis pas certaine que ce furent là les mots exacts que prononça mon père mais ce furent ceux que j'entendis, les yeux clos, tandis que le souvenir flou de ma mère effleurait mon esprit comme la silhouette d'une sirène estompée par la brume.

— Voilà où mon histoire s'arrête, conclut mon père. Le reste – la vie de ta mère et la tienne –, il n'y a que toi qui puisse le raconter, Grainne.

Je considérai le repas de l'hôpital auquel je n'avais pas touché : la soupe chaude avait embué couverts et plateau. Je pensai au couvert que je découvrais chaque matin sur la table de la villa. En le dressant, ma mère renouait avec une coutume ancestrale dont elle ne m'avait jamais parlé. Je me remémorai la porte grise, à peine entrebâillée, devant laquelle je passais furtivement, de crainte qu'un mouvement brusque de ma part ne l'ouvre à plein battant. C'était comme si, en poussant cette porte, je risquais de libérer l'âme de ma mère – pareille à ces âmes en cage sous la mer –, la perdant pour toujours.

— Pourquoi ne manges-tu pas ? Tu ne vois donc pas le mal que tu te fais ? s'enquit mon père.

Comment lui expliquer ? Si je mangeais, le temps recommencerait à s'écouler et je sentirais à nouveau la vie battre en moi. Si j'étais vivante, alors c'était bien ma mère qui était morte. Ma mère, morte sans moi...

— Ferme les yeux, Grainne, dit mon père, comprenant que je pleurais trop fort pour lui répondre. Tu pourras recommencer à manger demain matin.

Et il chanta pour moi, dans une langue que j'avais oubliée, jusqu'à ce que mes larmes sèchent sur mes joues, et que je m'enfonce dans un sommeil sans rêve.

Quand je me réveillai à nouveau, il faisait jour et Liam était assis à côté de mon lit dans un fauteuil bleu capitonné. J'eus l'étrange impression de m'être endormie alors que le vent et la pluie fouettaient les fenêtres et d'ouvrir les yeux sur un ciel de pur azur.

— Bonjour, dis-je.

Il leva les yeux et me sourit. L'enthousiasme courut dans mes veines comme une drogue – je faillis sauter par-dessus les barreaux du lit ! Personne, pas même Stephen, ne m'avait souri avec tant d'éclat.

— Je me suis fait du souci pour toi, dit Liam en se levant et en appuyant ses bras sur les barreaux du lit. Tu as l'air d'aller bien mieux.

— J'ai donc si bonne mine que cela ? demandai-je en frottant mes yeux encore lourds de sommeil.

Comment pouvais-je être attirante, vêtue d'un pyjama jaune peu flatteur et sans avoir fait ma toilette ? Un cathéter était fixé à mon bras et son aiguille me provoquait une légère douleur. Liam caressa mon visage, écartant du même coup tout désir de me rendormir.

— Tu parais en forme, constata-t-il en retirant sa main.

Mon estomac se mit à gargouiller.

— Je crois que j'ai faim, dis-je.

Le visage de Liam s'illumina.

— C'est pratiquement l'heure de manger, dit-il. Qu'est-ce qui te ferait plaisir ? Je cours te chercher ce dont tu as envie.

— Quelque chose de salé, répondis-je.

Il revint avec deux cornets de papier débordant de frites et de poisson grillé. Nous nous assîmes en tailleur sur le lit et mangeâmes avec nos doigts. Je dévorai gloutonnement ; l'odeur et le goût salé du poisson me donnaient le vertige et m'enivraient. Liam préleva sur sa part un morceau de cabillaud et me le mit dans la bouche, laissant errer son pouce plus longtemps que nécessaire sur mes lèvres.

— Où est-il ? murmurai-je en regardant la porte.

— Seamus ? demanda Liam. (Il semblait fiévreux et ses yeux étincelaient comme un reflet de lumière sur une eau limpide.) Il doit revenir cet après-midi.

Il me regardait, toute timidité envolée, avec une telle intensité que je cessai de mâcher. J'avais du mal à respirer.

— Grainne, souffla-t-il.

Et cette fois je sus, sans erreur possible, qu'il allait m'embrasser.

Ses lèvres brûlantes avaient la saveur de la friture ainsi qu'une autre saveur encore qui, je le devinai aussitôt, n'appartenait qu'à lui. Les cornets de frites s'éparpillèrent sur nos genoux, Liam s'allongea auprès de moi et me caressa. Ses mains ne me semblaient pas étrangères, ses gestes étaient si naturels que je me laissai complètement aller contre lui.

Quand l'infirmière pénétra dans la chambre, elle se mit à glapir et à nous gronder, et je ris jusqu'à en avoir mal aux côtes en voyant Liam qui tentait de prendre un air contrit. Il cachait son sexe de sa main et passait sa langue sur ses lèvres adorables et gonflées.

28

Cliona

La sonnerie du téléphone me réveille. Je me suis endormie sur le canapé – ce qui m'arrive maintenant de temps à autre quand Mary Louise se charge de l'hôtel l'après-midi. Autrefois, je n'étais pas de celles qui font la sieste mais je suppose que cette faiblesse vient avec l'âge.

Seamus m'appelle pour me prévenir que Grainne et lui arriveront par le bac de quatre heures. La petite va suffisamment bien pour voyager. Je suis heureuse quoiqu'un peu nerveuse à l'idée qu'ils seront là tous les deux demain pour le repas de Noël.

Après avoir raccroché, je me rassieds, la tête encore tout embrumée par le rêve que je viens de faire. J'ai rêvé que ma mère me tançait vertement alors que j'étais enfant. Il s'agit plutôt d'un souvenir que d'un rêve. Je devais avoir sept ans, j'étais parvenue à convaincre mon frère Colm de m'emmener sur le coracle pour ramasser à fleur d'eau des goémons qui servaient à fumer les champs. En voulant me saisir d'un écheveau d'algues qui me semblait particulièrement fourni, je versai par-dessus bord. Colm me

316

repêcha et me ramena trempée à la maison. En me voyant, ma mère blêmit.

— Je t'avais dit de ne jamais monter sur ce bateau ! s'écria-t-elle avec cet âpre accent du Nord, si différent du mien et de celui des autres îliens. Tu veux donc que les sirènes t'emportent ?

Au mot « sirènes », j'éclatai en sanglots car j'avais entendu nombre d'histoires sur ces créatures sans cœur qui s'accrochaient à vous de leurs mains palmées et qui, mêlant rires et bulles, vous maintenaient sous l'eau jusqu'à votre dernier souffle. J'essayai de retenir mes larmes : ma mère détestait que ses enfants pleurent. Cette fois, elle me cingla, violemment et longtemps, avec la ceinture de mon père. Mon père se gardait bien de nous frapper mais elle aimait utiliser la ceinture paternelle, symbole de l'autorité familiale, car, sur l'île, il n'était pas rare que les hommes corrigent ainsi leurs enfants. Lorsqu'elle demandait à mon père d'ôter sa ceinture, il prenait tout son temps, comme si c'était lui qui allait recevoir la volée.

Ce jour-là, je fus submergée d'une véritable haine pour ma mère – jamais je ne l'ai autant détestée au cours des treize années que j'ai passées en sa compagnie. Aujourd'hui, ma propre expérience me fait entrevoir que sa colère cachait sa terreur que je me noie. Mais à l'époque, je ne voyais en elle qu'une femme méchante et laide, et si peu sociable qu'elle quittait rarement la cour de la maison afin d'éviter ses voisins. Jamais elle ne se sentit chez elle à Inis Muruch. C'est pourtant un bel endroit. J'y finirai mes jours et l'on m'enterrera dans le cimetière en haut de la côte. Mais je dois reconnaître que les îliens ne font pas de cadeau aux étrangers. Ma mère a vécu ici pendant vingt ans ou presque et, hormis mon père, elle n'a jamais eu d'amis ; si un nouveau venu n'aime pas leur île, les gens du cru le sentent aussitôt – et ma mère détestait Inis Muruch, ce qu'ils ne lui ont jamais pardonné.

Je revois encore tous les détails de son enterrement comme si la scène se déroulait là sous mes yeux. Elle était allongée sur sa couche, pour la veillée funèbre. J'avais aidé les femmes de l'île à laver ses membres à la peau jaunâtre et à arranger ses cheveux autour de son visage dont la mort avait rigidifié la sempiternelle expression de contrariété. Tous les îliens qui l'avaient si mal accueillie affectaient maintenant d'offrir leur sympathie à mon père.

— Elle a été une bonne épouse pour toi, Jared, assuraient-ils. Jamais tu n'en trouveras de meilleure !

Le besoin de les démasquer et de les contredire m'étouffait.

Je m'étais occupée de ma mère pendant les trois derniers mois de sa vie où elle avait dépéri à vue d'œil, le cancer la rongeant si vite qu'il ne devait pas lui rester une seule once de chair épargnée par la maladie. Méchante jusqu'à la fin, elle nous confondait parfois, ma sœur ou moi, avec les îliennes qu'elle abhorrait.

— Aie le courage de me le jeter à la face, sale garce ! cracha-t-elle à mon adresse un matin, avant de perdre complètement l'usage de la parole. Je sais que tu me hais. Quand je ne serai plus de ce monde, tu en profiteras pour poser tes mains de coureuse sur mon mari.

— Maman, c'est moi, Cliona, dis-je en reculant, sans lâcher la brosse dont je me servais pour la coiffer et qui pendait maintenant, inutile, au bout de mes doigts.

— Je sais qui tu es, dit-elle, la bave aux lèvres. Tu es celle de mes filles qui souhaite que je meure.

Je me mis à pleurer et la suppliai de ne pas proférer de telles paroles, je la pris dans mes bras avec plus d'affection que je ne lui en avais témoigné en

318

treize ans. Car elle avait raison, vous comprenez : je souhaitais bel et bien sa mort.

Le jour des funérailles, Mme Keane s'approcha de moi pour me présenter ses condoléances.

— Elle va terriblement te manquer, n'est-ce pas ? dit-elle.

— Non, répondis-je, glaciale. Je ne peux pas dire ça.

Mme Keane parut épouvantée. Bien entendu, elle pensait plus de mal de ma mère que moi mais elle était trop polie pour l'avouer.

— Dieu te vienne en aide ! Tu es vraiment une mauvaise fille, fit-elle en se détournant.

Avant la fin de la journée, toute l'île était au courant de ce que j'avais dit. Et de cet épisode, je suppose, date ma réputation de dureté, qui subsiste encore dans les esprits des vieilles gens, sur l'île. « Cliona O'Halloran ne mâche pas ses mots », voilà ce que disent de moi les vieux îliens bien que je sois aussi circonspecte et hypocrite que tout un chacun.

J'avais dit la vérité à Mme Keane, assurément. Pendant des années, ma mère ne m'a pas manqué. Jusqu'à l'enterrement de mon père. Et maintenant, je ressens un grand vide, je souffre comme un enfant et je comprends tout comme une vieille femme.

Bronach, tel était le nom de baptême de ma mère. Il a fallu que je sois mère à mon tour pour comprendre à quel point ce prénom – qui signifie « tristesse » en irlandais – lui convenait. Si je pouvais revenir en arrière, à l'époque où elle déchaînait sa fureur contre moi, je lui dirais : *Je suis navrée que tu te sentes aussi seule, maman.* Peut-être que tout en eût été changé alors. Peut-être serions-nous devenues les meilleures amies du monde, comme Grace et sa propre fille.

Parfois, je me demande si j'ai manqué à Grace dans

ses derniers instants, si elle n'a pas eu soudain la révélation de *qui* j'étais vraiment.

Il m'arrive de penser que Dieu organise mal notre vie. A quoi cela sert-il de connaître la vérité s'il est trop tard pour en faire usage ? Je suppose que c'est là le but de la vie éternelle. Mais il est difficile, même pour une catholique, de croire en la résurrection, quand on se noie dans les eaux profondes de ses propres erreurs.

Debout sur le quai, je regarde le bac contourner le château de Granuaile ; à l'avant, se dressent les deux minuscules silhouettes de Seamus et de ma petite-fille, le doigt pointé, penchés l'un vers l'autre afin de pouvoir s'entendre malgré le bruit du moteur. Bien que Seamus ait parcouru la moitié du globe, il restera toujours un îlien. C'est le seul trait que Grace n'ait jamais aimé chez lui, je pense...

A la descente du bateau, Seamus s'avance vers moi et me serre dans ses bras devant Eamon et les autres hommes sur le quai. Il me soulève de terre en dépit de mes protestations.

— Tu devrais avoir honte, lui dis-je, en me libérant.

Mais il se contente de rire et je ne puis m'empêcher de sourire à mon tour. Je ne l'ai pas vu aussi heureux depuis des années. Grainne, la pauvre petite – un squelette ambulant –, paraît deux fois moins que son âge, ses courtes boucles froissées par le vent.

— Je suppose que tu m'en veux, dit-elle, les yeux brillants.

— En effet, ma fille. Cela n'aurait pas été plus mal si tu avais prévenu quelqu'un que tu partais te balader en ville.

Je n'en dis pas plus, je ne lui reproche pas d'être partie à la recherche de Seamus – c'était sans doute le meilleur parti. Je vois bien que leur affection d'antan n'a pas faibli, même si une longue séparation l'a quelque peu assombrie.

A notre arrivée à l'hôtel, Seamus nous abandonne pour regagner son logis et je m'installe avec Grainne dans le jardin d'hiver ; les derniers rayons du couchant illuminent la verrière derrière sa tête.

J'entends l'une des deux employées de l'hôtel appeler « Cliona », puis la voix de Mary Louise leur murmurant de se taire.

— Que signifie ton nom ? demande Grainne alors que je lui sers une tasse de thé.

— Il vient d'une ancienne légende. Il était porté par une jeune fille qui s'enfuit de chez ses parents avec l'homme qu'elle aimait, sur un coracle. Son amoureux la laissa près d'une île – Inis Muruch, dit-on – pour aller chasser à terre et elle fut engloutie par une vague monstrueuse. Il crut qu'elle s'était noyée. Plus tard, les îliens dirent qu'ils l'avaient aperçue et elle devint une fée de la mer.

Devant le silence de Grainne, je repense aux reproches de Grace disant : « Cliona, c'est le nom d'une défaitiste ! »

— Il valait mieux qu'elle meure, dit Grainne.

— Pardon ? dis-je, un peu désorientée, ne sachant si elle parle de ma fille ou de la légendaire Cliodhna.

— Je préférerais être emportée par les sirènes que de me retrouver avec un garçon qui me laisse plantée là, précise-t-elle avec un regard implacable.

Puis elle boit une gorgée de thé.

Si elle a hérité des traits de Seamus, son expression est bien celle de sa mère.

— Ce n'est qu'une vieille histoire, dis-je. Je pense qu'on la raconte pour décourager les jeunes filles qui voudraient s'enfuir.

J'ai fait cette remarque sans aucun sous-entendu, mais Grainne fronce les sourcils, furieuse.

— Je ne me suis pas enfuie. Je voulais seulement parler avec mon père.

— Je le sais.

— Mais je peux partir quand je veux, ajoute-t-elle en redressant ses maigres épaules. Ce n'est pas toi qui m'en empêcheras ! Je sais que tu as essayé de retenir ma mère ici mais tu n'en avais pas le droit.

— J'aimerais bien que tu restes, Grainne, dis-je en prenant bien garde à mes paroles. La plupart des enfants de l'île quittent Inis Muruch à dix-huit ans. Certains reviennent, cependant la majorité d'entre eux trouve de bonnes raisons pour vivre ailleurs. J'ai commis l'erreur de ne pas laisser partir ta mère. Et je l'ai perdue – je vous ai perdues toutes les deux – à cause de mon entêtement.

Elle a un mouvement de recul, la pauvre petite, en m'entendant faire ce triste constat.

— J'espère qu'un jour tu te sentiras chez toi ici. Mais je ne t'obligerai pas à rester, tu peux me croire.

Elle semble ne plus trop savoir où elle en est ; comme si elle espérait un affrontement, mon accord la laisse sans voix. Moi-même, je suis surprise. Jamais je n'aurais pensé que cela soit aussi facile.

— Je pense que je vais rester encore un peu, dit-elle sereinement.

Je hoche la tête et lui offre une brioche, qu'elle mange à belles dents.

De nous trois, tu es vraiment la plus étrange, ai-je envie de lui dire. Tu portes en toi une part de chacune de nous et un peu des lieux où nous avons vécu. J'étais une Irlandaise égarée en Amérique, ta mère était une jeune Américaine prisonnière d'Inis Muruch. Toi, Grainne, tu as été ballottée de gauche à droite comme un poisson qu'on vient de ferrer. Tu ne te sentiras jamais chez toi ici, j'en suis certaine, ni ailleurs. Toutefois tu fais partie de ces gens capables de s'adapter partout.

Tournée vers les cloisons de verre, Grainne

322

contemple le soleil qui se couche en ensanglantant la mer. A la différence de sa mère, elle ne semble pas regarder au-delà de l'océan mais simplement la mer pour elle-même. Evidemment, ce n'est peut-être là que le souhait d'une vieille femme.

L'émotion que j'ai envie de partager me noue la gorge. Je tousse pour la chasser, espérant que mes yeux parleront à ma place. Je lui demande :

— Encore un peu de thé ?

Elle lève sa soucoupe d'une main qui tremble. Je bloque la tasse avec le bec de la théière et verse à l'intérieur le liquide ambré et brûlant.

29

Grainne

Le 24 décembre, jour de mon seizième anniversaire, mon père et moi allâmes nous promener sur la plage aux Sirènes qui était le reflet de la plage près de laquelle ma mère s'était éteinte. Pendant des jours, j'avais posé des questions à mon père auxquelles il avait répondu de cette voix que je me rappelais avoir vénérée lorsque j'étais petite. J'avais réussi à combler des lacunes et l'image de ma vie en compagnie de ma mère dépassait maintenant des frontières dont j'avais jusque-là ignoré l'existence.

— Ta mère était-elle heureuse ? demanda mon père alors que nous enfoncions nos talons dans le sable humide.

— Oui, répondis-je aussitôt.

Nous étions presque toujours heureuses ma mère et moi. Pourtant, il lui arrivait d'être triste parfois, moments qu'elle appelait ses « jours humides » – que j'associais maintenant à des souvenirs que je n'avais pas partagés avec elle.

Mon père ne parut ni surpris ni même froissé qu'elle ait trouvé le bonheur sans lui. Je connais suffisamment ma mère pour savoir qu'elle avait aimé cet homme, sans doute plus encore que Stephen. Je sais aussi que cela n'avait rien à voir avec le fait qu'elle ne soit pas restée avec lui. « L'amour pour un homme passe toujours en second », m'avait-elle dit. « C'est toi qui passes en premier. »

Je regardai le tapis brun du rivage décoré de minuscules volutes par les vers de sable.

— Tu aimes encore vivre ici ? demandai-je à mon père.

Il sourit, comprenant parfaitement ce que je voulais dire. Il apercevait ma mère derrière chaque rocher et sa silhouette arquée au creux de chaque vague.

— Bien sûr. Et toi ? voulut-il savoir.

— Je ne sais pas. Je n'ai pas vraiment vécu ici.

— Qu'as-tu fait alors ces quatre derniers mois ? demanda-t-il en fronçant les sourcils mais sans se départir de son sourire.

— J'attendais, répondis-je.

— Qu'attendais-tu ? demanda-t-il, comme si c'était une question simple.

J'attendais le bateau qui ramènerait mon père, une lettre de Stephen, un baiser de Liam. J'attendais que ma mère cesse de mourir et me fasse signe.

— J'attendais, tout simplement.

Mon père me regarda comme si ma peau avait eu la transparence de l'eau.

— Ecoute l'avis d'un vieil homme qui sait ce que c'est qu'attendre, dit-il. Maintenant que tu es de retour ici, tu peux recommencer à vivre. Ensuite tu décideras si tu aimes cette île ou pas.

Je repensai à ce que m'avait dit ma grand-mère, combien elle espérait que je me sente chez moi ici. Si je restais dans cette famille, ma voix garderait-elle, à ma propre oreille, son accent peu mélodieux ? Serais-je toujours une étrangère ?

Mon père offrit son visage au vent de la mer tandis que nous marchions.

— Sur cette île, dit-il, tu peux voir le soleil et la lune se lever et se coucher sans que rien ne t'en sépare si ce n'est l'océan aux couleurs d'argent, d'or et de vert. Certains jugent cette île trop petite. Pour moi, il n'existe pas d'endroit plus vaste au monde.

Nous nous arrêtâmes près d'un gros rocher couvert de bernacles. Sur son sommet aplati, que la mer n'atteignait jamais, poussait une pelouse rase et d'un vert intense, parsemée de galets habillés de lichen.

— A marée haute, ta mère grimpait sur ce rocher, elle regardait en direction de la grande terre et plongeait dans l'eau. Parfois je la suivais et l'observais, m'attendant un peu à ce qu'elle ne ressorte jamais de la mer.

Nous contemplâmes tous les deux les crêtes argentées des vagues. Je pouvais voir ma mère avec ses cheveux rougeoyants comme le couchant et ses jambes transformées en queue de sirène à l'instant du plongeon.

— Je la guette toujours, dit mon père.

J'aurais voulu lui prendre la main, poser ma tête sur sa poitrine et écouter les battements de son cœur en pleurant. *Moi aussi*, avais-je envie de dire.

Mon père caressa ma tête, brièvement car il y avait encore entre nous une gêne douloureuse, qui persisterait un certain temps. Les vagues soupiraient à nos pieds.

Pour le dîner de Noël, les membres de la famille étaient si nombreux dans la maison de Cliona que j'avais bien du mal à m'y retrouver. Les jumeaux de Marcus étaient venus avec leurs femmes et leurs bruyants enfants aux yeux bleus. Les sœurs de ma grand-mère, bâties sur le même modèle mais un peu moins bien conservées qu'elle, me serraient dans leurs bras en se plaignant de ne pas m'avoir vue pendant des années. Je circulais au milieu de la foule, un sourire aux lèvres, répondant aux questions et feignant d'être habituée à une aussi grande parentèle. Cliona m'accompagnait et me présentait à chacun en fonction de nos liens de parenté. Voici ta tante, ton cousin, ton oncle issu de germain. C'était ce qu'elle avait désiré de ma mère, pensai-je, et ce qu'elle attendait maintenant de moi, que je sois capable de reconnaître mes propres traits sur le visage d'un autre, et m'entendre affirmer que mon amour de la poésie venait de mon arrière-grand-père, mon goût pour la natation de mon père ou ma tendance à broyer du noir du clan O'Malley. Seule ma mère avait toujours refusé ce puzzle : elle préférait exister par elle-même. J'étais la seule personne avec laquelle ma mère se reconnaissait un lien.

Liam, que je n'avais pas revu depuis qu'il avait quitté Dublin en novembre, arriva avec sa mère et ses frères. Mon père prit Mary Louise par la taille.

— Je suis très peiné pour Owen, dit-il en la regardant dans les yeux. C'était vraiment un homme bien.

— Tu as toujours été notre ami, Seamus, rappela Mary Louise. (Il me suffit de regarder son visage triste mais calme pour savoir qu'elle n'allait pas fondre en larmes.) Qui aurait pu prévoir cela ? demanda-t-elle en essayant de sourire. Veufs tous les deux alors que nous sommes jeunes encore.

Je vis que Liam les observait, évaluant les possibilités. Il ferma les yeux et je sus qu'il revoyait alors l'image de son père.

Plus tard, alors que mon père et Mary Louise s'entretenaient, Liam se faufila avec moi au-dehors et m'entraîna à l'abri de la remise où il m'embrassa longuement.

— Tu ne devineras jamais ce que Seamus m'a offert pour Noël, dit-il quand nous nous séparâmes.

Il sortit de sa poche un mince étui de carton portant le dessin d'un couple qui se regardait d'un air extasié.

— Des préservatifs ? demandai-je en riant.

— C'est incroyable, n'est-ce pas ?

— Et pourquoi pas, dis-je en haussant les épaules.

Ma mère m'avait donné des préservatifs que je n'avais jamais utilisés et qui étaient restés dans le tiroir de ma table de nuit.

— Je pense que c'est un test de mauvais goût, dit Liam. Un père n'offre pas des capotes au petit ami de sa fille. Pas ici, en tout cas !

— Ça vaudrait peut-être mieux.

— Tu as raison, reconnut Liam en souriant. Je les garde de toute façon, au cas où nous en aurions besoin. (Il me regarda d'un air malicieux.) Tu crois que nous les utiliserons, reine Grainne ? demanda-t-il en me prenant la taille.

Je le rapprochai de moi, respirant avec délice l'odeur de sa peau et aspirant son haleine.

— Je pense que oui, murmurai-je.

Et je sus que j'avais l'air désirable.

J'entendais la mer effleurer la grève près de l'hôtel. Je savais que c'était la marée basse à cause de l'odeur des algues exposées à l'air – une odeur forte, sensuelle comme si mille sirènes avaient laissé sur le sable la trace de leurs amours...

Avant que ma mère ne tombe malade, j'avais l'habitude de me glisser dans son lit le matin après le départ de l'homme avec lequel elle avait passé la nuit. Je blotissais ma tête dans son cou et respirais l'odeur salée que la transpiration avait laissée sur sa peau, une odeur marine. Je pensais que lorsque je rencontrerais la passion, elle aurait cette odeur-là – celle de ma mère. Aujourd'hui je savais que cette odeur laissée par l'amour était aussi évanescente qu'un parfum. Ce qui se trouvait sous cette odeur superficielle, voilà ce qui me manquait. Quelque chose de si particulier que rien ne pourrait le recréer : l'odeur de son corps et de son âme, fraîche sous les écailles.

— Eh oh ! dit Liam. Où es-tu ?

Le brouillard était si épais que je ne pouvais distinguer ni l'océan ni la grande terre. Je n'avais plus pour repère que le clair visage de Liam qui posait sur les miennes ses lèvres pulpeuses et salées. Il laissait courir ses mains sur mes hanches, et pour la première fois depuis longtemps, alors, le monde au-delà de cette île, de ses rochers chantants et de la mer dévoratrice n'eut plus d'importance.

30

Grainne

Je mets la table pour le repas de Noël : onze adultes et quatorze enfants, m'a annoncé Cliona. En bout de table, face à la porte, j'ajoute une assiette supplémentaire, un verre, une serviette et des couverts d'argent étincelant.

Quand nous aurons fini de festoyer, que le bruit des rires et des conversations se sera éteint, que le son de la flûte de Liam ne sera plus qu'un écho, je débarrasserai la table en laissant le couvert inutilisé. Plus tard, quand tous seront allés se coucher, entassés à cinq dans une chambre sur les lits pliants de l'hôtel, je redescendrai ici et attendrai dans l'obscurité.

Elle entrera sans faire de bruit, ses pieds nus laissant des empreintes mouillées sur le tapis. Quand elle s'assoira à côté de moi, je respirerai l'odeur humide et sensuelle des varechs à basse marée et celle du lit où j'avais toujours le droit de me glisser, lorsque j'étais enfant. A la lueur bleutée de la lune, ses mains m'apparaîtront palmées, ses doigts fuselés réunis par une membrane aussi fine qu'une feuille de papier. Pendant qu'elle se restaurera, ses boucles cuivrées gouttant sur la nappe, je l'entretiendrai de Liam, de l'odeur si particulière de sa peau, de ses baisers et des étuis de préservatifs au fond de sa poche. Elle aura son rire mélodieux, me taquinera et me conseillera. Je lui parlerai de ma grand-mère, de mon père, de ma nombreuse famille si débordante de gaieté – où les femmes aiment leurs hommes tout en feignant de dépendre d'eux. Je lui dirai que leurs voix s'élèvent et retombent comme les vagues et qu'une partie de moi se refuse à quitter un lieu où les gens parlent aussi joliment.

Je lui dirai que je n'ai plus peur qu'elle meure. Que je sais maintenant qu'il y a d'autres manières de perdre les gens, bien pires que la mort, même quand l'on vit avec eux.

Elle approuvera d'un mouvement de tête, repoussera les boucles brunes qui retombent sur mon front, embrassera ma cicatrice. *Grainne*, chantonnera-t-elle en prononçant à nouveau mon nom. Puis elle récitera un poème, sans avoir besoin de consulter mes carnets.

> *Un visage me hante,*
> *me suit nuit et jour,*
> *le visage triomphant d'une jeune fille*
> *m'implore à longueur de temps.*

Je saurai exactement ce qu'elle veut dire.

Peut-être l'une de mes jeunes cousines descendra-t-elle pour boire un verre d'eau ou prendre une discrète collation. Peut-être apercevra-t-elle l'ombre d'une femme battant en retraite, entendra-t-elle le bruit de l'eau se refermant sur elle et le mugissement lointain du vent.

— Qui était cette dame ? interrogera la petite fille tandis que je l'installerai sur mes genoux.

C'est Granuaile, la reine des pirates, épuisée et affamée après avoir livré bataille. Elle entre ici, abandonnant son épée brillante près de l'âtre.

C'est Muirgen, la sirène. Elle sort de l'eau la nuit et redevient femme pour veiller sur le sommeil de ses enfants humains.

— C'était ma mère, répondrai-je.

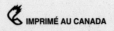
IMPRIMÉ AU CANADA